TOD IN MARBURG

Felix Scholz ist studierter Germanist, wissenschaftliche Hilfskraft und Dozent für Deutsch als Fremdsprache an der Philipps-Universität Marburg. Neben vielen Auftritten bei Lesebühnen und Poetry-Slams schreibt er Kinderbücher und Kriminalromane.

FELIX SCHOLZ

TOD IN MARBURG

Kriminalroman

emons:

Bibliografische Information der Deutschen Nationalbibliothek
Die Deutsche Nationalbibliothek verzeichnet diese Publikation
in der Deutschen Nationalbibliografie; detaillierte bibliografische
Daten sind im Internet über http://dnb.d-nb.de abrufbar.

FSC
www.fsc.org

MIX
Papier | Fördert
gute Waldnutzung
FSC® C177064

© Emons Verlag GmbH
Cäcilienstraße 48, 50667 Köln
info@emons-verlag.de

Umschlagmotiv: mauritius images/EyeEm/Winfried Heidl
Umschlaggestaltung: Nina Schäfer, nach einem Konzept
von Leonardo Magrelli und Nina Schäfer
Umsetzung: Tobias Doetsch
Gestaltung Innenteil: DÜDE Satz und Grafik, Odenthal
Lektorat: Christiane Geldmacher, Textsyndikat Bremberg
Druck und Bindung: source-e GmbH, Köln
Printed in Europe 2025
Erstausgabe 2022
ISBN 978-3-7408-1411-3
Originalausgabe
3. Auflage

Unser Newsletter informiert Sie
regelmäßig über Neues von emons:
Kostenlos bestellen unter
www.emons-verlag.de

Für meine Miete

1

Veränderungen waren, obwohl er das niemals zugegeben hätte, für Eduard Momberger keine schöne Sache. Trotz seiner progressiven, manch einer würde sagen leicht weltfremden Ideale war es ihm persönlich ein Graus, dass sich etwas an seinen gewohnten Abläufen ändern könnte. Politisch, wirtschaftlich, gesellschaftlich? Natürlich, nur her mit der Veränderung! Aber er selbst wollte davon doch möglichst ferngehalten werden.

Dementsprechend war es für ihn keine sonderlich angenehme Überraschung, als ihn seine Chefin am frühen Morgen aus dem Bett klingelte. Denn das roch nach Veränderung.

»Momberger?«, fragte die gebieterische Stimme am anderen Ende der Leitung. »Schlafen Sie etwa noch?«

Er räusperte sich und versuchte, so zu klingen, als läge er nicht noch unter der Decke: »Nein, Chefin, bin schon länger wach.«

Seine Stimme machte ihm einen Strich durch die Rechnung, klang sie doch deutlich nach »Ich bin noch nicht wach und werde es auch die nächsten zwei Stunden nicht sein!«.

»Schaffen Sie Ihren Arsch aus dem Bett!«, befahl seine Chefin, und Momberger konnte ihr hageres, bleiches Schlangengesicht vor sich sehen. »Wir haben jemanden gefunden.«

»Ach ja?«, fragte er und versuchte seine Gedanken zu ordnen. »Haben wir jemanden gesucht?«

»Eine Leiche!«, kommentierte seine Chefin seine Gedächtnislücke, und er konnte das Augenrollen deutlich durchs Telefon spüren. »Wir haben eine Leiche in der Lahn gefunden.«

»Unfall?«, wollte Momberger wissen und drückte sich selbst die Daumen.

»Sieht wohl nicht danach aus.«

»Scheiße!«

Morde kamen im kleinen Marburg zwar vor, aber normalerweise nicht allzu häufig. Nachdem ein Zahnarzt vor einem Monat erst seinen Kollegen und dann sich selbst erschossen hatte, war Momberger guter Hoffnung gewesen, dass der nächste Fall noch eine Weile auf sich warten ließe.

»Da ist noch was«, sagte Renate Fischer deutlich leiser.

Das verhieß noch mehr Veränderung.

Nach einer kleinen Pause fügte sie hinzu: »Sie bekommen Unterstützung aus Frankfurt.«

»Bitte, was?«

Frankfurt lag fast hundert Kilometer entfernt und hatte mit Marburg nicht viel mehr zu tun als Nowosibirsk mit Moskau.

»Was zur Hölle haben die aus Frankfurt hier zu suchen?«

Ein heftiges Ausatmen kam bei Momberger wie eine Tonstörung an. »Die Streife ist bereits im Register fündig geworden, während Sie noch in Morpheus' Armen lagen. Die Tote scheint die vermisste Yalda Wegener zu sein. Sie erinnern sich?«

»Ja, tue ich.«

Vor drei Tagen war Anton Wegener auf der Wache aufgetaucht. Ein steinreicher Professor für Pharmazie und ein hohes Tier der in Marburg ansässigen Behringhöfe, dem größten Pharmakonzern in der Gegend. Er hatte seine Frau als vermisst gemeldet.

»Aber was hat das mit Frankfurt zu tun?«, fragte Momberger verwirrt.

»Wie es scheint, ist Anton Wegener ein enger Freund des hessischen Innenministers. Und der will, dass der Fall so schnell wie möglich aufgeklärt wird.«

Momberger hatte starke Zweifel, dass dies sein Leben einfacher gestalten würde. Deswegen tat er, was er in solchen Situationen immer tat, er versuchte es mit Ironie. »Also hat er mir einen persönlichen Assistenten besorgt, damit ich meine Arbeit effizienter erledigen kann?«

»Jetzt ist nicht die Zeit für Ihre blöden Scherze, Momberger«, erklärte der Giftzahn, wie Momberger seine Chefin zu nennen pflegte. »Sehen Sie zu, dass Sie zum Fundort der Leiche kommen!«

8

Er gehorchte seiner Vorgesetzten ausnahmsweise aufs Wort. Natürlich nicht, weil er es so wollte, sondern weil er musste. Seit einiger Zeit hatte sie ihn gewissermaßen in der Hand. Renate Fischer wusste, dass er sich für manche Kollegen mehr einsetze als für andere. Und eine war dabei, für die er sich am ehesten in die Schusslinie geworfen hätte. Seine Chefin – Schnüfflerin, die sie nun mal war – hatte davon Wind bekommen, und nun musste er zusehen, dass es keinen Kollateralschaden gab, wenn er sich mit ihr anlegte.

Er ließ sich die genaue Fundstelle durchgeben, bevor er wortlos auflegte. Anschließend sprang er unter die Dusche und zog sich an. Dabei fiel ihm einmal mehr auf, dass er dringend wieder Sport treiben müsste. Der Gürtel war schon wieder um ein Loch gewachsen. Er sah sich im Spiegel an: Der Bauch war nicht mehr zu verstecken, dabei war er früher immer problemlos schlank geblieben. Seine langen Haare waren auch nicht mehr der Frauenmagnet von einst, vor allem, seit sie vorn etwas ausdünnten.

Momberger seufzte, machte sich einen Zopf und zog sich dann dicker an als noch in den letzten Tagen. Draußen wurde es langsam, aber sicher herbstlich, und so früh am Morgen war es noch recht kalt.

Vor der Tür atmete er die frische Herbstluft ein und sah sich um. Sein winziges Haus, durch Glück und großes Geschick beim Einschmeicheln von seiner Großmutter geerbt, lag auf dem Gegenhang des Marburger Schlosses, das gerade nur schwerlich durch den morgendlichen Dunst zu erkennen war. An sonnigen Tagen thronte es ehrwürdig über der Stadt mit ihren alten Universitätsgebäuden und der spitz aufragenden Elisabethkirche. Von alldem war zu diesem frühen Zeitpunkt wenig zu sehen.

Eduard Momberger trat an seinen alten, ockerfarbenen Volvo Kombi, öffnete die Tür und drehte sich eine Zigarette, bevor er losfuhr. Ein Blättchen Papier, ein schmaler Filter, ein wenig Tabak und natürlich etwas Spucke zum Verkleben des Ganzen, und schon war der Glimmstängel fertig.

9

Die Leiche war keine zehn Minuten von ihm entfernt gefunden worden. Eigentlich also in fußläufiger Distanz, aber weil er weit oben am Berg wohnte, hätte er später am Tag den ganzen Weg wieder hochlaufen müssen. Fast einmal täglich wünschte er sich einen Aufzug, der ihm die Mühe abnahm. In der Innenstadt gab es sogar zwei davon. Sie verbanden die Unterstadt mit der Oberstadt. Aber wer dort wohnen wollte, brauchte schon eine sehr reiche tote Großmutter.

Wenn seine Knie wieder mitmachten, so redete er sich fast jeden Morgen ein, würde er das Fahrrad aus dem Keller holen. Noch einmal sah er trübselig auf die speckige Rundung, die sich unter seiner Brust auftat. Er seufzte genervt und fuhr dann aus der Einfahrt.

Zur gleichen Zeit saß im Bordrestaurant eines ICE Richtung Marburg Philipp Zassenberg und beobachtete, wie draußen die Wolkenkratzer der Großstadt langsam durch kleinere, erheblich hässlichere Plattenbauten aus der Vorstadt ersetzt wurden und irgendwann ganz verschwanden. Danach starrte er nur noch auf ruhige Dörfer, die hier und da von einem etwas größeren Bahnhof unterbrochen wurden. Die Deutsche Bahn, ohnehin nicht für geniale Verkehrsplanung bekannt, erlaubte sich auf der Strecke zwischen Frankfurt und Marburg die seltsame Eigenart, den ICE auf der Strecke des Regionalverkehrs mitfahren zu lassen – in derselben Geschwindigkeit. Von Express konnte in diesem Fall also keine Rede sein.

Philipp Zassenberg seufzte. Die Aussicht, die nächste Zeit im winzigen Marburg zu verbringen, verhagelte ihm die ohnehin miese Stimmung.

Zassenberg war ein Stadtmensch durch und durch. Er kam aus Berlin, weshalb ihn das etwas kleinere und weniger vielfältige Frankfurt schon manchmal langweilte. Nicht dass er selbst viel auf Vielfalt gegeben hätte – ganz im Gegenteil. Er blieb gern unter seinesgleichen. Abwechslung konnte er im Urlaub genießen, aber nicht im Alltag. Doch er mochte das lebendige

Chaos, das in einer Großstadt voller verschiedener Ansichten, Aussichten und Absichten herrschte. Das Chaos, das ihm nicht zuletzt das Konto füllte, schließlich war er als Ordnungshüter der natürliche Feind des Durcheinanders.

Doch nun hatte er das popelige Studentenkaff Marburg aufzusuchen. Ein Ort, so weit entfernt vom Glanz der Großstadt, dass der Mord, den er zu untersuchen hatte, sicherlich das größte Ereignis der letzten Jahre darstellte.

Sein Kaffee bestand vor allem aus Milch und Zucker, und er bestellte gleich noch einen. Der Koffeinschub unterdrückte für einen Moment die Lust auf die nächste Zigarette – die letzte war immerhin schon vierzig Minuten her.

Vor etwas mehr als drei Stunden, es war noch stockfinster gewesen, und im Grunde war er nicht einmal richtig zum Schlafen gekommen, hatte ihn kein Geringerer als der Landespolizeipräsident angerufen und ihn ohne große Erklärungen nach Marburg befohlen. Mit einem Typ dieses Kalibers bekam man es normalerweise nur zu tun, wenn viel Geld im Spiel war. Diesmal schien das allerdings anders zu sein.

Eine halbe Schachtel Gauloises, drei Kaffee und zwei Anrufe später war er halbwegs über die Situation im Bilde gewesen. Anscheinend hatte man eine gewisse Yalda Wegener tot im Fluss gefunden, und wie es das Schicksal nun mal wollte, war die mit einem engen Freund des Innenministers verbandelt. Der hatte den Polizeipräsidenten wach geklingelt, der wiederum hatte sich ohne Umwege den Mordermittler mit der höchsten Aufklärungsquote in Frankfurt herausgesucht und war so auf Zassenberg gekommen.

Geld und Einfluss, die beiden hielten das alte Mühlrad auch weiterhin in Bewegung. Er hatte damit im Grunde kein Problem, schließlich war ihm beides nicht unbekannt. Wenn Geld und Einfluss allerdings dafür sorgten, dass er mit Romanistik-Studenten über das Für und Wider von Plastikverpackungen streiten musste, war seine Bereitschaft zur Toleranz schnell aufgebraucht.

11

Zassenberg lehnte den Ellenbogen auf den Tisch des ICE-Bordbistros, stützte sein Kinn in die Hand und starrte erneut aus dem Fenster. Sie waren gerade aus Gießen herausgefahren, der nächste Halt war Marburg. Draußen zog ein Bauernhof nach dem anderen vorbei. Der als Hochgeschwindigkeitszug konzipierte ICE fuhr knapp über Schrittgeschwindigkeit und schien auch keine Anstalten zu machen, das in Bälde zu ändern. Wahrscheinlich waren die Schienen in der Gegend noch auf Draisinen und Dampfloks ausgelegt, dachte er im Scherz.

Ohne es zu wollen, sah er sein Spiegelbild im Fenster und war einmal mehr erschrocken darüber, wie alt er in den letzten zehn Jahren geworden war. Mit vierzig hatte ihn noch jeder für dreißig gehalten, und nun war er fünfzig und hätte bald als Rentner durchgehen können.

Drei gescheiterte Ehen, dachte er sich. Die kosten jeweils zehn Jahre.

Er war groß, massiv, aber nicht dick, hatte dichtes Haar und einen Dreitagebart, mit dem man Gurken hätte raspeln können. Der Stress der letzten Jahre zeichnete sich in tiefen Linien in seinem Gesicht ab. Die zwei Schachteln Zigaretten, die er sich am Tag gönnte, taten ihr Übriges.

»Nächster Halt: Marburg«, tönte die Stimme aus dem Lautsprecher. »Ausstieg in Fahrtrichtung links.«

Wie hieß die Tote noch mal? Er sah rasch in seinen Unterlagen nach. Yalda Wegener. Nur gut vorbereitet sein.

2

Momberger stellte den Volvo am Straßenrand ab und lief noch ein Stück bis zur Fundstelle der Leiche. Der Fluss war nicht weit und strömte in rascher Geschwindigkeit Richtung Süden. Umgeben von hohen Bäumen auf Mombergers und eng gebauten Häusern auf der anderen Seite war die Stelle ein beliebtes Fotomotiv. Der Schlossberg lag gegenüber, und das alte Gemäuer schälte sich langsam aus dem kalten grauen Nebel heraus. Darunter konnte man allmählich die märchenhafte Gestalt der Marburger Altstadt erkennen.

Das dröhnende Rauschen des Wehrs durchstach die morgendliche Stille. Die Lahn machte hier einen kleinen, etwa drei Meter tiefen Satz nach unten. Im Strudel des Wasserfalls blieben immer wieder größere Dinge wie Baumstämme hängen, die erst bei der nächsten Überschwemmung weitergetragen wurden.

Er sah sich um. Am breiten Ufer lagen die Studenten normalerweise ab dem frühen Nachmittag und genossen die Geselligkeit. Auch Momberger hatte viele Stunden an den Lahnwiesen verbracht, zu viel Bier getrunken, gekifft und den Fluss genauso wie den Tag an sich vorbeirauschen lassen.

In heißen Sommern lockte die Lahn mit tiefem, kühlem und vor allem sauberem Wasser. Natürlich hatte es in seiner Jugend noch nicht ganz so heiße Sommer gegeben, wie es mittlerweile der Fall war. Ganz zu schweigen davon, dass die Hitze des Tages deutlich besser zu ertragen war, wenn man jung und frei von Verpflichtungen am Flussufer faulenzte. Musste man hingegen in Anzug und Krawatte Kriminalfälle aufklären, sah das Ganze schon anders aus.

Momberger dachte oft an diese Zeiten zurück, denn es war die mit Abstand glücklichste Periode in seinem Leben gewesen. Eine Zeit, in der er noch daran gedacht hatte, die Welt zu verbessern. Je nachdem in welcher Stimmung er gerade war, schüttelte er den Kopf ob seiner damaligen Naivität, oder er ärgerte sich darüber, dass ihm seine einstigen Ideale nun weniger bedeuteten.

Damals, und darüber ärgerte er sich beinahe jeden Tag, hatten die Studenten jedenfalls noch nicht so viel Müll hinterlassen. Die Berge von Einmalgrills, Dosenpfand und Plastiktüten, durch die man mittlerweile jeden Morgen waten musste, um an die Lahn zu gelangen, ließen ihn einmal mehr über die Möglichkeit sinnieren, Menschen vielleicht wieder öffentlich auspeitschen zu lassen. Das eine oder andere Exempel würde sicher für Besserung sorgen.

Aus Richtung Wasser kamen ihm bereits Fritz Zaun und Albert Michel entgegen, die es nur im Doppelpack gab. Die beiden waren ein besonders gutes Argument für höhere Qualitätsansprüche bei der Polizei. Zwar waren die Kommissare herzlich gute Menschen, aber im Grunde für wenig geeignet, das über Kaffeekochen hinausging. Beide waren stark übergewichtig, ungeschickt und vergaßen die einfachsten Dinge. Nur zu zweit waren sie überhaupt in der Lage, den Job eines einzelnen Beamten zur Hälfte zu erfüllen. Dass sie unter Momberger arbeiteten, hatte vor allem mit zwei Dingen zu tun: Auf der einen Seite waren sie zwar selten eine Hilfe, manchmal hatten sie aber genau die richtige Idee zum richtigen Zeitpunkt. Es war wie eine Gabe und funktionierte nur, wenn beide zusammen arbeiteten.

Auf der anderen Seite stand die Tatsache, dass Momberger sich unter seinen übrigen Kollegen nicht immer beliebt gemacht hatte. Zaun und Michel waren also eine kleine Strafe.

»Morgen, Chef!«, begrüßte ihn Albert Michel.

»Morgen, Jungs«, antwortete er und ließ sich von ihnen die Leiche zeigen. Sie war nackt und lag am Ufer der Lahn. Von Weitem sah es so aus, als wäre sie nur beim Sonnenbaden eingeschlafen. Als sie näher kamen, änderte sich dieses Bild drastisch. Die Haut der Toten war dunkel und vom Wasser aufgedunsen. Sie hatte pechschwarze Haare und sah aus wie aus dem Mittleren

Osten. Besonders auffällig war eine tiefe Wunde auf ihrer Brust. Es war, als hätte man sie aufgespießt.

»Ein Pärchen hat sie heute Nacht gefunden«, erklärte Zaun.

»Sie wollten eigentlich schwimmen gehen.«

»Ein nüchternes Pärchen?«

Momberger wusste, dass die Studenten eher keine Fanta tranken, wenn sie sich auf den Lahnwiesen trafen. An sonnigen Tagen war der kilometerlange Streifen am Fluss die längste Partymeile in Hessen.

»Nicht so richtig. Ich habe ihnen gesagt, dass sie heute Mittag noch einmal aufs Revier kommen sollen. Es war nicht wirklich viel mit ihnen anzufangen.«

»Wollen wir hoffen, dass sie sich noch an etwas erinnern können.«

Momberger kniete sich neben die Leiche. Er sah sich die Wunde auf der Brust genauer an.

»Scheint von einem Messer zu sein. Wann schlagen die Jungs von der Rechtsmedizin hier auf?«

»Sind auf dem Weg. Müssten jede Minute da sein.«

»Und Sabine?«

»Sabine?«, fragte Zaun verwirrt.

»Frau Kaufmann, die Staatsanwältin. Mein Gott, Fritz, das ist doch nicht dein erster Fall.«

»Ach so, Sabine *Kaufmann*.« Plötzlich bewegten sich die ersten Zahnräder in seinem Verstand. »Mit der Sie zur Schule gegangen sind?«

»Genau die!«

»Mit der Sie nach dem Abi … Sie wissen schon?«

Momberger rollte mit den Augen. »Hat sie sich nun gemeldet oder nicht?«

»Die hatte ich eben kurz am Telefon. Sie meinte, dass sie auf dem Weg ist. Aber Sie wüssten ja schon, was zu tun ist.«

Das hoffte Momberger zumindest. Er sah sich die breite Stichwunde in der Brust noch einmal genauer an.

»Selbstmord können wir auf jeden Fall ausschließen. Einen

15

Unfall noch nicht. Wäre nicht die Erste, die beim Schwimmen in der Lahn ums Leben gekommen ist.«

»Chef?«

»Ja, Michel?«

»Stimmt es, dass wir diesmal auf die Finger geschaut bekommen? Wir haben gehört, es sei jemand aus Frankfurt unterwegs.«

»Sieht danach aus«, murmelte Momberger, während er die Leiche aus verschiedenen Blickwinkeln unter die Lupe nahm.

»Wie heißt sie noch gleich? Wegener?«

»Jawohl, Chef.« Michel blätterte in seinen Notizen. »Yalda Wegener. Wird seit drei Tagen vermisst. Und wie ist der Frankfurter so?«

»Knackig und am besten mit Senf«, sagte Momberger, was sowohl Michel als auch Zaun an die Grenzen ihrer cerebralen Belastbarkeit brachte.

»Ich habe keine Ahnung«, warf er noch hinterher. »Ist die Tote Deutsche?«

»Ich dachte, das sollten wir nicht mehr fragen, Chef. Haben Sie uns doch selbst beigebracht.«

»Ihr sollt niemanden wegen seiner Herkunft *verdächtigen*. Wenn ihr eine Leiche vor euch habt, dann dürft ihr sehr wohl fragen, woher sie kommt. Also?«

Noch einmal sah Michel auf seinen Notizblock. »Hier steht nichts, tut mir leid.«

»Yalda ist ein iranischer Name«, erklärte eine junge blonde Beamtin, die neben ihnen auftauchte. »Ich habe das schon recherchiert.«

»Hey, Bill!«, begrüßte Momberger seine junge Untergebene. Sybille Weigand war noch nicht allzu lange mit ihrer Ausbildung fertig und hatte doch schon eine steile Karriere hinter sich gebracht. In ihrem Alter wechselte man normalerweise Druckerpatronen oder stellte Strafzettel in der Fußgängerzone aus. In der Mordkommission zu arbeiten, war also eine Ausnahme. Zum Glück für Momberger machte Bills Grips die beiden fehlenden Gehirnhälften von Michel und Zaun mehr als wett.

16

»Tag, Chef!«, grüßte sie ihn und berührte ihn leicht am Arm. Das tat sie oft, und Momberger wusste nie, was sie damit bezweckte, auch wenn ihm die gelegentlichen Berührungen nicht unangenehm waren, ganz im Gegenteil.

»Hast du noch mehr für mich?«, fragte er sie. »Schon eine Ahnung, was passiert ist?«

»Nicht wirklich. Wir haben die Leiche vor etwa vier Stunden gefunden. Zwei Jungs von der Streife haben sie aus dem Wasser gezogen. Sie wurde ständig wieder vom Wehr nach unten gedrückt. Es bestand die Gefahr, dass sie sich dadurch Wunden zuzieht, die fälschlicherweise mit dem Mord in Verbindung gebracht werden könnten.«

»Du redest schon von Mord.«

»Sieht ganz so aus.« Sie deutete auf die riesige Wunde in der Brust der Leiche.

»Vielleicht wollte sie nackt baden. So wie das Pärchen. Ist irgendwo ausgerutscht, auf etwas Spitzes gefallen und dann bis hierher getrieben.«

»Unwahrscheinlich«, widersprach Bill. »Die Wunde sieht nach einem glatten Einstich aus, wie von einem Messer. Ein spitzer Stein war das kaum. Stimmt es eigentlich, dass wir einen Ermittler aus Frankfurt unterstellt werden?«

»Unterstellt? Jetzt werden wir ihm schon *unterstellt*? Pass mal auf: Noch ist keine Sau aus Frankfurt hier angekommen, und solange das so bleibt, leite *ich* die Ermittlungen! Was zur Hölle soll so ein Schnösel von der Eintracht uns hier schon helfen können?«

»Ich bin Hertha-Fan!«, tönte eine Stimme hinter ihnen. Momberger drehte sich um und sah einen stämmigen Mann mit Zigarette im Mundwinkel auf sich zukommen.

»Und im Gegensatz zu Ihnen habe ich schon einmal einen echten Mordfall gelöst.«

3

»Die Frau ist erstochen worden.«

»Das sehe ich auch«, sagte Zassenberg. »Wie heißen Sie noch gleich?«

»Sybille Weigand.«

»Sind Sie nicht ein wenig zu jung, um mit Leichen herumzuspielen?«

»Entschuldigen Sie?«

»Schon gut.« Zassenberg winkte ab. »War nicht böse gemeint. Sie werden sich schon daran gewöhnen. Und Sie sind hier der Einsatzleiter? Oder besser gesagt: Sie waren es?«

Er streckte Momberger die Hand hin, der sie aber gekonnt ignorierte.

»Immer auf die Hygiene achten, was?«, stichelte Zassenberg.

Momberger steckte die Hände in die Jackentaschen und streckte den Kopf etwas im Nacken, um sich größer zu machen.

»Ich würde es begrüßen, wenn Sie sich zunächst einmal vorstellen könnten.«

Still zog Zassenberg eine Augenbraue nach oben und begutachtete sein Gegenüber etwas genauer. Nach einer unangenehmen Wartezeit meinte er: »Mein Name ist Philipp Zassenberg. Freunde nennen mich Zaster. Sie nennen mich Zassenberg.«

Er zog noch einmal an seiner Zigarette und schnipste sie dann in hohem Bogen in den Fluss.

»Ich bin seit knapp zwanzig Jahren bei der Kripo Frankfurt, tja, und deswegen wohl auch hier gelandet.«

Sybille Weigand sah von Momberger zu Zassenberg und sagte dann amüsiert: »Zwei Berge, das passt doch!«

Die beiden sahen sie verwundert an. Momberger schüttelte den Kopf, und Zassenberg kommentierte ihre Aussage spöttisch: »Ich wäre Ihnen dankbar, wenn Ihre Einwürfe in Zukunft etwas geistreicher ausfallen würden.«

Mit diesen Worten lief er an den anderen vorbei und sah sich die Leiche aus der Nähe an.

»Sieht aus wie aus dem Mittleren Osten. Stichwunde direkt im Sternum. Da muss man erst mal durchkommen. Sehen Sie das da?« Er drehte sich zu Momberger und deutete auf die Brust der Toten. »Schwere Hämatome im Brustbereich. Die kommen nicht von der Einstichstelle.«

»Vielleicht hat sie sich die im Wasser zugezogen«, mutmaßte Momberger.

Zassenberg sah hinüber zum Wehr, wo Wassermassen über etwa drei oder vier Meter schräg nach unten fielen. »Nicht unmöglich.« Er packte in seine Jackentasche, zückte die nächste Zigarette und steckte sie an. »Normalerweise entstehen nach dem Tod keine größeren Blutansammlungen mehr«, erklärte er dann. »Keine Ahnung, ob das auch gilt, wenn man stundenlang durchgeschleudert wird. Sie sagten, die Medizinmänner tanzen gleich an?«

Kommissarin Weigand, die alle nur Bill nannten, nickte langsam. Offenbar war sie bereits eingeschüchtert von der schroffen Art ihres neuen Vorgesetzten. Momberger sah sie mitleidig an, machte sich aber keine Sorgen deswegen. Bill war niemand, die man so einfach aus dem Konzept bringen konnte.

»Ich denke, warten können Sie drei auch ohne Mami und Papi.« Zassenberg sah Bill, Michel und Zaun an. »In der Zeit könnten Sie mich in mein Hotel fahren. Momberger, richtig?«

Momberger lief kommentarlos Richtung Auto. Zassenberg folgte ihm. Bevor sie ins Auto einstiegen, rief Momberger: »Bill!«

»Ich weiß schon, Chef!«, rief sie zurück. »Klinken putzen und Nachbarn befragen. Ich habe der Wache schon gesagt, dass sie noch ein paar Kollegen herschicken sollen. Und wenn die Staatsanwältin mir auf die Nerven geht, rufe ich dich an. Wie immer.«

Momberger reckte einen Daumen in die Höhe. Natürlich hatte Bill sich nicht aus dem Konzept bringen lassen.

»›Zum Stern‹, sagt Ihnen das was?«, fragte Zassenberg.

»In der Oberstadt, klar sagt mir das was«, antwortete Momberger.

Sie fuhren mit dem alten, verrauchten Volvo durch den morgendlichen Berufsverkehr in der Innenstadt. An einer Ampel in der Nähe der Elisabethkirche mussten sie halten.

»Die E-Kirche«, erklärte Momberger seinem Kollegen und deutete mit dem Finger auf das knapp hundert Meter hohe Bauwerk, als ob man es irgendwie neben den dreistöckigen Gebäuden übersehen könnte. »Knapp achthundert Jahre alt. Gotischer Stil. Gilt als eine der Ersten ihrer Art. Wenn Sie dort die …«

»Ich bin nicht zum Sightseeing hier, Momberger! Erzählen Sie mir lieber, was Sie über die Tote wissen.«

Brüskiert atmete Momberger durch. »Viel haben wir bisher nicht. Ihr Name ist Yalda Wegener. Sie wurde vor drei Tagen von ihrem Mann als vermisst gemeldet.«

»Yalda Wegener«, brummte Zassenberg. »Seltsame Kombination, finden Sie nicht?«

»Wieso seltsam?«

»Iranischer Vorname, deutscher Nachname. Kommt einem nicht alle Tage unter, oder?«

»Hier in Marburg schon.«

»Ach ja«, stöhnte Zassenberg. »Sie sind hier ziemlich rot angehaucht, oder?«

»Sie sagen das, als wäre es ein Verbrechen, ein bisschen weltoffen zu sein.«

Zassenberg lachte laut auf und drehte sich zu seinem Sitznachbarn. »Sie gehören also auch dazu.« Er zog sich erneut eine Gauloises aus der Packung und steckte sie sich ungefragt an. »Ein Linker bei der Polizei, na, die Geschichte will ich hören.«

Zufrieden grinsend schaute er zunächst aus dem Fenster und

dann etwas eindringlicher zu Momberger. »Nicht jetzt natürlich. Sie gucken schon so, als wollten Sie mir erzählen, was Sie als Kind im Fernsehen geschaut haben. Wir gehen nachher essen, ich habe ohnehin einiges mit Ihnen zu klären.«

Momberger fragte sich, wie dieser ungehobelte Mensch auf Geheiß des Innenministers in seinem Auto gelandet war. Er schüttelte sich und nahm den Faden wieder auf: »Um auf Ihre Frage zurückzukommen: Die Tote war die Frau von Professor Anton Wegener. Daher die *seltsame* Namenskombination.«

Er betonte das Wort »seltsam« ganz besonders.

»Professor?«, fragte Zassenberg. »Wofür?«

»Pharmazie. Sein Geld macht er aber an den Behringhöfen. Da scheint er so etwas wie der Messias der Pillen zu sein.«

»Und die Behringhöfe sind?«

»Das hiesige Pharmaunternehmen. Neben der Uni der größte Arbeitgeber der Stadt.«

»Soso.«

Zassenberg schien bereits eine Spur zu verfolgen, obwohl Momberger noch nicht einmal wusste, wer die Tote genau war.

Die Ampel vor ihnen schaltete endlich auf Grün, und sie fuhren an der Elisabethkirche vorbei Richtung Innenstadt. Momberger bog mehrmals ab, und schon befanden sich auf einem engen Kopfsteinpflasterweg in Richtung Marburger Oberstadt. Die Straße war gesäumt von alten, meist recht schiefen Fachwerkhäusern, die im Erdgeschoss allesamt ein Geschäft beherbergten. Von diesen hatte zur frühen Stunde allerdings noch keines geöffnet, weshalb sie, vom Hämmern des Kopfsteinpflasters einmal abgesehen, ungestört bergauf fahren konnten.

Nach einigen hundert Metern wurde die Straße noch ein Stück enger, die Häuser noch etwas urtümlicher, und sie fuhren nicht mehr nach oben, sondern geradeaus. Die Straße hatte sich zu einer Art Fachwerktunnel verengt. Kleine Cafés wechselten sich mit urigen Geschäften ab. Jedes Haus schien das andere in seiner Kunstfertigkeit übertrumpfen zu wollen. Hier und da gingen kleine Gassen von der Straße ab und verschwanden schnell wieder im Dunkel der Oberstadt.

Zassenberg sah sich verwundert um. »Das muss ja wie Disneyland für Japaner sein.«

Momberger versuchte, den stereotypen Anklang zu überhören. Er wollte seinem neuen Vorgesetzten nicht noch mehr Anlass zum Verhöhnen seiner progressiven Haltung geben. Er sagte deswegen nur: »Ja, hier gibt es viele Touristen.«

Doch ein »Von überallher« konnte er sich nicht verkneifen.

Sie bogen um die Ecke und kamen auf dem Marktplatz an. Der öffnete die Beengtheit der Oberstadt zu einem größeren Platz. Ein Stück bergab lag das wuchtige alte Rathaus, das sich durch seine jahrhundertealten Sandsteinmauern deutlich von den Fachwerkhäusern abhob. Diese prägten ansonsten das Bild des Marktplatzes. Auf jeder freien Fläche standen bereits Tische und Stühle der umliegenden Bars, Cafés und Restaurants. Dazu gehörte auch das Hotel »Zum Stern«, in dem Zassenberg untergebracht war.

»Warten Sie hier!«, sagte er. »Ich will nur kurz einchecken. Dann können wir weiter.«

»Wo ist eigentlich Ihr Koffer?«

»Hat der Kollege dabei, der mich vom Bahnhof abgeholt hat.«

»Und wieso hat der Sie nicht hierhergefahren?«, fragte Momberger genervt. »Wäre doch naheliegender.«

»Schon. Aber ich wollte mir ein Bild davon machen, mit wem ich es zu tun habe.«

Er schloss die Tür mit einem lauten Wumms und verschwand im Hotel. Momberger atmete tief durch und stieg aus dem Auto. Er setzte sich auf die Motorhaube, drehte sich eine Zigarette und fing an zu rauchen. Beim Blick nach rechts fiel ihm ein Kneipenschild ins Auge: »Trubadix«. Das war in seiner Studentenzeit immer der letzte Anlaufpunkt gewesen. Bilder von durchzechten Nächten schossen ihm in den Kopf. Nur zu genau konnte er sich an den legendären Abend erinnern, als er eine

Wette gegen den Besitzer gewonnen hatte und deswegen den Rest des Abends hinter der Theke stehen durfte.

Um was ging es noch einmal in der Wette, fragte er sich. Doch er kam zu keinem anderen Ergebnis, als dass er sich in diese Zeit zurückwünschte.

Einen Moment später trat Zassenberg wieder aus dem Hoteleingang heraus. »Na los! Wir haben zu tun.«

Wie gern hätte Momberger jetzt an der Theke gesessen und ein Bier getrunken.

4

Die Leiche wurde in die Pathologie der Uniklinik gebracht. Polizeibeamte suchten das Ufer der Lahn nach weiteren Hinweisen ab und befragten die zahlreichen Anwohner.

Währenddessen waren Momberger und Zassenberg auf dem Weg zu Anton Wegener. Der wohnte wie Momberger auf dem Ortenberg, der dem Schloss gegenüberlag – allerdings unter vollkommen anderen Bedingungen. Während der Kommissar ein winziges Häuschen bewohnte, das sich kaum von seinen Nachbarn unterschied, beanspruchte Anton Wegener fast einen ganzen Stadtteil für sich.

Obwohl Momberger und Zassenberg bereits durch ein breites Tor gefahren waren, konnten sie das Haus noch nicht erkennen. Ein serpentinenartiger Weg führte zunächst den Hang empor. Es war ein klein wenig, als würde man dem König von Marburg einen Besuch abstatten.

»Hier bin ich auch nicht allzu oft«, erklärte Momberger, während er kritisch aus der Frontscheibe schaute. »Mein Gott, wie viel verdient der Mann?«

»Muss für Sie ja wie ein Schlag in den Magen sein«, stichelte Zassenberg. »Was man hier alles umverteilen könnte.«

»Sie können nörgeln, so viel sie wollen, aber allein das Grundstück ist doch die reine Verschwendung von brauchbarem Wohnraum. Tut mir leid, wenn Sie das anders sehen.«

»Keine Sorge, Momberger. Toll finde ich das auch nicht. Aber ich zahle an drei Ex-Frauen Alimente. Verurteilen Sie mich also nicht, wenn ich ein wenig kritisch auf Umverteilung schaue.«

Momberger sah kurz zur Seite. War da gerade ein wenig Menschlichkeit neben ihm aufgeblitzt? Zumindest kam ihm sein Sitznachbar nun einen Deut sympathischer vor. Damit befand er sich allerdings immer noch am unteren Ende der Skala.

Endlich kam das Haus in Sicht. Es war ein moderner, aus vielen Würfeln zusammengesetzter Bau aus Sandstein und Glas. Er fügte sich ein in eine Gartenanlage, die in ihrer Perfektion beinahe klinisch wirkte. Jedes Blatt schien exakt nach Plan getrimmt, jeder Grashalm einzeln ausgerichtet worden zu sein. Im Rest der Stadt waren schon die ersten Blätter von den Bäumen gefallen, doch hier war nicht ein einziges braunes Pünktchen auf dem Rasen zu erkennen.

Momberger parkte den alten Volvo neben dessen nagelneuem Urenkel, einem brachialen SUV, mit dem man in der Stadt etwa so viel anfangen konnte wie mit einem Handtuch im Bällchenbad.

Beide drückten ihre Zigaretten im vollen Aschenbecher des Wagens aus und öffneten die Türen.

»Reden Sie erst einmal mit ihm«, sagte Zassenberg, »Sie haben ein wenig mehr Ahnung davon, mit wem wir es hier zu tun haben.«

Momberger nickte und drückte die Klingel.

Aus verständlichen Gründen hatte er erwartet, dass ein Diener, Butler oder nubischer Sklave die Tür öffnen würde, es war allerdings Anton Wegener selbst. Dessen Bild hatte er schon häufig in der Lokalzeitung gesehen – medizinische Durchbrüche, Spendenaktionen, Klatsch und Tratsch, er war überall dabei.

»Die Herren von der Kripo, nehme ich an?«, fragte Wegener.

Der Professor war – gerade wenn man seinen erstaunlichen Lebenslauf betrachtete – noch recht jung. Neunundvierzig Jahre, erinnerte sich Momberger. Er wäre allerdings auch für vierzig durchgegangen. Das war der eigentliche Schlag in den Magen. Der Mann war fast zehn Jahre älter als er und sah aus wie sein kleiner, sportlicher Bruder.

»Die Kripo, ganz richtig«, antwortete er. »Mein Name ist Eduard Momberger. Das ist mein Kollege Philipp Zassenberg. Wir möchten Ihnen unser Beileid ausdrücken.«

Zassenberg nickte, um ihm beizupflichten.

»Kommen Sie doch rein«, sagte Anton Wegener und führte sie ins Wohnzimmer.

Momberger war beeindruckt von dem, was er zu sehen bekam. Beeindruckt einerseits, weil ihn der Anblick tatsächlich faszinierte. Allerdings ebenso beeindruckt über die enorme Prunksucht des Professors. Auch Zassenberg machte große Augen, als sich plötzlich die ganze Stadt vor ihm auftat.

Die gesamte Front des Hauses bestand aus riesigen Fenstern, durch die man einen einzigartigen Blick auf Marburg hatte. Und auch wenn Momberger die Stadt eigentlich schon aus allen möglichen Ecken betrachtet hatte, war ihm dieser Anblick bisher verwehrt geblieben.

Das Schloss, in seinen Dimensionen gewaltig, lag gebieterisch auf dem Hügel über der Oberstadt. Aus diesem Blickwinkel wirkte es noch einmal größer, als Momberger es kannte. Er musste sich vorstellen, wie ehrfurchterregend es für einen normalen Menschen im 12. Jahrhundert gewesen sein musste, aus dem Tal zu diesem Monument hinaufzuschauen. Wer hätte sich da nicht klein und machtlos gefühlt – und der Obrigkeit hörig?

Doch Mombergers Blick schaute an der Ungerechtigkeit der Jahrhunderte vorbei und genoss die Schönheit seiner Heimatstadt, die sich an diesem kleinen Hügel potenzierte. An jeder Ecke stachen die historischen Gebäude aus der ohnehin nicht unansehnlichen Altstadt heraus. Darunter lag im schmalen Tal das restliche Marburg zu seinen Füßen.

»Setzen Sie sich doch«, bot ihnen der Professor an und deutete auf ein modernes, kantiges Sofa.

Die beiden Polizisten nahmen Platz. Momberger ignorierte geflissentlich die Tatsache, dass er sich gerade auf ein Sitzmöbel gesetzt hatte, dass so gut und gern so viel wert war, wie er in drei Monaten verdiente. Unbequem war es trotzdem.

»Darf ich Ihnen etwas zu trinken anbieten?«

Beide verneinten das Angebot.

Auch Wegener setzte sich nun in einen Sessel, der dem Sofa gegenüberstand. Er war eine beeindruckende Gestalt. Sein dunkles Haar war dicht und stark, nur an den Schläfen leuchteten ein paar graue Stellen durch. Er war schlank und hatte einen vitalen Gesichtsausdruck.

Ganz anders Momberger und Zassenberg, die sich zusammengenommen schon zwanzig Jahre durch das elende Gequalme gestohlen hatten. Der Jugendlichkeit, die Momberger einmal ausgezeichnet hatte, trauerte er nun hinterher. Gleichzeitig befeuerte er seinen Alterungsprozess mit zu viel Nikotin, Alkohol und schlechter Ernährung – vom Stress im Job ganz zu schweigen. Und es war nicht viel Phantasie vonnöten, um zu erkennen, dass es Zassenberg keinen Deut besser machte. Die beiden schienen dem Professor in allen Belangen unterlegen zu sein. Trotzdem waren sie es, die nun ihn unter die Lupe nehmen würden – und nicht umgekehrt.

»Professor Wegener«, fing Momberger an. »Ich möchte Ihnen noch einmal unser Mitgefühl aussprechen.«

Anton Wegener nickte, sein Gesicht gab aber nur wenig von seinem Innenleben preis.

»Sie haben Ihre Frau bereits vor drei Tagen als vermisst gemeldet.«

»Das stimmt. Sie kommt normalerweise immer spätestens um zehn Uhr nach Hause. Als es bereits eins war, habe ich mir Sorgen gemacht und die Polizei informiert.«

»Können Sie sich vorstellen, wer Ihrer Frau so etwas antun könnte? Hatte sie irgendwelche Feinde? Gab es in letzter Zeit Streit mit jemandem?«

Wegener schüttelte den Kopf.

»Ich kann mir wirklich niemanden vorstellen. Jeder hat sie gemocht. Sie war gesellschaftlich sehr engagiert. Hat viel zurückgegeben.«

»Wer viel gibt, tritt manchmal denen auf die Füße, die nichts abbekommen«, erklärte Momberger. »Können Sie sich vorstellen, dass jemand nicht mochte, was sie tat? Oder wem sie etwas gab?«

»So genau bin ich nicht über ihre Engagements informiert, tut mir leid. Da müssen Sie eine ihrer Freundinnen fragen, fürchte ich.«

»Sie wissen nicht, was Ihre Frau macht?«

»Wir sind beide Arbeitstiere. Ich weiß genau, an welchen Projekten sie mit mir zusammengearbeitet hat. In ihrer Freizeit war sie aber auch gerne ohne mich aktiv.«

Momberger kratzte sich am Kinn, überlegte, noch einmal nachzuhaken, beließ es dann aber dabei. »Dann bräuchten wir die Nummer einer Freundin, wenn Sie die hätten.«

Wegener nickte. »Lasse ich Ihnen zukommen.«

»Ist an diesem Tag etwas anders gewesen als sonst?«, fragte Momberger. »Hat Ihre Frau sich seltsam benommen? Gab es Vorkommnisse, an die Sie sich erinnern?«

»Nein, eigentlich nicht.«

Anton Wegener legte die Ellenbogen auf die Oberschenkel und die Fingerspitzen beider Hände gegeneinander.

»Wir waren in letzter Zeit sehr beschäftigt und von morgens bis abends auf der Arbeit. Für besondere Vorkommnisse fehlte uns beiden eigentlich die Zeit.«

»Sie und Ihre Frau arbeiten also viel zusammen?«

»Ja, so haben wir uns kennengelernt. Sie war eine meiner Studentinnen, hatte Talent für zehn andere. Ich habe sie in mein Team an den Behringhöfen geholt. Wir haben dann schnell gemerkt, dass wir uns auch privat sehr gut verstehen.«

Momberger nickte bedächtig und sah zu seinem Kollegen hinüber. Zassenberg machte allerdings keine Anstalten, sich in die Befragung einzumischen. Er sah sich stattdessen interessiert das teure Inventar an.

»An was genau haben Sie gearbeitet? War das etwas Wichtiges?«

»Ich hoffe, dass alles wichtig ist, was ich mache.« Der Professor lachte verkrampft. »Sonst würde ich erst gar nicht damit anfangen. In den letzten Monaten haben wir an einem Verfahren gearbeitet, das die Entwicklung von Impfstoffen erheblich beschleunigen könnte.«

»Impfstoffe?«, fragte Zassenberg. Sehr plötzlich schien er das Interesse an der Einrichtung verloren zu haben. »Was für Impfstoffe?«

»Hauptsächlich gegen Influenza-Stämme.«

»Also, zum Beispiel Corona?«

»Ganz richtig«, bestätigte ihn der Professor. »Die Pandemie hat sehr viel Geld in Umlauf gebracht. Wir konnten damit endlich so arbeiten, wie wir es schon immer wollten.«

Zassenberg nahm eine Haltung ein, die klarmachte, dass er die Befragung übernahm. »Korrigieren Sie mich, wenn ich falschliege, aber so ein Impfstoff wäre doch Milliarden wert, oder nicht?«

»Natürlich wäre er das. Aber Sie haben mich missverstanden. Wir arbeiten nicht an dem Impfstoff selbst. Es geht uns darum, ein Verfahren zu entwickeln, um in Zukunft schneller Impfstoffe herzustellen. Stellen Sie sich vor, der Impfstoff wäre ein Paket und wir die Post. Und wir versuchen gerade, vom laufenden Boten auf Luftfracht umzustellen.«

»Soso.« Zassenberg nickte. »Aber trotzdem wäre dieses Verfahren doch unheimlich viel wert, oder nicht?«

»Mehr als der eigentliche Impfstoff, würde ich sagen.«

»Und Ihre Frau war an der Entwicklung beteiligt?«

»Sie war neben mir die Einzige, die den Überblick über alles hatte. Sie glauben doch nicht, dass sie deswegen getötet wurde?«

Zassenberg stand auf. »Einen Grund muss es gegeben haben«, murmelte er und starrte aus dem Fenster. »Warum nicht diesen?«

»Gab es Versuche, an die Formel für das Verfahren zu kommen?«, fragte Momberger, woraufhin Wegener etwas herablassend grinste.

»Das ist ein sehr komplexer Prozess. Da gibt es nicht die eine Formel, die alles beschreibt. Aber ja, natürlich wollen alle etwas vom Kuchen abhaben. Industriespionage ist bei uns weitverbreitet. Aber ich glaube nicht, dass jemand deswegen morden würde.«

29

»Menschen morden schon aus viel geringeren Anlässen«, widersprach Zassenberg und drehte sich vom Fenster weg. »Glauben Sie mir! Können Sie sich vorstellen, wer besonders von Ihrem Verfahren profitieren würde?«

»Da gibt es einige«, antwortete der Professor. »Fragen Sie am besten meinen Assistenten Oliver Belz.«

Er zückte eine Visitenkarte und reichte sie an Momberger.

»Er weiß in dieser Hinsicht wahrscheinlich mehr als ich. Ich versuche immer, den wirtschaftlichen und politischen Aspekt meiner Arbeit möglichst zu ignorieren.«

»Herr Wegener, es tut mir leid, aber wir müssen das fragen.« Zassenberg sah den Professor nun zum ersten Mal wirklich an. »Wo waren Sie, bevor Sie Ihre Frau als vermisst gemeldet haben?«

»In meinem Hobbyzimmer«, antwortete er unaufgeregt. »Ich sammle Mineralien. Meine Familie hat eine lange Tradition in der Geologie. Da war ich bis etwa elf. Danach habe ich eine Weile auf meine Frau gewartet. Als sie nicht kam, bin ich zur Polizei.«

»Zeugen gibt es dafür nicht, oder?«

»Kaum, aber ich bin mir sicher, dass die Überwachungsbänder mich beim Verlassen des Hauses zeigen.«

»Es wäre nett, wenn Sie uns diese Bänder zukommen lassen würden«, sagte Momberger. »Außerdem brauchen wir eine Liste von allen Mitarbeitern, die an dem Verfahren mitgearbeitet haben.«

»Natürlich. Überhaupt kein Problem.«

»Eines noch. Hat Ihre Frau vielleicht ihr Handy daheim gelassen? Wir haben wegen ihres Zustands …«

Zassenberg wusste wohl nicht genau, wie er es ausdrücken sollte.

»Weil sie nackt gefunden wurde, haben wir bei ihr nichts finden können. Keinen Geldbeutel, keine Handtasche und auch kein Handy. Und die letzten Nachrichten von ihr würden uns sicher weiterhelfen.«

»Da muss ich nachsehen. Brauchen Sie es sofort?«

»So schnell wie möglich.« Zassenberg drückte ihm seinerseits eine Visitenkarte in die Hand. »Falls Ihnen doch noch etwas zu dem Abend einfällt.«

Daraufhin machten sie sich auf den Rückweg.

Im Auto war es Momberger, der zuerst das Wort ergriff. »Mann, der Kerl hat ja nicht mal versucht, den trauernden Ehemann zu spielen.«

»Allerdings«, bestätigte ihm Zassenberg und zündete sich eine Zigarette an. »Aber macht ihn das nun besonders verdächtig oder besonders unverdächtig?«

5

Ein mit Fleischwurst vollgepackter Teller rotierte in der Mikrowelle und schien die beiden Polizisten zu hypnotisieren, die davor Wache standen. Das eintönige, einschläfernde Summen verstärkte den Sog, den das Gerät auf die zwei hatte. Albert Michel und Fritz Zaun standen leicht gebeugt vor dem vergitterten Fenster der Mikrowelle und starrten gebannt hinein, sodass man sich kaum vorstellen konnte, dass außer einer Portion Wurst weiter nichts in dem kleinen Kasten zu finden war.

Als das Gerät mit einem lauten »Pling« anzeigte, dass der Inhalt nun wärmer, wenn auch ein wenig formloser war, streckten sowohl Michel als auch Zaun die Hand aus. Kurz sahen sie sich verwirrt an, zogen ihre Hände wieder zurück und wiederholten das Ganze noch einmal. Erst beim dritten Versuch schaffte es Albert Michel, sich zurückzuhalten, und ließ seinen Kollegen die glutheiße Fleischwurst aus der Mikrowelle holen.

Fritz Zaun jonglierte den heißen Teller relativ geschickt durch den Raum, fand dann aber keine Unterlage, wo er ihn hätte abstellen können. Die Folge war, dass er damit durch die Gegend lief. Als er endlich einen freien Tisch gefunden hatte, stellte er den Teller zu nah an der Kante ab, pustete sich auf die Finger und sah verblüfft dabei zu, wie der Teller inklusive der darauf platzierten Fleischwurst erst ins Schwanken geriet und dann zu Boden fiel. Ein lautes »Klirr« ertönte, und der Teller zerbrach in zwei Dutzend Teile, die sich auf dem Boden verteilten.

»Fünf-Sekunden-Regel«, keuchte Zaun und stürzte sich auf die Wurst.

Das alles beobachteten vom anderen Ende des Raums ungläubig Sybille Weigand und die beiden Zeugen, die Yalda Wegeners Leiche gefunden hatten.

»Tut mir leid«, entschuldigte sich die Beamtin, die ein wenig älter als die Studenten war, sich aber bei Weitem nicht so fühlte.

Was sie hingegen fühlte, war die peinliche Verlegenheit, die fast immer dann aufkam, wenn man sich als Kollegin von Albert Michel und Fritz Zaun outen musste.

»Die zwei sind zwar ungeschickt, aber gute Polizisten«, verdrehte sie die Wahrheit ein wenig und widmete sich dem eigentlichen Thema. »Also, Frau Ullrich, wie war noch gleich Ihr Vorname?«

»Alicia«, antwortete das dunkelhaarige Mädchen mit den dicken Augenringen. Anscheinend hatte sie letzte Nacht nicht allzu viel Schlaf bekommen. Kein Wunder, wenn man beim Nacktbaden anstatt Erfrischung eine aufgeblähte Leiche fand.

»Und Sie sind?«, fragte Bill mit Blick auf den gut gebauten Studenten, der danebensaß.

Der betrachtete schon die ganze Zeit seine Schuhe und rührte sich auch jetzt nicht.

»Hallo?«, hakte Bill nach.

»Ja?«

Der junge Mann kam ganz offensichtlich noch deutlich schlechter mit dieser Situation zurecht als sein nächtliches Abenteuer. Seine Oberarme sagten »Superman«, doch sein Gesicht schrie »Waschlappen!«.

»Ihr Name?«, fragte Bill noch einmal. »Für das Protokoll.«

»Sören«, murmelte der junge Mann.

»Sören, und weiter?«

»Sören Reitz. Sorry, ich habe heute Nacht kein Auge zugemacht.«

»Dachte ich mir«, sagte Bill, während sie den Namen eintrug. Als sie wieder aufblickte, konnte sie nicht anders, als sich die beiden elenden Häufchen nackt durchs Wasser springend vorzustellen. Nacktbaden in der Lahn war unter Studenten ein beliebter Zeitvertreib und führte – zumindest im Sommer – jeden Tag zu Anrufen genervter Nachbarn.

Bill selbst hatte nicht studiert und war auch erst vor einigen Jahren nach Marburg gezogen. Sie war in einem der Dörfer im Umland aufgewachsen und hatte nie die Chance gehabt, sich im

33

Evakostüm ins kalte Nass zu stürzen. Durch ihren Heimatort floss nur ein winziger Bach, in dem allenfalls Frösche badeten.

Allerdings war sie sich relativ sicher, dass Eduard Momberger, ihr direkter Vorgesetzter, beinahe alles mitgemacht hatte, was das Studentenleben in Marburg ausmachte: Poetry Slams, Fahrräder klauen, Chomsky lesen und natürlich auch Nacktbaden in der Lahn. Er war in Marburg groß geworden, hatte vor dem Polizeidienst studiert und damals nur wenig ausgelassen. Das hatten ihr zumindest die Vögel gezwitschert.

Bill selbst war deutlich zahmer, hatte das aber auch immer ein wenig bereut. Wenn sie noch einmal von vorn beginnen könnte, würde sie ihrer Polizeilaufbahn ebenfalls ein Studium vorausschicken; einfach, um das Leben auch aus dieser Perspektive erfahren zu können.

Wer jedoch einmal ein reguläres Studium aufgenommen hatte, kam nur sehr selten noch zur Polizei. Studenten und Polizisten hegten einen natürlichen Groll gegeneinander.

»Nun denn«, sagte Bill, die endlich die nackten Körper der beiden Zeugen aus dem Kopf bekommen hatte. »Erzählen Sie doch mal!«

Ihrer Aufforderung folgte allerdings keine Antwort. Die beiden Studenten schauten sich nur kurz verlegen an und rückten dann ein Stückchen vom anderen weg. Bill hatte das schon oft erlebt. Die Taten der letzten Nacht waren am nächsten Morgen nicht mehr witzig und abenteuerlich, sondern eher dumm und peinlich.

»Okay. Dann anders.«

Bill sah die junge Frau an, die die Arme eng vor der Brust verschränkt hatte. Sie war trotz der zerzausten Haare und des verschlafenen Gesichts hübsch anzusehen. Bill konnte dem stämmigen, aber nicht ganz so attraktiven Jungen neben ihr nur zu der Eroberung gratulieren. Die Art, wie sich die beiden voneinander wegdrehten, sagte ihr aber, dass er davon nicht mehr profitieren würde. »Frau Ullrich!«, rief sie.

Die junge Frau schaute auf.

»Überspringen wir doch einfach mal die Sache mit dem Ausziehen. Was ist passiert, als Sie im Wasser waren? Sind Sie geschwommen?«

»Nein«, antwortete sie und schniefte leise. »Wir waren nicht ganz nackt. Kommt das in den Bericht? Schreiben Sie bitte, dass wir noch Unterwäsche anhatten.«

»Das kommt nicht in den Bericht«, erklärte Bill ein wenig amüsiert. »Was das angeht, können Sie sich als voll bekleidet betrachten.«

Frau Ullrich atmete erleichtert durch, was einerseits verständlich, im Angesicht der Lage aber auch etwas pietätlos erschien.

»Also gut«, seufzte sie schließlich und lockerte ihre verkrampfte Haltung ein wenig. »Wir waren nicht schwimmen. Das Wasser war so kalt, also wollten wir eigentlich nur einmal auf dem Wehr entlanglaufen.«

Sie schaute zum jungen Mann neben sich. Es war offensichtlich, dass sie die letzte Nacht bereute. Die Anziehungskraft, die sich zwischen den beiden unter dem Einfluss von Alkohol und wahrscheinlich auch ein paar anderen Dingen ergeben hatte, war verflogen und hatte sich ins Gegenteil verkehrt.

Das kannte auch Bill nur zu gut. Welches Dorfmädchen war nach der Kirmes nicht schon einmal neben dem falschen Kerl aufgewacht? In dieser Hinsicht konnten die Studentinnen ihr kaum etwas vormachen.

»Sie sind auf dem Wehr entlanggewandert«, wiederholte sie und füllte gleichzeitig das Protokoll aus. »Und dann?«

»Ich bin vorausgegangen. Sören lief hinter mir. Als wir etwa in der Mitte waren, wollte ich wieder zurück, und als ich mich umgedreht habe, na ja, da stand er direkt vor mir.«

Sie machte eine kurze, vielsagende Pause, die den nächsten Satz schon erahnen ließ.

»Und wir haben uns geküsst.«

»Wie gut, dass Sie schon nackt waren«, sagte Bill, konnte aber kein Lächeln ernten.

»Ich habe doch gesagt, dass wir nicht nackt waren. Ich hatte noch Unterwäsche an. Jeden Tag liegen da Mädchen im Bikini rum, die viel weniger anhaben als ich.«

»Erzählen Sie mir einfach, was passiert ist.«

»Na gut«, murmelte sie. »Wir ... wir sind irgendwie, wie soll ich das sagen?«

»In Fahrt gekommen?«, fragte Bill.

Die Angesprochene schien zunächst pikiert, nickte dann aber. Ihr Sitznachbar schrumpfte immer mehr in sich zusammen. Nicht unmöglich, dass er all das später auch noch einer Freundin erklären musste. Ähnliches könnte auch der Grund dafür sein, dass Frau Ullrich das Wort »nackt« nicht im Protokoll haben wollte. Bekleidet auf dem Wehr herumzutollen, war ein harmloser Spaß, doch nackt glich es einem Vorspiel.

»Er hat mich umarmt«, erklärte die junge Frau.

Bill bemerkte, wie sehr sie es vermied, den Namen des Mannes zu nennen, dem sie in der Nacht noch die Zunge in den Rachen gesteckt hatte.

»Wir haben uns ein wenig gedreht«, fuhr sie fort und machte dann eine schnelle Bewegung mit dem Arm. »Da bin ich ausgerutscht und das Wehr runtergerutscht. Als ich unten war ...«

Sie kniff die Augen fest zusammen und schien die Bilder aus dem Kopf vertreiben zu wollen. »Zuerst dachte ich, es wäre ein Aal«, erklärte sie ganz leise. »Aber es war ihr Arm.«

»Das tut mir leid«, sagte Bill, die sich nicht vorstellen wollte, wie es sein musste, von einer Wasserleiche berührt zu werden.

»Können Sie sich an noch mehr erinnern?«

Alicia Ullrich blickte mit großen roten Augen erst aus dem Fenster und suchte dann den Augenkontakt zu Bill.

»Ehrlich gesagt weiß ich gar nichts mehr. Als ich gemerkt habe, dass ... dass es ... eine Leich ...«

Sie konnte nicht weiterreden und vergrub das Gesicht in den Händen.

»Bleiben Sie ganz ruhig, Frau Ullrich.«

Eigentlich hatte die arme Frau nun auch erst mal genug erzählt, dachte sich Bill. Der austrainierte Kerl neben ihr hingegen war bisher keine große Hilfe gewesen. Ein Waschlappen zu sein, war allerdings keine Ausrede, die Bill auf dem Revier gelten ließ.

»Wie wäre es mit Ihnen, Herr Reitz? Sie waren doch zu diesem Zeitpunkt weiter oben. Haben Sie etwas gesehen, das uns weiterhelfen könnte?«

»Weiterhelfen?«, fragte er.

Manchmal wunderte sich Bill, wer sich alles Student schimpfen durfte. Das Abitur war eben noch lange kein Nachweis von gehobener Intelligenz. Der Beweis saß vor ihr.

»Versuchen Sie sich bitte zu erinnern!« Bill hatte kaum Hoffnung, dass Sören Reitz seine Konzentration bald finden würde. Ihr blieb aber nichts anderes übrig, als nachzuhaken. »Haben Sie vielleicht jemanden in der Nähe gesehen? Jemanden, der Sie beobachtet hat? Sie waren doch schon den ganzen Tag auf den Lahnwiesen. Ist Ihnen da vielleicht einer aufgefallen, der sich seltsam benommen hat? Eine Person, die etwas im Fluss zu suchen schien?«

Er schüttelte den Kopf, und seine Antwort verlor sich im Stottern. »Wir haben … gefeiert … mit Freunden. Da haben wir nicht … auf die Umgebung … geachtet.«

»Und später?« Als Frau Ullrich schon mit der Leiche in Kontakt gekommen war?«

Unpassende Wortwahl, dachte Bill. Und tatsächlich durchzuckte Alicia Ullrich ein Schauer. Sie riss sich allerdings wieder zusammen. Ihr Sitznachbar war hingegen schon wieder abwesend.

»Herr Reitz!« Bill schnippte mit den Fingern vor seiner Nase herum. »Aufmerksam bleiben! Was können Sie mir sagen? War da irgendjemand, der Ihnen aufgefallen ist?«

»Mir ist nichts aufgefallen.«

Keine große Überraschung, dachte sich Bill. Ihr blieb nur zu hoffen, dass Sören Reitz nichts Wichtiges studierte. Sie wollte sich nicht ausmalen, irgendwann auf dem OP-Tisch zu liegen und in die müden Augen dieses Jungen zu blicken.

Sie versuchte es noch einmal mit der Zeugin. »Frau Ullrich, Sie vielleicht?«

»Nein, tut mir leid!«

Bei den beiden war nichts mehr zu holen. So viel war Bill jetzt schon klar. Eine Frage musste sie allerdings noch stellen, doch sie fürchtete bereits die Antwort.

»Haben Sie denn noch etwas mit der Leiche gemacht?«

Alicia Ullrich riss schockiert die Augen auf. »Gemacht?«

»Ich meine, ob Sie sie vielleicht gedreht oder von sich weggestoßen haben.« Bill schluckte. »Wie lange hatten Sie denn Kontakt mit dem Körper?«, fragte sie.

Wieder unpassend, dachte sie sich.

Entsprechend fiel auch die Reaktion aus. »Ich … ich weiß es nicht. Ich erinnere mich nicht.« Alicia Ullrich steckte den Kopf zwischen ihre Beine und fing an zu schluchzen.

»Schon gut. Sie müssen nicht weitererzählen«, versuchte Bill sie zu beruhigen.

Sie war drauf und dran, die junge Frau in den Arm zu nehmen, doch das wäre unprofessionell gewesen. Sie entschied sich stattdessen für etwas anderes. »Herr Reitz kann mir den Rest erzählen, oder nicht?«

»Wie bitte?«, fragte der.

»Sie haben aus Ihrer Position wahrscheinlich besser gesehen, was passiert ist. Könnten Sie das beschreiben?«

»Also … Alicia fing irgendwann an … zu schreien. Und dann hat sie wild um sich geschlagen. Das Wasser hat ziemlich gespritzt. Ich habe die … die Leiche … erst gar nicht gesehen. Ich dachte, Alicia würde … ertrinken. Ich bin schnell runter und habe ihr aus dem Wasser geholfen. Erst als wir am Ufer waren … habe ich … die Leiche … im Wasser gesehen.«

Immerhin hat er versucht, ihr zu helfen, dachte sich Bill. Ein Punkt auf der bisher verwaisten Pro-Seite.

Sie hatte nun alles erfahren, was sie wissen musste. Zumindest war sie sich sicher, dass sie nicht mehr aus den beiden trostlosen Figuren herausholen könnte.

Die junge Frau schluchzte aber noch immer und hatte den Kopf zwischen die Knie geklemmt. Ihr verunglückter One-Night-Stand wusste weiterhin nichts zu unternehmen. Also versuchte Bill, sie ein wenig zu beruhigen.

»Gehen Sie nach Hause«, sagte sie. »Schlafen Sie erst einmal. Irgendwann verschwinden die Bilder aus dem Kopf. Versprochen! Und wenn Ihnen doch noch etwas einfällt, können Sie mich jederzeit erreichen.«

Sie steckte Frau Ullrich eine Visitenkarte in die Tasche. »Sind Sie mit jemandem hier?« Sie ignorierte dabei bewusst Sören Reitz.

»Meine Mitbewohnerin sitzt draußen«, schluchzte sie und deutete Richtung Tür. »Sie passt auf mich auf.«

»Sehr gut. Und wenn Ihnen etwas auf dem Herzen liegt, dann rufen Sie einfach an. Ich meine das ernst.«

Alicia Ullrich nickte, stand langsam auf und schlurfte zu ihrer Mitbewohnerin.

»Herr Reitz!«, rief Bill und holte diesen damit aus seinem Tagtraum zurück. »Sind Sie ebenfalls in Begleitung hier?«

»Ich?«, fragte er irritiert zurück. »Nein, ich bin alleine gekommen.«

»Okay, das werden wir ändern.«

Bill führte ihn zu einem uniformierten Polizisten, dem sie auftrug, den Verwirrten nach Hause zu bringen und dort ins Bett zu stecken. Ihr schoss durch den Kopf, dass Alicia Ullrich von Glück reden konnte, nicht mit diesem Kerl ins Bett gestiegen zu sein, schüttelte den zynischen Gedanken aber wieder ab und kehrte zu ihrem Schreibtisch zurück. Dort lag der Bericht noch ziemlich jungfräulich herum und würde es fürs Erste auch bleiben.

Bill ärgerte sich, dass sie nicht mehr zu diesem brisanten Fall beitragen konnte. Das war ihre Chance, sich endlich zu beweisen. Ihre Kollegen sollten sehen, was sie konnte, die Chefin sollte sehen, was sie konnte, und vor allem Eduard Momberger. Doch für diesen Moment blieb ihr nichts anderes übrig, als auf die nächste Chance zu warten.

»Hey, Bill!«

Neben ihr waren plötzlich Michel und Zaun aufgetaucht.

»Na, ihr zwei? Wie kann ich euch helfen?«

Sie hielten ihr einen dampfenden Teller entgegen. »Fleisch-wurst?«

6

»Ich habe eben mit Oliver Belz telefoniert«, sagte Zassenberg und steckte die Visitenkarte zurück in seine Jackentasche. »Er ist gerade auf der Arbeit und hätte Zeit für uns. Wie weit ist das von hier?«

»Die Behringhöfe?«, fragte Momberger. »In zwanzig Minuten sind wir da.«

Sie fuhren durch die Stadt zurück und hatten das Pech, diesmal im Mittagsverkehr festzustecken. Zassenberg schaute aus dem Fenster des Volvos und betrachtete die Passanten misstrauisch.

»Gibt es auch Menschen hier, die sich normal kleiden?«

»Was meinen Sie?«

»Der da hinten ist schon der zweite Kerl ohne Schuhe, den ich sehe. Die meisten sehen aus, als hätten sie ihre Klamotten selbst genäht, und so gut wie niemand scheint in den letzten Monaten einen Friseur besucht zu haben.«

»Ach das, ja, das ist normal. Marburg ist eben eine Studentenstadt.«

»Studentenstadt, was heißt das eigentlich?«, fragte Zassenberg ärgerlich. »Ich bin mir sicher, dass Frankfurt deutlich mehr Studenten hat als Marburg.«

»Mag sein.« Momberger nickte, während er über die Kreuzung fuhr. »Aber der Anteil ist ganz anderer. Die Universität hat fast dreißigtausend Studenten und Studentinnen.«

Zassenberg rollte mit den Augen, als Momberger die weibliche Form extra hinzufügte.

»Hinzu kommen noch mal fünf-, sechstausend Mitarbeiter und Mitarbeiterinnen, und das bei einer Stadt von gerade mal fünfundsiebzigtausend Einwohnern und Einwohnerinnen.«

Auf dem Beifahrersitz ballte Zassenberg die Hände zu Fäusten. Doch Momberger war noch nicht am Ende angelangt.

»Da sind wir fast bei der Hälfte der Marburger und Marburgerinnen ...«

»Schluss jetzt!«, fuhr Zassenberg dazwischen. »Diesen Genderquatsch können Sie gerne im Bioladen verwenden, aber solange ich hier die Ermittlungen leite, gibt es nur Einwohner, Marburger, Zeugen und Ermittler. Ist das klar?«

Nun war es Momberger, der mit den Augen rollte. »Ja, verstanden. Ich versuche, mich zurückzuhalten. Sie sind ja nicht der Erste, der Probleme damit hat, sich zu verändern.«

Er ließ die Worte für einen Moment wirken und kam dann auf das Thema zurück. »Lassen Sie mich meinen Gedanken noch zu Ende führen: Die Hälfte der Marburger und ... Ich meine: Jeder zweite Marburger hat irgendwie mit der Uni zu tun. Deshalb sagt man hier auch: Marburg *hat* keine Universität, Marburg *ist* eine Universität.«

»Soso, sagt man das?«

»Ja, tut man, warum?«

»Haben Sie das schon mal gesagt, wenn kein Auswärtiger anwesend war?«

Momberger überlegte einen Moment und schüttelte dann den Kopf.

»Ehrlich gesagt nicht.«

»Dann sagt man das auch nicht«, belehrte ihn Zassenberg.

»Man will nur angeben.«

Sie fuhren erneut an der E-Kirche vorbei, diesmal aber nicht weiter in Richtung Oberstadt, sondern geradewegs auf die Behringhöfe zu.

»Sehen Sie sich einfach mal um«, verlangte Momberger. »Das Haus da gehört zur Uni, das da auch.« Er deutete auf zwei einander gegenüberliegende Gebäude, die eher wirkten wie die Kulisse für einen Mittelalterfilm als für die Vermittlung von Wissen. »Da hinten das größere Gebäude ist von der Medizin. Man kann hier keine zehn Schritte machen, ohne mit der Universität in Berührung zu kommen. Dazu gehören natürlich auch die Studenten.«

»Stört Sie das nicht?«, murrte Zassenberg.

»Weil ich kein Student mehr bin, meinen Sie?«

»Nicht ›mehr‹?« Zassenberg wurde hellhörig. »Nein, lassen Sie mich raten!« Er überlegte einen Moment und sagte dann:

»Philosophie.«

»Im Nebenfach, ganz richtig. Im Hauptfach Deutsche Literatur.«

»Abgebrochen, nehme ich an?«

»Nein, ich hab's durchgezogen. Sie sehen einen waschechten Akademiker vor sich.«

»Kommt drauf an, was man unter Akademiker versteht. Den Rest Ihres Werdegangs können Sie mir später beim Essen erklären. Ich denke nicht, dass ich ohne ein Fass Bier damit zurechtkomme. Sagen Sie mir lieber, was es mit diesen Behringhöfen auf sich hat.«

»Wie passend. Da sind sie schon.«

Die Stadt ging nahtlos in die Behringhöfe über. Gerade waren rechts und links noch Reihenhäuser zu sehen, nun zehnstöckige Gebäude, die von einem hohen Zaun mit Stacheldraht umgeben waren. Momberger fuhr allerdings an diesen vorbei, und sie befanden sich mit einem Mal im Wald.

»Sollten wir nicht da reinfahren?«, fragte Zassenberg.

»Der Haupteingang ist auf der anderen Seite des Berges.«

»Wie groß sind denn diese Höfe?«

»Verdammt groß«, sagte Momberger. »Sagt Ihnen der Name Emil von Behring etwas?«

Zassenberg schaute ihn an, ohne auch nur einen Muskel zu bewegen.

»Sollte er eigentlich. Der Mann war der erste Nobelpreisträger für Medizin, oder Physiologie, wie es eigentlich heißen muss. Hat die frühesten Impfungen mitentwickelt. Diphtherie, Tetanus, so was. Vom Geld für den Nobelpreis hat er hier das erste Gebäude errichtet. Und heute ist es einer der größten Arbeitgeber in der Region.«

»Sie klingen so begeistert«, wunderte sich Zassenberg. »Ist

man in Ihren Kreisen der Pharmaindustrie gegenüber nicht eher skeptisch eingestellt?«

»Na ja, meine halbe Familie steht bei denen in Lohn und Brot, und das seit über fünfzig Jahren. Da kann ich schlecht zum großen Abgesang auf die Pharmariesen blasen. Was allerdings nicht heißt, dass hier alles frei von Skandalen wäre.«

Momberger kramte mit einer Hand auf der Rückbank seines Volvos herum, ohne dabei die Straße aus dem Blick zu verlieren. Irgendwann bekam er die Zeitung in die Finger, die er gesucht hatte, und warf sie Zassenberg auf den Schoß.

»Schauen Sie mal im Lokalteil nach.«

Der Ermittler tat wie geheißen. Als er den entsprechenden Artikel gefunden hatte, las er die Überschrift vor: »Große Rückrufaktion bei Herzmedikament«, ist ja allerhand.«

»Hat wohl bei einigen Menschen zu heftigen Reaktionen geführt. Drei sind gestorben.«

»Und deswegen bezieht Ihre Tante jetzt kein festes Gehalt mehr?«

»Nein. Meine Verwandtschaft verdingt sich eher mit Kaffee-kochen und Müllrausbringen.«

»Das kenne ich nur zu gut«, sagte Zassenberg und warf die Zeitung wieder auf die Rückbank. »Gab es denn Konsequenzen wegen der Sache?«

»Nicht bei den Behringhöfen, aber sehr wohl bei den Ge-sundheitsbehörden.«

Der Wald um sie herum wurde dichter, das Licht fiel nur noch hier und da durch die Äste auf die Straße.

»Sie wissen noch, dass für die Corona-Impfung alle Zulas-sungsverfahren deutlich beschleunigt wurden?«

»Hat uns den Arsch gerettet«, antwortete Zassenberg. »Klar weiß ich das noch.«

Momberger nickte. »Anscheinend wollte die Pharmaindus-trie auf dieser Welle mitschwimmen. Das Herzmedikament, Cora… Corairgendwas, mir fällt der Name nicht mehr ein. Auf jeden Fall wurde das ebenfalls mit einem beschleunigten Verfahren zugelassen. Allerdings ohne den Aufwand, der für die Corona-Impfstoffe getrieben wurde. Und von nichts kommt bekanntlich nichts – oder Schlimmeres. Deswegen waren die Tests vor der Zulassung nicht so, wie sie hätten sein müssen. Da rollten dann Köpfe bei den Gesundheitsbehörden.«

»Und beim Hersteller nicht?«

»Die Sorgfaltspflicht liegt hier anscheinend bei den Behörden«, erklärte Momberger, dessen Volvo eine kleine Steigung am Berg mit deutlich hörbarem Widerwillen überwinden musste. Der Polizist schaltete zwei Gänge zurück und ließ den schwedischen Motor aufheulen. »Das ist auch ganz richtig so, wenn Sie mich fragen. In einem kapitalistischen System …«

»Um Gottes willen!«, schnaufte Zassenberg. »Was kommt jetzt?«

»Machen Sie sich mal nicht ins Hemd! Ich will nur sagen, dass jeder auf seinen Vorteil bedacht ist – vor allem auf den finanziellen Vorteil. Natürlich wollen die Firmen ihre Produkte so schnell wie möglich auf den Markt bringen. Da muss es jemanden geben, der aufpasst, dass es nicht zu schnell passiert. Oder sehen Sie das anders?«

Langsam schüttelte Zassenberg den Kopf. »Absolut nicht. Ich störe mich eher daran, einen Satz mit ›in einem kapitalistischen System‹ anzufangen. Damit haben Sie sofort die Hälfte Ihrer Zuhörer verloren – selbst wenn die grundsätzlich derselben Meinung sind wie Sie.«

Das leuchtete Momberger durchaus ein, auch wenn er es niemals offen zugegeben hätte. Er schwieg, um sich der weiteren Diskussion zu entziehen.

Nachdem sie der Straße eine Weile bergauf gefolgt waren, ging es nun aus dem Wald heraus und wieder etwas den Hügel hinunter. Sie fuhren vorbei an riesigen Neubauten und gewaltigen Baustellen, auf denen noch mehr riesige Neubauten errichtet wurden. Schließlich standen sie vor einer Schranke, die von zwei stämmigen Sicherheitsleuten mit Schusswaffen im Halfter flankiert wurde. Sie zeigten ihre Ausweise vor und fragten, wo sie Oliver Belz finden konnten. Ihnen wurde ein Parkplatz zugewiesen, auf dem sie warten sollten.

Nach ungefähr zehn Minuten kam ein kleiner, schmächtiger Mann mit Halbglatze auf sie zu. Er war etwa Mitte vierzig und hatte ein rundes, ausgesprochen freundliches Gesicht.

»Sind Sie von der Polizei?«, fragte er mit hoher Stimme.

»Ja. Dr. Belz?«

»Ganz richtig. Stimmt es, was ich gehört habe? Ist Yalda wirklich tot?«

»Leider ja«, sagte Momberger. »Kannten Sie sie gut?«

»Allerdings«, schnaufte er und starrte auf den Boden. Sein Gesicht war bleich geworden. »Entschuldigung, ich muss mich nur wieder fangen.«

Momberger nahm ihn am Arm und half ihm dabei, sich auf den Bordstein zu setzen.

»Es tut mir leid«, entschuldigte Belz sich. »Ich … also … ich hatte noch die Hoffnung, dass es nicht wahr wäre.«

Zassenberg schaute auf ihn hinunter.

»Tja, so ist es aber leider. Geht's wieder?«

Er streckte ihm die Hand entgegen.

»Ich denke schon.« Belz nahm die Hand und ließ sich von Zassenberg aufhelfen. »Yalda war so lange Teil unserer Teams. Es ist ein ungeheurer Schock für mich.«

Zassenberg kam trotzdem direkt zur Sache. »Gibt es hier einen Ort, an dem wir uns in Ruhe unterhalten können? Wir würden gerne in Erfahrung bringen, was Frau Wegener genau gemacht hat. An was Sie arbeiten.«

»Oh, natürlich, natürlich. Am besten in meinem Büro. Folgen Sie mir.«

Oliver Belz führte sie durch die gewaltige Anlage. Zassenberg sah sich interessiert um. Einen Industriekomplex in dieser Größenordnung hatte er wohl nicht erwartet, als er ins beschauliche Marburg gekommen war.

Auch Momberger nahm seine Umgebung genau unter die Lupe. Vor vielen Jahren war er schon einmal am gleichen Ort

46

gewesen. Doch zu dieser Zeit hatte es noch ganz anders ausgesehen. So viele Gebäude waren neu hinzugekommen – Forschungsanlagen, Lagerhallen, Bürobauten. Alle hässlich, eckig und sehr groß. Auch ihm fiel es schwer, dieses riesige Areal mit seiner überschaubaren Heimat in Verbindung zu bringen.

Im Prinzip waren die Behringhöfe ein ganzer Stadtteil Marburgs – kein allzu hübscher allerdings. Beton folgte auf Beton, hier und da schossen riesige Schornsteine und Abluftanlagen aus dem Boden, ständig raste ein Lieferwagen an ihnen vorbei.

Nach fünf Minuten standen sie vor dem Eingang eines besonders scheußlichen Gebäudes, und Oliver Belz öffnete die Tür mit seiner Schlüsselkarte.

»Bitte desinfizieren Sie sich die Hände.« Er deutete auf einen Desinfektionsmittelspender. »Das ist bei uns Pflicht.«

Nachdem sich Momberger und Zassenberg gründlich eingeschmiert hatten, ging es in einen Aufzug und dann nach unten. Als sich die Schiebetür wieder öffnete, war das Tageslicht verschwunden und durch hässliches Neonlicht ersetzt worden. Momberger hatte den gleichen Gedanken wie immer unter diesen Umständen: Wahrscheinlich macht mich das Licht noch zehn Jahre älter. Ein Blick in die tiefen Furchen in Zassenbergs Gesicht offenbarte ihm, dass dessen Ausstrahlung auch nicht von den Neonlampen profitierte. Aber bei wem war das schon so?

Endlich führte sie Belz in ein kleines, modernes Büro mit Schreibtisch, mehreren großen Bildschirmen und einem breiten Regal voller Ordner. Die Polizisten setzten sich auf zwei Stühle, die vor dem Schreibtisch standen, Belz nahm in einem teuren Bürostuhl Platz, der ihn deutlich größer machte, als er eigentlich war. Er sah sie an, sagte aber nichts.

»Also«, fing Momberger an. »Herr Dr. Belz, in welchem Verhältnis standen Sie zu Frau Wegener?«

»Frau *Dr.* Wegener«, korrigierte ihn Belz leise. »Nun ja, wir waren seit etwa zehn Jahren Kollegen. Professor Wegener hat sie direkt von der Uni geholt. Das hat er damals auch mit mir gemacht. Sie war mir sofort sympathisch.«

47

»Das heißt, Sie waren auch privat befreundet?«

»Nein, das nicht.« Belz schüttelte den Kopf. »Wir haben uns einfach gut verstanden. Yalda, ich meine Dr. Wegener, hatte gar nicht viel Zeit für Privates, bei dem, was sie alles gemacht hat.«

»Was war das zum Beispiel?«

»Natürlich die Arbeit hier.« Belz nickte ständig, als müsste er sich selbst zustimmen. Sein Blick raste im Raum umher, fixierte aber nie etwas länger als eine oder zwei Sekunden. »Außerdem hat sie sich sehr intensiv gegen rechts eingesetzt.«

»Gibt es so was hier?«, fragte Zassenberg leicht amüsiert. »Rechte Gruppen?«

»Burschenschaften«, beantwortete Momberger seine Frage.

»Kleine rechte Zellen, die niemand wirklich haben will.«

»Ja, davon habe ich doch schon mal gehört«, fiel Zassenberg ein. »Denkt man gar nicht, bei den ganzen Hippies auf der Straße. Hatte Dr. Wegener denn Probleme mit Burschenschaften oder anderen rechten Gruppierungen?«

»Keine gravierenden«, antwortete Belz. »Ich bin mir da aber nicht ganz sicher. Letztes Jahr, das weiß ich noch, hat jemand ihren Namen an eine Hauswand gesprüht. Mit einigen unschönen Bemerkungen dazu. Mehr habe ich nicht mitbekommen, aber sie hat auch nicht viel von sich preisgegeben.«

»Wissen Sie, wer das war?«

»Nein, aber sehr wahrscheinlich jemand aus den Burschenschaften.«

In diesem Moment klopfte es an der Tür. Eine junge Frau im weißen Kittel trat herein und bemerkte überrascht, dass Oliver Belz nicht der Einzige im Raum war.

»Entschuldigung! Ich wusste nicht, dass du Besuch hast.«

»Schon gut. Die beiden Herren sind von der Kripo.«

»Ach so!« Die junge Frau rückte wieder ein wenig Richtung Tür. »Dann ist das mit Yalda …?«

»Leider ja.« Belz nickte.

»Mein Gott!«, kommentierte die junge Frau und schluchzte auf. »Entschuldigung!«

Sie verschwand wieder.

Die beiden Polizisten starrten ihr einen Moment lang hinterher und drehten sich dann wieder zu Oliver Belz.

»Eine Freundin von Frau Dr. Wegener?«, fragte Zassenberg.

»Frau Dr. Ranft ist auch eine Kollegin von uns. ›Freundin‹ wäre wohl zu viel gesagt.«

Zassenberg nickte und verengte die Augen. »Lassen Sie uns zu Ihrer Arbeit kommen. Sie machen wichtiges ... Zeug hier, oder?«

Belz deutete auf den Schrank voller Aktenordner. »Durchaus! Wir entwickeln Bioreaktoren.«

»Bioreaktoren? Ich dachte, Sie arbeiten an Impfstoffen?«

»Ja, ja, das tun wir im Prinzip auch.« Anstatt wild durch den Raum zu huschen, waren seine Augen jetzt starr auf Zassenberg gerichtet. »Aber nicht direkt. Wir entwickeln und programmieren Bioreaktoren, in denen das Erbgut von Viren gezüchtet wird. Damit lassen sich Impfstoffe deutlich schneller herstellen als in klassischen Verfahren. Es ist eine Revolution.«

»Eine profitable Revolution?«, warf Momberger ein.

»Auf jeden Fall.«

Belz nickte und sah nun den zweiten Ermittler an. Seine Augen strahlten, als er von den Möglichkeiten des Reaktors berichtete. »In Zukunft können wir Impfstoffe innerhalb von Wochen in ausreichenden Mengen zur Verfügung stellen. Heute dauert das noch Monate, wenn nicht Jahre.«

Zassenberg kratzte sich am Kinn. »Was wäre denn passiert, wenn dieses Verfahren schon vor der Pandemie marktreif gewesen wäre?«

»Es wäre auf jeden Fall weniger passiert. Wir hätten schon im ersten Winter genügend Menschen geimpft gehabt. Es hätte viel weniger Tote gegeben, geringere Schäden in der Wirtschaft, keinen Lockdown. Deutschland hätte Milliarden gewonnen.«

Immer wenn jemand von Milliardengewinnen sprach, rollte Momberger mit den Augen, als wäre es ein Schimpfwort. Das tat er auch diesmal.

Oliver Belz sah das und fühlte sich dadurch wohl zu einer Richtigstellung gedrängt. »Doch vor allem hätten wir viele Menschenleben retten können. Nicht nur hier, sondern weltweit. Gleichzeitig sinken durch unser Verfahren die Kosten um ein Vielfaches. Das steigert natürlich den Profit und damit die Möglichkeiten, neue Impfstoffe zu entwickeln.«

»Man könnte den Profit auch an die Kunden weitergeben«, sagte Momberger. »Wie wäre das?«

»Klar, könnte man auch. Aber dann entwickeln sicher nicht wir das nächste revolutionäre Verfahren.«

»Lassen Sie uns beim Thema bleiben«, funkte Zassenberg dazwischen und sah Momberger genervt an. »Wie genau war Dr. Wegener in die Sache involviert?«

»Na ja, ohne sie gäbe es keinen Bioreaktor. Sie hat im Prinzip alles entwickelt.«

»Sie hat das gemacht?«, fragte Zassenberg neugierig. »Nicht der Professor?«

Oliver Belz sah ertappt aus. »Natürlich hat Herr Wegener auch seinen Teil dazu beigetragen«, versuchte er sich zu verbessern. Seine Augen huschten nun wieder umher. »Die beiden waren es selbstverständlich gemeinsam.«

Erneut klopfte jemand an der Tür, und Belz zuckte zusammen.

»Herein!«, rief er.

Ein junger Mann Anfang dreißig spähte in den Raum.

»Oh, sorry! Ich wollte nicht stören, aber hast du das von Yalda gehört?«

»Habe ich. Das sind die Herren von der Kripo.«

»Und Sie sind?«, fragte Zassenberg.

»Lukas Arnim.« Er trat nun ganz durch die Tür.

»Haben Sie von der Rückrufaktion gehört?«, fragte Oliver Belz und deutete auf seinen Kollegen. »Der Mann hier hat deswegen die ganze Kacke am Schuh.«

»Sie haben das Medikament versaut?«

»Ich?« Lukas Arnim hob wie ertappt die Arme. »Nein, ich

bin nur dafür zuständig, denjenigen den Arsch zu retten, die es wirklich versiebt haben.«

»Und Sie haben auch mit Frau Dr. Wegener zusammengearbeitet?«

»Mit Yalda? Nein!«

Er war klein und drahtig, ähnlich wie Oliver Belz. Im Gegensatz zu ihm hatte er aber noch volles Haar.

»Meine Freundin Ines kannte Yalda. Ich wollte nur fragen, was passiert ist.«

Zassenberg zückte eine Visitenkarte und reichte sie an Lukas Arnim weiter. »Vielleicht haben Sie und Ihre Freundin ja ein paar nützliche Hinweise für uns.«

Arnim verschwand rückwärts wieder in den Flur.

Einen Moment später schaute eine ältere Frau mit Brillengläsern so dick wie Bullaugen herein. Sie war so klein, dass sie zum Türgriff nach oben greifen musste.

»Tut mir leid, Oliver«, sagte sie. »Ich sorge dafür, dass euch keiner mehr stört.«

»Danke, Helga.«

Sie schloss die Tür, und man hörte es dumpf, wie sie draußen die nächsten neugierigen Mitarbeiter abwimmelte.

»Die gute Seele des Hauses?«, fragte Zassenberg.

»Allerdings«, erklärte Oliver Belz. »Als Helga hier angefangen hat, war ich noch nicht mal auf der Welt. Damals standen hier hauptsächlich Pferdeställe. Aus dem Blut der Pferde wurden die Impfstoffe gewonnen. Aber das führt vielleicht zu weit.«

Nachdenklich schaute Zassenberg Richtung Tür. Dann drehte er sich wieder ihrem eigentlichen Gesprächspartner zu.

»Könnten Sie uns den Arbeitsplatz von Dr. Wegener zeigen?«, fragte Momberger, als er bemerkte, dass sein Kollege nichts mehr zu sagen hatte.

»Natürlich. Aber da werden Sie nichts finden.«

7

Wie Oliver Belz vermutet hatte, war am Arbeitsplatz von Yalda Wegener kein brauchbarer Hinweis zu finden. Selten hatte Momberger einen derart klinisch sauberen Schreibtisch vor sich gesehen. Auf der polierten Holzplatte befanden sich einzig ein Computerbildschirm, die dazugehörige Tastatur und eine Maus. Es gab keine Schubladen, keine Schränke, keine Akten, einfach nichts.

»Wo hat sie ihr ganzes Zeug aufbewahrt?«, wollte er wissen.

»Hat sie überhaupt hier gearbeitet?«

»Allerdings!«, erklärte Belz. »Sogar sehr viel. Aber Yalda war unglaublich gut organisiert. Sie hat alles auf einem zentralen Server aufbewahrt, auf den sie von überall Zugriff hatte. Selbst Notizen hat sie in digitaler Form darauf gelagert.«

»Sehen Sie eine Möglichkeit, dass wir an die Daten herankommen?«, fragte Zassenberg, doch sein Tonfall beantwortete die Frage bereits. Hätte man ihn in einen Gesichtsausdruck verwandelt, dann wäre er dem von Oliver Belz relativ nahegekommen.

»Da sehe ich ehrlich gesagt schwarz«, antwortete der untersetzte Mann, wobei er noch ein wenig zusammenschrumpfte. »Wir müssen alle ein halbes Dutzend Verschwiegenheits- und ›gehst-ins-Gefängnis‹-Papiere unterschreiben, bevor wir hier auch nur eine Mail verschicken dürfen.«

»Und wir müssen nur einen Richter dazu bekommen, uns Zugriff darauf zu gewähren. Das ist dann nur ein Papier, und auf dem steht ›Durchsuchungsbefehl‹.«

»Verstehen Sie mich nicht falsch! Von mir aus können Sie da natürlich gerne dran. Es müsste allerdings viel passieren, bis die oberste Etage Ihnen Einblick in Interna des Unternehmens gestattet. Glauben Sie mir, ich spreche da aus Erfahrung.« Er grinste schief, als hätte er einen schlechten Witz gemacht. »Aber selbst wenn Sie Zugriff darauf hätten – und das meine ich nicht abschätzig –, könnten Sie höchstwahrscheinlich nichts mit dem anfangen, was Sie da finden. Yalda war eine der führenden Expertinnen auf ihrem Gebiet – weltweit. Selbst ich hatte manchmal Probleme, ihr zu folgen.«

»Wir werden trotzdem versuchen, Zugriff auf die Daten zu bekommen«, erklärte Momberger. »Man weiß nie, ob man nicht doch etwas Nützliches findet. Und zur Not ...« Er legte eine Hand auf die Schulter von Oliver Belz. »... können Sie uns ja mit dem komplizierten Kram helfen.«

Dem kleinen Mann war die Berührung sichtlich unangenehm, weshalb der Polizist die Hand schnell wieder herunternahm.

Zassenberg stopfte derweil seine Hände in die Hosentaschen und schaute auf den wie unbenutzt dastehenden Schreibtisch. »Wenn Sie schätzen müssten«, fing er an und drehte sich zu Oliver Belz, »wie viel Anteil an Ihrem Bioreaktor-Projekt würden Sie Frau Dr. Wegener zuschreiben und wie viel ihrem Mann?«

»Ich möchte wirklich nicht ...«

»Einfach nur schätzen!«

»Nun, wenn Sie mich so fragen: Yalda hatte mit Sicherheit ... ich meine, wahrscheinlich den größeren Anteil daran.«

Er schaute auf Momberger, wohl in der Hoffnung, bei ihm ein wenig Beistand zu finden, um nicht weiter schlecht über seinen Chef sprechen zu müssen. »Das muss aber nichts heißen«, stotterte er. »Professor Wegener hat hauptsächlich mit administrativen Angelegenheiten zu tun, mit denen wir uns gar nicht beschäftigen.«

»Interessant«, erklärte Zassenberg mit einem leichten Grinsen auf den Lippen. »Uns hat der Professor gerade noch gesagt, dass er sich gerne aus solchen Dingen heraushält.« Sein Blick bohrte sich in Oliver Belz, der ihm nicht eine Sekunde standhalten konnte. »Passen Sie auf«, sagte er. »Ich weiß, dass Ihr Job davon abhängt, was der Professor von Ihnen hält. Aber

Sie erscheinen mir wie ein cleveres Kerlchen. Sie finden zur Not einen neuen Job. Yalda Wegener hat aber nicht ihren Job, sondern ihr Leben verloren. Wenn wir herausfinden sollen, wer dafür verantwortlich ist, dann müssen Sie uns die Wahrheit sagen. Das liegt doch auch in Ihrem Interesse. Außer natürlich …«

Dr. Belz war wirklich ein cleveres Kerlchen und verstand die Andeutung sofort. »Ich? Nein, um Himmels willen! Ich könnte nicht einmal einer Fliege etwas zuleide tun.«

»Na, dann erzählen Sie uns doch einfach, was wir wissen wollen.«

Die Finger des Doktors schlangen sich ineinander. Schweiß bildete sich auf seiner Stirn, und er schaute in der Hoffnung von Momberger zu Zassenberg, doch noch einen guten Bullen unter den beiden zu finden. Als er erkannt hatte, dass er vergebens suchte, fiel er wie ein Soufflé in sich zusammen und setzte sich auf den Bürostuhl hinter den Schreibtisch.

»Das haben Sie nicht von mir! Professor Wegener ist mit seinem eigenen Bioreaktor schon vor Jahren gescheitert. Alles, was hier nur gemacht wird, stammt von Yalda. Ihr Mann hat sich nur darum gekümmert, das Ganze möglichst als seine Idee zu verkaufen und die Finanzierung zusammenzubekommen.«

»Na bitte!«, sagte Zassenberg sichtlich erfreut. »Und wir mussten nicht einmal an den Computer ran.«

Sie luden den Doktor für den nächsten Tag aufs Revier ein und machten ihm klar, dass es eine Verabredung war, die er nicht absagen wollte.

Momberger rief Bill an und trug ihr auf, auch Professor Wegener möglichst schnell aufs Revier zu bekommen. Dann machten sie sich wieder auf den Rückweg.

Als sie erneut durch den Wald fuhren, hatte sich die Sonne schon ein wenig Richtung Horizont gesenkt und leuchtete warm durch die rotbraun gefärbten Blätter. Zassenberg schien seltsam fasziniert vom tiefen Wald.

»Das kennen Sie aus Ihrer Heimat nicht, oder? Die Natur.«

»Ja, das stimmt schon. Wer in Frankfurt frische Luft haben will, muss dreißig Minuten Autofahrt oder eine Stunde mit der S-Bahn einplanen.«

Momberger nickte eifrig und nahm eine Hand vom Steuer, um damit die hübsche Umgebung zu präsentieren, als würde er ein Verkaufsgespräch führen. »Hier kann man innerhalb von wenigen Minuten aus der Stadt in den Wald zu den Behringhöfen und wieder zurück fahren – und hat sogar noch Zeit einzukaufen.«

»Gefällt Ihnen das?«

»Ob mir das gefällt? Wirke ich so, als ob ich ungern hier lebe?«

»Das hört man hier häufig.«

»Mir fällt es schwer, dem Kleinstädtischen etwas abzugewinnen. Verstehen Sie mich nicht falsch, Momberger. Die Umgebung ist wirklich nett. Aber wenn Sie am Ortsschild zu spät bremsen, sind Sie schon wieder aus der Stadt raus. Das würde mich über kurz oder lang in den Wahnsinn treiben.«

»Ach ja?«

Wieder nickte Momberger. »Wir haben viele Studentinnen und Studenten aus Berlin, Hamburg, Frankfurt und anderen Großstädten. Und die sagen alle dasselbe wie Sie.«

»Das ist ja noch trauriger«, sagte Zassenberg. »Alle wissen es besser und kommen trotzdem hierher.«

»Und dann bleiben sie hier.«

»Erzählen Sie keinen Blödsinn!«

»Tue ich nicht!«, versprach Momberger, schließlich wusste er es besser. »Irgendwann hat einen Marburg überzeugt.«

»Ich sage Ihnen Bescheid, wenn es so weit ist«, ätzte Zassenberg, und damit war das Thema fürs Erste beendet.

Doch es gab noch etwas deutlich Wichtigeres zu besprechen. »Wir müssen einen Durchsuchungsbefehl besorgen«, erklärte Momberger. »Um die Daten auf dem PC durchleuchten zu können. Wer weiß, was das Opfer darauf alles gespeichert hatte.«

»Kann nicht schaden«, meinte Zassenberg, ohne wirklich

begeistert zu klingen. »Geben Sie der Staatsanwältin Bescheid. Wie hieß sie noch gleich?«

»Sabine Kaufmann. Mit der bekommen wir keine Probleme.«

»Ach ja?«

»Glauben Sie mir. Wir kennen uns von früher.«

Zassenberg grinste schelmisch. »Wie genau kennen Sie sich denn?«

Momberger ärgerte sich bereits darüber, zu viel preisgegeben zu haben. »Ist das wichtig für den Fall?«

»Für den Fall? Nein. Aber für mein persönliches Vergnügen.«

»Das wird warten müssen.«

»Ich bin gespannt.«

Zassenberg schien ein Talent dafür zu haben, Dinge schnell hinter sich zu lassen, denn schon hatte er ein anderes Thema auf den Lippen. »Außerdem soll sich auch mal jemand schlau machen, ob Professor Wegener und seine Frau Konkurrenz bei anderen Pharmaunternehmen hatten. Wahrscheinlich waren sie nicht die Einzigen, die so einen Bioreaktor geplant haben. Im kapitalistischen System …«, er machte eine kleine Pause, um die Wortwahl wirken zu lassen, »… ist schließlich jeder auf den eigenen Vorteil aus.«

Momberger kommentierte den kleinen Seitenhieb mit einem Augenrollen.

»Wenn so ein Reaktor wirklich das wert ist, was man uns glauben machen will, dann wollten sicher einige Leute an die Daten von den Wegeners kommen. Wer weiß, mit welchen Mitteln.«

»Was schlagen Sie vor?«, fragte Momberger.

»Beauftragen Sie jemanden damit, herauszufinden, was gerade auf dem Bioreaktoren-Markt los ist. Wir wäre es mit dem Mädchen, dieser Weigand?«

»Bill? Nein, die ist zu clever fürs Rumtelefonieren. Michel und Zaun bekommen das auch hin.«

»Die beiden Sonderschüler im Körper von Sumoringern?« Zassenberg schien wenig begeistert. »Sind Sie sicher, dass die ein Telefon bedienen können?«

»Nach einer kurzen Einweisung ganz sicher«, scherzte Momberger und entlockte Zassenberg tatsächlich ein amüsiertes Schnaufen. »Ich weiß, dass die beiden nicht immer kompetent wirken. Aber glauben Sie mir: Sie schaffen auch Ergebnisse. Und wir können Bill für wichtigere Dinge einsetzen.«

»Wenn Sie das sagen.«

Beide zündeten sich eine Zigarette an und schwiegen den Rest der Fahrt.

Es ging bereits auf den frühen Abend zu, als sie das Revier erreichten. Zassenberg verscheuchte zunächst einen jungen Beamten von dessen Schreibtisch und ließ sich von ihm dann einen Kaffee bringen.

Momberger wollte ihn deswegen erst zurechtweisen, überlegte es sich dann aber noch anders, denn eines hatte er in der kurzen Zeit mit dem unsympathischen Frankfurter schon mitbekommen: Das Arschloch verstand mehr von Polizeiarbeit als jeder andere auf dem Revier – ihn selbst eingeschlossen. Wenn man ihm seinen Willen ließ, wäre der Fall vielleicht schneller geklärt, womit Zassenberg früher wieder auf dem Heimweg sein dürfte. Also behielt Momberger seine Meinung für sich, warf dem verscheuchten Kollegen einen entschuldigenden Blick zu und schnappte sich einen Stuhl, den er gegenüber von Zassenberg an den Schreibtisch stellte.

»Vielleicht sollten wir Wegener sofort noch einmal besuchen«, schlug er vor. »Wenn seine Frau vorhatte, die Wahrheit über den Bioreaktor publik zu machen, dann haben wir ein Motiv: gekränkter Stolz. Wäre nicht das erste Mal.«

Zassenberg kratzte sich am Hinterkopf, schlürfte am Kaffee und machte ein überraschtes Gesicht. »Nicht schlecht, das Gesöff. Den Kollegen sollten Sie sich warmhalten.«

»Was sagen Sie dazu?«

»Zum Kaffee? Schmeckt hervorragend, hören Sie nicht zu?«

Momberger unterdrückte ein Stöhnen. »Zu Professor Wegener!«

57

»Der war's nicht.«

»Und das haben Sie im Kaffeesatz gelesen?«

»Vertrauen Sie mir, Momsen! Ich weiß es.«

Verdutzt schaute Momberger seinen Kollegen an. »Woher wissen Sie, dass man mich ›Momsen‹ nennt?«

Zassenberg drehte seine Kaffeetasse um, auf der deutlich der Name »Momsen« zu lesen war. »Der junge Kollege ist zwar gut im Kaffeekochen, aber nicht unbedingt der aufmerksamste Leser.« Genüsslich trank er noch einen Schluck aus der Tasse.

»Momsen? Hat das was zu bedeuten?«

»Wir hatten früher einen Waschbären im Garten.«

»Und Momsen ist das Geräusch, das Waschbären machen, wenn sie im Dreck wühlen? Ganz der Polizist?«

»Nein, meine Schwester hat ihn so genannt, als wir klein waren.«

Zassenberg nickte konzentriert, als wäre sein Kollege ein weiterer Fall, den es zu lösen gälte. »Aber was zur Hölle hat das mit Ihnen zu tun?«, fragte er.

»Wieso wollen Sie das überhaupt wissen?

»Ich bin von Natur aus neugierig. Deshalb bin ich so gut in dem, was ich tue.«

Bevor sie die Frage nach dem Namen Momsen weiter erörtern konnten, standen Michel und Zaun neben ihnen. Beide hatten jeweils ein fettiges Stück Pizza in der einen und eine Akte in der anderen Hand. Zassenberg sah die zwei so an, als hätte er eine Erscheinung.

»Zweimal Laurel inklusive Hardy«, murmelte er.

»Was meinen Sie?«, fragte die beiden unisono.

Zassenberg winkte ab. »Schon gut. Wenn Sie die Anspielung verstanden hätten, würde sie nicht mehr zutreffen.«

Momberger sah die zwei puterroten Beamten an und hoffte, dass der Groschen nicht doch noch fallen würde. Dem war allerdings nicht so.

»Was gibt's denn, meine Herren?«, fragte er.

»Wir haben den Herrn Professor und seine Frau durchleuchtet«, erklärte Zaun. »Herr Wegener ist bisher nicht aktenkundig, seine Frau allerdings schon.«

Zunächst wollte er die Pizza an Momberger weiterreichen, schien dann aber zu bemerken, dass die wichtigeren Informationen wahrscheinlich im Ordner zu finden waren. Er gab diesen weiter und nahm stattdessen einen gewaltigen Bissen von der fettigen Pizza.

Sein Ebenbild redete für ihn weiter. »Sie ist immer wieder mit Burschen aneinandergeraten, nachdem sie eine Initiative zur Enteignung von Burschenschaften gestartet hatte.«

»›Burschen raus, Kinder rein!‹«, erinnerte sich Momberger.

»Davon habe ich gehört. Die wollen die Burschenschaften enteignen und ihre Häuser für Bildungseinrichtungen nutzen. Sehr optimistische Forderung, aber löblich. Das hat Yalda Wegener initiiert?«

»Sieht so aus«, antwortete Zaun. »Seitdem hat man ihr immer wieder gedroht. Allerdings hat sie nie Anzeige erstattet. Sie hat uns nicht einmal selbst darüber informiert.«

»Sondern?«

Zaun deutete auf das Dokument in Mombergers Hand und den Namen »Ines Schmied«.

»Kennen wir nicht eine junge Frau namens Ines?«, fragte Zassenberg. »War das nicht die Freundin des Opfers?«

»Stimmt auffallend«, bestätigte Momberger. Er sah Zaun und Michel an, schien es sich dann aber noch einmal anders zu überlegen. »Wisst ihr was? Schickt mir Bill her. Ihr könnt in der Zwischenzeit versuchen herauszufinden, ob es noch andere Firmen gibt, die einen Bioreaktor produzieren wollten.«

Als die beiden ihn verwirrt anschauten, schnappte er sich einen Notizblock, schrieb das Wort »Bioreaktor« in Druckbuchstaben darauf und reichte den Zettel an Laurel und Hardy weiter.

»Und das hier ist die Nummer von Oliver Belz. Der hat mit Yalda Wegener zusammengearbeitet und kann euch bei Fragen zum Thema Bioreaktoren sicher helfen. Ich kann es jedenfalls nicht.«

»Wird gemacht!«, sagte Zaun und schnappte sich den Zettel. Erstaunlich flink verschwand er zusammen mit Michel Richtung Schreibtisch. Doch gerade als sie es fast aus der Reichweite von möglichen weiteren Aufgaben geschafft hatten, fiel Momberger noch etwas ein.

»Ach, Jungs!«

Zaun und Michel zuckten zusammen und drehten sich noch einmal um. Man konnte in ihren Gesichtszügen ablesen, dass sie hofften, nichts Kompliziertes aufgedrückt zu bekommen.

Momberger versuchte, es einfach zu halten. »Findet doch bitte heraus, welche Burschenschaft sich besonders gerne mit Frau Dr. Wegener in den Haaren hatte. Klappert sie zur Not alle ab. So viele sind es Gott sei Dank auch wieder nicht.«

Die beiden nickten, machten sich auf zu ihren Schreibtischen und steckten sich als Proviant für die Strecke von etwa acht Metern jeweils den Rest ihrer Pizza in den Rachen.

Eine Minute später tauchte Bill auf, die Momberger kurz an der Schulter berührte, um ihre Anwesenheit anzuzeigen. Wieso macht sie das nur immer, fragte er sich. »Bill, bitte mach diese Frau Schmied ausfindig.« Er reichte ihr die Akten. »Frag sie, was Frau Dr. Wegener mit den Burschenschaften zu tun hatte. Und ob sie von Problemen in der Ehe der Wegeners weiß. Ob der Herr Professor eifersüchtig auf seine Frau war.«

»Eifersüchtig?«, grinste Bill. »Warum denn?«

»Wie es scheint, hatte sie in ihrer Beziehung die Hosen an – zumindest was die Arbeit angeht.«

»So ist das mit euch. Ihr könnt Frauen nur unter euch ertragen.«

Momberger schoss sofort das entsprechende Bild in den Kopf.

»Ich hänge mich dran, Chef.«

»Danke dir. Hast du eigentlich schon das nacktbadende Pärchen befragt, das die Leiche gefunden hat?«

»Allerdings. Ist aber nicht viel rumgekommen.«

»Zu betrunken?«

»Zu aufgeregt«, erklärte sie. »Die junge Frau hat die Leiche kurz im Wasser berührt und hatte dann einen Blackout. Wenn ich den Erklärungen der Nachbarn Glauben schenken darf, dann hat sie danach fünfzehn Minuten am Stück hyperventiliert.«

»Da ist also nichts zu holen?«

»Nein. Die Spur ist so kalt wie die Beziehung der beiden. Die zwei haben sich nüchtern nicht einmal angesehen. Sonst noch was, Chef?«

»Nein, das war alles.«

Zassenberg jedoch hatte noch etwas hinzuzufügen. »Könnten Sie den beiden vom Wickeltisch Gefallenen da hinten noch ein wenig unter die Arme greifen?« Er deutete auf Michel und Zaun, die gerade intensiv mit dem Verdauen ihrer Pizza beschäftigt waren. »Ich habe das Gefühl, dass Aufgaben für Erwachsene sie ein wenig überfordern.«

Bill schaute hinüber und unterdrückte ein Grinsen. »Keine Sorge, Herr Zassenberg. Ich habe immer ein Auge auf die beiden. Das haben hier alle.«

Sie nickte und ging dann hinüber zu ihrem Schreibtisch.

Momberger warf ihr noch einen letzten Blick zu, den sie aber nicht erwiderte.

»Eines muss ich Ihnen ja lassen.« Zassenberg holte ihn wieder aus den Gedanken. »Ihren Laden haben Sie gut im Griff, Momsen.« Er stand auf und zog seine Jacke an.

»Sie werden mich doch nicht so nennen wollen?«

»Ich denke drüber nach. Erst einmal zeigen Sie mir, wo man hier gut essen gehen kann. Ich verhungere.«

Eine halbe Stunde später saßen sie in einem der zahlreichen Restaurants in der Marburger Oberstadt. Die Kopfsteinpflaster-Straße war eng, und trotzdem drängten sich zu beiden Seiten zahllose Lokale. Zassenberg saß mit dem Rücken zur Haus-wand, Momberger ihm gegenüber mit dem Rücken zur Straße – mehr Platz gab es nicht. Massen von Menschen drückten sich aneinander vorbei.

»Was genau haben Sie vorhin eigentlich nicht verstanden?«, fragte Zassenberg, der die Speisekarte in der Hand hielt und sie musterte, als wäre sie in Hieroglyphen geschrieben.

»Was meinen Sie?«

»Ich fragte Sie nach *gutem* Essen. Ich weiß nicht, was Sie darunter verstehen, aber für mich gehört ein anständiges Stück Fleisch dazu.« Er klappte die Karte eine Seite weiter, dann noch eine und fing schließlich wieder von vorn an. »Ich sehe hier aber nur Nudeln und Aufläufe. Nichts kostet mehr als acht Euro. Und wenn ich die Tafeln da drüben ansehe«, er zeigte auf das Lokal, das auf der anderen Straßenseite lag, keine vier Meter von ihnen entfernt, »dann sehe ich genau den gleichen Mist.«

Momberger drehte sich nicht einmal um, schließlich wusste er nur zu genau, dass es in der Oberstadt im Prinzip nichts anderes gab als Nudeln, Aufläufe und natürlich eine ganze Menge Pizza. Für ihn war daran nichts auszusetzen.

»Die Karte ist den kleinen Küchen in der Oberstadt und den noch kleineren Geldbeuteln der Studenten geschuldet«, erklärte er. »Mehr als Nudeln und Aufläufe ist da einfach nicht drin.«

»Sie können mir doch nicht erzählen, dass in diesem Kaff außer den Studenten keiner zum Essen vor die Tür geht.« Zassenberg warf die Karte auf den Tisch und schnippte nach der Bedienung.

Diese schnippte zurück. »Nicht besonders angenehm, oder?«, zischte sie. »Sollten Sie sich merken!«

Verdutzt sah Zassenberg sie an, die kaum älter als zwanzig Jahre war. Er brachte zunächst keinen Ton heraus, rang sich dann aber zu einer Entschuldigung durch.

»Ich hoffe, Sie haben was gelernt!« Sie sah Momberger an.

»Na, Momsen, das Gleiche wie immer?«

»Ich glaube, heute nehme ich mal den mit Spinat und Feta«, antwortete er. »Hatte ich lange nicht mehr. Und ein Pils.«

»Bringe ich dir«, sagte die Bedienung freundlich, drehte sich zu Zassenberg und änderte den Ton schlagartig ins Garstige. »Und bei Ihnen?«

»Ähm …« Er räusperte sich und sah von der jungen Frau zu Momberger und zurück. »Dasselbe bitte.«

»Sie meinen ›das Gleiche‹.«

»Ja«, murmelte Zassenberg genervt. »Das Gleiche.«

Als sie verschwunden war, fixierte Zassenberg seinen Kollegen, der sich fröhlich in seinem Stuhl zurückgelehnt hatte. »Deshalb sind wir hierher gegangen, oder? Damit ich einen auf den Deckel bekomme.«

»Ich hatte so eine Ahnung«, antwortete Momberger, der sich gemerkt hatte, was Zassenberg auf dem Revier mit dem jungen Kollegen angestellt hatte.

Der Geschasste nickte anerkennend und lehnte sich ebenfalls zurück. »Nun gut, Momsen. Sie haben sich eine Belohnung verdient. Drei persönliche Fragen. Ich merke doch, dass Sie mich die ganze Zeit schon über die Übel meiner Kindheit ausquetschen wollen. Eine Frage zu viel und Sie bezahlen das Essen.« Er schaute wieder auf die Karte. »Ich hoffe, Sie haben zwanzig Euro dabei.«

Tatsächlich juckte es Momberger schon den ganzen Tag in den Fingern, den grantigen Kollegen danach zu fragen, was bei ihm schiefgelaufen war. Nun die Erlaubnis dafür zu haben, machte ihm aber die Freude am Schälen der menschlichen Zwiebel madig.

Und genau das hat Zassenberg sicher gewollt, dachte er. Sich die Chance entgehen lassen wollte er allerdings auch nicht. Also überlegte er einen Moment.

»Waren Sie schon immer ein Arschloch?«

»Jede Ex-Frau hat mich ein wenig mehr zu einem gemacht.«

»Wieso heiraten Sie dann immer wieder?«

»Beim ersten Mal hat es gut funktioniert, das hat die Erwartungen für die restlichen leider unrealistisch hoch werden lassen.«

Momberger hatte den Mund schon einen Spaltbreit geöffnet und wollte gerade darauf eingehen, warum Zassenbergs erste Ehe gescheitert war. Allerdings kam ihm eine Frage in den Sinn, die ihm eher auf der Zunge brannte.

»Warum nennt man Sie ›Zaster‹?«

Zassenberg lehnte sich wieder nach vorn, legte die Ellenbogen auf den Tisch und sah sein Gegenüber an. »Das, mein junger Padawan, ist bisher die einzig gute Frage. Denn die Antwort verrät Ihnen am meisten über mich.«

Die Bedienung kam, stellte zwei Bier auf den Tisch und verschwand schnell wieder. Zassenberg trank seins zur Hälfte leer, bevor Momberger auch nur danach greifen konnte.

»Mein Vater«, fing Zassenberg ohne große Umschweife an, »war Spielhallenbetreiber. Und zwar keiner von den drei oder vier in Deutschland, die damit keine Geldwäsche verschleiern wollen. Hat ihm eine Menge Geld und noch mehr schlechte

Freunde eingebracht. Er war es, den die Leute ›Zaster‹ genannt haben. Auf mich hat es nur abgeperlt.«

»Ist Ihr Vater …«

»Na, na, na! Drei Fragen, hatten wir gesagt. Ab jetzt beschäftigen wir uns mit dem Fall.«

Momberger war enttäuscht, denn nun war er angefixt von der Frage, wie aus dem Sohn eines Geldwäschers ein erfolgreicher Kriminalbeamter hatte werden können. Allerdings ahnte er bereits, dass es mit Zassenbergs Vater wahrscheinlich nicht gut ausgegangen war.

»Oh, das ging schnell«, meinte Zassenberg plötzlich, als das Essen vor ihnen stand. »Spricht für Qualität.«

Zwei dampfende Schalen mit glutheißem Nudelauflauf standen vor ihnen. Diesen sofort zu essen, kam der Ermordung der eigenen Zunge gleich, also gingen die beiden Beamten zunächst auf den tatsächlichen Mord ein.

»Wieso glauben Sie, dass der Professor es nicht gewesen ist?«, fragte Momberger. »Er hatte ein Motiv, eine Gelegenheit und bei seiner Stellung alle Mittel, die man sich nur wünschen kann. Außerdem ist es in solchen Fällen fast immer der Ehemann.«

»Wir sind hier nicht auf der Polizeischule, Momsen!«

Der rollte genervt mit den Augen, als sein Kollege erneut den Spitznamen benutzte, den er eigentlich nur in seinem Freundeskreis zu hören bekam.

»Ich kann mir die Indizien selbst zusammenstellen. Allerdings habe ich im Gegensatz zu Ihnen schon Fälle gehabt, bei denen der Täter nicht im Register des Standesamtes zu finden war. Vertrauen Sie mir, wenn ich Ihnen sage, dass er es nicht war.«

»Das sagt Ihnen Ihr Gefühl?«

»Mehr mein Gespür als Ermittler.«

»Und wenn ich Ihnen sage, dass mein Gespür als Ermittler mir sagt, dass Wegener der Täter ist?«

»Dann werden Sie am Ende dieses Falls erkennen, dass mein Gespür Ihrem Gespür kräftig in den Arsch getreten hat.«

65

9

Obwohl sie die Gaststätte recht früh wieder verlassen hatten, sah Zassenberg am nächsten Morgen aus, als hätte er die Minibar des Hotelzimmers inklusive des Kühlmittels leer getrunken. Seine Augen waren blutunterlaufen, der Blick glasig und seine Schultern hingen ihm fast bis zu den Füßen. Er betrat das Revier mit einer Laune, die selbst Blumen hätte verwelken lassen. Alle Anwesenden gingen ihm aus dem Weg – mit einer Ausnahme.

»Zaster!«, rief Momberger fröhlich und deutlich lauter als nötig, woraufhin sein Kollege noch ein wenig mehr in sich zusammenfiel. »Wohl eine lange Nacht gehabt?«

Zassenberg hob die Hände, als wollte er sich ergeben. »Schreien Sie doch nicht so, Momsen!«

»Wer feiern will, muss auch arbeiten können, hat meine Mutter immer gesagt.«

»Zwingen Sie mich nicht, etwas über Ihre Mutter zu sagen, das Sie nicht hören wollen«, brummte Zassenberg und sah Momberger durch schmale Augenschlitze an. »Glauben Sie mir, das vertragen Sie nicht.«

Er glaubte ihm.

Der Verkaterte ließ sich von einem in der Nähe stehenden Beamten ein »Speisfass voll Kaffee« bringen und setzte sich damit neben Momberger.

»Gibt's schon was Neues?«, fragte er.

»Tatsächlich haben wir schon zwei Stunden gearbeitet, während Sie Ihren Rausch ausgeschlafen haben. Wo sind Sie denn noch so versackt? Im Trubadix? Lag ja direkt nebenan.«

»Wir sind hier nicht in Tokio, Momsen. Alles liegt irgendwie nebenan.« Er trank einen großen Schluck seines Kaffees. »Bringen Sie mich lieber auf den neuesten Stand.«

»Also gut.« Momberger schob ihm einige Unterlagen zu. »Bill hat bereits mit Ines Schmied telefoniert, der besten Freundin des Opfers. Die wusste nichts von Eheproblemen bei den Wegeners. Allerdings konnte sie uns eine ganze Menge zu Yalda Wegeners Konflikten mit den Burschenschaften erzählen.«

Während er die Ereignisse des Morgens rekapitulierte, fragte sich Momberger, ob Zassenberg überhaupt etwas von dem mitbekam, was er gerade erklärte. Trotzdem machte er weiter. Ihn leiden zu sehen, war es schon wert.

»Anscheinend kam es nicht nur hin und wieder zu Zusammenstößen mit Burschen, sondern sehr regelmäßig, in letzter Zeit fast wöchentlich«, erklärte Momberger.

»Was genau meinen Sie mit ›Zusammenstößen‹?«

»Sie erhielt wohl immer wieder Nachrichten auf ihr Handy und Morddrohungen per Brief an die Arbeit. Außerdem lauerten manche Burschen ihr auf dem Weg nach Hause auf, haben sie beschimpft und bedroht.«

»Nicht ganz unverständlich, wenn man ihnen das Dach über dem Kopf wegnehmen will. Und davon will ihr Mann nichts mitbekommen haben?«

»Das können wir ihn gleich selbst fragen«, sagte Momberger. »Er müsste jeden Moment hier sein.«

Er schaute sich im Revier um, doch der Professor war noch nicht aufgetaucht.

»Eines noch«, sagte Zassenberg. Er musste den Schleim in seinem Hals runterschlucken, bevor er weiterreden konnte. »Frau Schmied wusste wirklich nichts von Problemen in der Ehe? Die scheinen mir doch sehr offensichtlich.« Er wischte sich mit der flachen Hand durchs Gesicht und riss die Augen weit auf, weil er anscheinend nicht richtig sehen konnte. Ein Kopfschütteln schien das Problem zu beheben. »Professor Wegener wusste ja nicht einmal, dass seine Frau beinahe täglich von verschiedenen Burschenschaften bedroht wurde. Da liegt doch etwas bei der Ehe im Argen. Glauben Sie mir, ich habe genug selbst durchgemacht. Und so was weiß eine beste Freundin.«

»Habe ich mir auch gedacht«, stimmte Momberger ihm zu, ohne jedoch auf den reichen, wenn auch unschönen Erfahrungs-

67

schatz Zassenbergs zurückgreifen zu können. »Lassen Sie uns dem gleich auf den Grund gehen. Da hinten kommt der Professor.«

Anton Wegener betrat das Revier in feinem, eng geschnittenem Anzug und mit einem Blick, der eindeutig sagte, dass er sich nicht wohlfühlte. Derartige Dinge erledigten wohl meist Anwälte für ihn.

Die beiden Ermittler führten ihn in Mombergers kleines Büro und boten ihm einen Kaffee an, den er dankend ablehnte.

»Sie werden verstehen, dass ich nicht allzu viel Zeit habe«, erklärte er und setzte sich. »Deswegen würde ich das hier gerne so kurz wie möglich halten.«

»Ehrlich gesagt«, fing Zassenberg mit schwacher Stimme an. »verstehe ich das nicht so ganz. Ihre Frau ist gerade gestorben. Sie erinnern sich vielleicht?«

Ein kurzer Blick, doch Wegener zuckte nicht einmal.

»Hätte ich gerade einen geliebten Menschen verloren, läge mir alles an der Aufklärung dieses Verbrechens. Oder etwa nicht?«

Für eine gefühlte Minute schaute der Professor den Ermittler an und ließ sich dann etwas tiefer in seinen Stuhl fallen. Damit wollte er wohl anzeigen, nun doch etwas Zeit zu erübrigen.

»Da haben Sie mich ganz offensichtlich falsch verstanden«, lachte er und verlegen. »Natürlich gibt es für mich gerade nichts Dringenderes. Ich muss mich aber auch um Yaldas geistiges Erbe kümmern. Ihre Arbeit war zu wichtig für unsere Gesellschaft, als dass ich sie jetzt unvollendet lassen könnte. Sie selbst hätte gewollt, dass ich es zu Ende bringe. Es ist doch auch so etwas wie ihr Geschenk an uns alle.«

»Da Sie dieses Geschenk gerade ansprechen«, nahm Zassenberg den Faden auf und lehnte sich mit den Ellenbogen auf den Schreibtisch. »Wir haben in Erfahrung gebracht, dass der Bioreaktor, an dem Sie arbeiten, im Grunde allein von Ihrer Frau entwickelt worden ist und nicht von Ihnen.«

Unruhig rutschte der Professor auf seinem Stuhl hin und

her. »Nun, wissen Sie, an so einem Projekt sind Dutzende, manchmal Hunderte Menschen beteiligt. Da kann man am Ende schlecht sagen, wer genau wie viel Anteil am großen Ganzen hatte.«

»Einer Ihrer Mitarbeiter sieht das anders«, warf Momberger ein. Bisher hatte er still danebengesessen, aber nun hielt er es angebracht, Wegener aus mehreren Richtungen mit Störfeuer zu beschießen. »Er meinte, dass Ihre Frau klar federführend war und dass Sie vor allem Geldmittel besorgt haben. Sagten Sie uns nicht, dass Wirtschaft und Politik so gar nicht Ihr Feld sind?«

Wegener fuhr sich nervös mit der Hand durch die perfekt sitzende Frisur. »Verdächtigen Sie mich?«, rief er und wäre fast aus dem Stuhl gesprungen. »Soll ich meine Anwälte dazukommen lassen?«

Momberger war nicht entgangen, dass er den Plural benutzt hatte, wohl wissend, dass Normalsterbliche, wenn überhaupt, nur mit *einem* Anwalt drohen konnten.

»Wir verdächtigen niemanden«, antwortete Zassenberg gelassen.

Der Kaffee hatte den Kater wohl ein wenig eingedämmt, wenn auch nicht verschwinden lassen. Zumindest hatte er die Geister geweckt, die ihn auf der Arbeit auszeichneten.

»Allerdings werden wir hellhörig, wenn jemand uns nicht die Wahrheit sagt.«

»Wenn Sie die Wahrheit wissen wollen, dann fragen Sie doch diese Schlampe Ines Schmied«, brach es aus Wegener heraus.

Er war aufgestanden und deutete mit dem Finger in eine Richtung, die wohl etwas mit der besten Freundin seiner Frau zu tun hatte.

Der Professor bemerkte schnell, dass seine Reaktion ihn nicht im besten Licht dastehen ließ, ganz besonders nicht vor zwei Kriminalbeamten, die den Mord an seiner Frau untersuchten. Deswegen setzte er sich schnell wieder und versuchte, seinen Ausraster zu erklären. »Yalda hatte eine Affäre mit Ines.

Ich weiß es schon länger, habe sie aber nicht damit konfrontiert.«

Für einen Moment herrschte Stille. Der Professor sah die Beamten so an, als hätte er gerade seine Du-kommst-aus-dem-Gefängnis-Karte ausgespielt. So einfach stellte sich die Situation allerdings nicht dar.

Momberger schaute zu seinem Kollegen, der von der neuen Information deutlich weniger überrascht worden war als er selbst. Während beim nüchternen Momberger die Rädchen zu rattern anfingen, war der verkaterte Zassenberg damit wohl schon durch.

Momberger musste an den perfekt getrimmten Rasen vor dem Anwesen des Professors denken. Jeder Halm stand in Reih und Glied. Diese Perfektion, die Wegener in der ansonsten chaotischen Natur geschaffen hatte, die er wohl auch auf der Arbeit suchte, hatte er in seiner Ehe nicht herstellen können. Ganz sicher wurmte ihn das.

»Darf ich das noch einmal zusammenfassen?«, fragte Zassenberg. »Ihre Frau, eine Ihrer ehemaligen Studentinnen, wird von Ihnen ins Team aufgenommen. Dort unterstützt Yalda Sie nicht nur, sondern überflügelt Sie sogar. Die alte Meister-und-Schüler-Nummer.«

Zassenberg stand auf und lief langsam im Raum auf und ab.

»Nur dass wir es hier nicht einfach mit der bekannten Schüler-wird-zum-Meister-Geschichte zu tun haben, denn der Schüler ist auch noch mit dem Meister verheiratet. Und anstatt zumindest zu Hause ihrem Meister ergeben zu sein, nimmt eine Affäre ihm auch noch das letzte bisschen Stolz weg. Ist das so weit zutreffend?«

Zähneknirschend stimmte Wegener ihm zu. »Ja, das ist schon richtig. Aber ich habe sie nicht getötet. Das ist doch verrückt!«

»Aber als intelligenter Mensch, für den ich Sie halte, müssen Sie doch zugeben, dass Sie nicht gerade den besten Eindruck machen.«

Keine Reaktion vom Professor. Zassenberg hatte die richtigen Knöpfe gedrückt.

»Ich muss Sie bitten, vorerst nicht die Stadt zu verlassen und für weitere Rückfragen zur Verfügung zu stehen. Aber das wird Ihnen einer Ihrer Anwälte sicher genauer erklären können.«

Sie entließen Professor Wegener, der aus dem Revier schlich, als hätte man ihn verprügelt. Auch Zassenberg fiel nach der Befragung wieder in sich zusammen.

»Noch einen Kaffee!«, rief er in die Runde, und tatsächlich machte sich der junge Beamte, der ihm schon den ersten gebracht hatte, sofort auf den Weg.

»Was sagt Ihr Gespür jetzt?«, fragte Momberger seinen Kollegen, nachdem er sich wieder in seinen Stuhl hatte fallen lassen.

»Es sieht nicht mehr nach Arschtritten für mich aus.«

»Hören Sie zu, Momsen! Meine schlechten Ideen hebe ich mir für die Wahl meiner Frauen auf. Aber bei einem Mord hat sich mein Gespür so gut wie nie geirrt.«

»Wieso haben Sie den Mann so in die Mangel genommen?«

»Nur weil er es nicht gewesen ist, muss das nicht heißen, dass er nichts weiß. Außerdem ist er ein Arschloch.«

»Sind Sie auch.«

»Und Sie glauben, alle Arschlöcher auf der Welt müssten zusammenhalten? Dass wir einen geheimen Club gegründet haben und uns gegenseitig versichern, dass wir gar keine Arschlöcher sind?«

Momberger kam ins Grübeln. »Wo Sie recht haben ... Wir sollten Frau Schmied einen Besuch abstatten, oder nicht?«

Zassenberg erhob sich mühsam aus seinem Stuhl, während der Beamte den Kaffee auf dem Tisch abstellte. Er schob ihn zur Seite und stöhnte: »Ja, das sollten wir.«

Als sie das Revier verließen, erhaschten sie noch einen kurzen Blick auf den SUV von Anton Wegener. Hinter den spiegelnden Scheiben war sein Gesicht nicht zu erkennen, das kurze Stottern des Motors deutete aber darauf hin, dass er die Ermittler aus dem Revier hatte treten sehen.

Momberger schaute dem Ungeheuer von Auto hinterher

und fing an, sich eine Zigarette zu drehen. Der Blick nach unten auf die Rundung seines Bauchs störte ihn nun weniger als beim letzten Mal. Der König von Marburg hatte erste Risse in seiner Fassade gezeigt.

Neben ihm streckte Zassenberg die Glieder und schüttelte den bröckeligen Putz der letzten Nacht ab.

»Verraten Sie mir, wo Sie gestern noch waren?«, fragte Momberger.

»Wieso interessiert Sie das?«

»Ich bin von Natur aus neugierig. Deshalb bin ich so gut in dem, was ich tue.«

10

»Das ist übrigens das Haus, in dem die Gebrüder Grimm gewohnt haben, als sie in Marburg studierten.« Momberger deutete auf ein altes Fachwerkhaus.

»Und haben Jacob und Willhelm auch schon Handy-Zubehör
verkauft?«, fragte Zassenberg beim Blick auf den Laden, der
sich im Erdgeschoss breitgemacht und das Schaufenster nicht
nur mit allerhand Plastikmüll zugekleistert hatte, sondern auch
mit dubiosen Lockangeboten für Mobilfunktarife.

»Nicht dass ich wüsste«, antwortete Momberger ernüchtert
und fügte gleich hinzu: »Man kann auch nicht sagen, dass die
beiden besonders gerne hier gelebt hätten. Sie waren relativ
schnell wieder weg.«

»Sachen gibt's«, murmelte Zassenberg. »Wo genau wohnt
aber nun Frau Schmied?«

»Hier entlang.«

Sie waren erneut in der Oberstadt unterwegs, bogen nun aber
von der Hauptstraße und Verkaufsmeile in eine noch kleinere
Gasse ab, wo Momberger den Wagen parkte.

»Ab jetzt kommen wir nur noch zu Fuß weiter«, erklärte er.

»Na, wunderbar«, stöhnte Zassenberg.

»Das wird Ihnen den Kater aus den Knochen saugen, Zaster.«

»Hören Sie auf, mich so zu nennen, Momsen!«

Der jedoch antwortete nicht, sondern führte seinen Kollegen zwischen zwei besonders windschiefen Fachwerkwänden
hindurch und auf ein kleines, zwischen den hohen Gebäuden
irgendwie einsam wirkendes Haus zu, das die Sackgasse, in der
sie sich befanden, abschloss.

»Das müsste es sein.«

»Warten Sie noch einen Moment«, sagte Zassenberg.
Er fummelte eine Packung Gauloises aus seiner Jackentasche,
entlockte ihr eine Fluppe und zündete sie an.

»Keine schlechte Idee.« Momberger drehte sich in Windeseile seine eigene Zigarette zusammen.

Zassenberg entflammte sein Feuerzeug und ließ den Tabak seines Kollegen erglühen.

»Nervt Sie das nicht?«, fragte er beim Blick auf dessen Zigarette.

»Was meinen Sie?«

»Dass Sie immer erst das Material zusammenbasteln müssen, bevor Sie eine rauchen können. Sie verdienen doch ganz gut. Warum kaufen Sie keine Packung?«

»Schmeckt mir nicht! Außerdem mache ich das schon immer so.«

»Dinge verändern sich«, erklärte Zassenberg. »Manchmal zum Guten.«

Er öffnete seine Packung und bot sie seinem Kollegen an. Der lehnte jedoch mit vorgehaltener Zigarettenhand ab.

»Ich bin sehr zufrieden mit meiner Bastelarbeit, danke!«

Schulterzuckend lehnte er sich mit dem Rücken gegen eine Hauswand. Interessiert schaute er sich in der dunklen Gasse um.

»Diese Märchenatmosphäre macht mich fertig. Kein Wunder, dass die Grimms schnell wieder verschwunden sind.«

»Warum? Wenn jemand die märchenhafte Atmosphäre genießen konnte, dann ja wohl die Gebrüder Grimm.«

Nach einem tiefen Zug an der Gauloises schaute Zassenberg nach oben in Richtung des kleinen Stückchens Himmel, das man durch die hervorstehenden Dächer noch erblicken konnte.

»Lassen Sie mich Ihnen eine Frage stellen. Lesen Sie in Ihrer Freizeit gerne Krimis?«

»Ich?«, fragte Momberger. »Nein! Davon habe ich auf der Arbeit schon genug.«

Zassenberg sah nun ihn an und hakte nach: »Glauben Sie, dass die großen Märchenschreiber in ihrer Freizeit auch noch Märchen erleben wollten?«

Das klang überzeugend, auch wenn der Grund für die Flucht der Gebrüder Grimm, das wusste Momberger, vor allem daher rührte, dass ihnen Marburg zu klein gewesen war. Wahrscheinlich hätten sie sich gut mit dem mies gelaunten Frankfurter verstanden, der gerade seine Zigarette auf dem Kopfsteinpflaster austrat.

Momberger verzichtete auf eine Antwort und ging stattdessen auf das winzige Heim von Ines Schmied zu.

Im Gegensatz zu den übrigen Gebäuden hatte das urige Häuschen einen kleinen Garten, der von knorrigen Obstbäumen und buschigen Sträuchern gesäumt war. Im Schatten der umstehenden, deutlich höheren Fachwerkhäuser wirkte das einsame Haus mit dem zugewachsenen Garten wie eine verwunschene Hexenhütte. Ob darin auch die dazugehörige Hexe zu Hause war, hieß es noch herauszufinden.

Momberger klingelte, und sie mussten nicht lange warten, bis Ines Schmied ihnen die Tür öffnete.

Er zuckte kurz, als er sie sah. Ines Schmied hatte eine auffällige Narbe auf einer Hälfte ihres Gesichts, die wohl von einem Brandunfall stammen musste. Trotzdem wirkte sie ausgesprochen attraktiv und auch nicht so alt wie die siebenunddreißig Jahre, die sie laut den Unterlagen war.

»Frau Schmied?«, fragte Zassenberg und zeigte seinen Ausweis vor.

»Ja, die bin ich. Aber ich war doch eben erst bei Ihrer Kollegin auf dem Revier.«

»Na, wenn das so ist, kommen wir morgen wieder.«

»Wirklich?«

»Natürlich nicht! Wir müssen dringend mit Ihnen reden.«

Sie schaute die Beamten verwirrt an, ließ die beiden jedoch hinein und führte sie durch eine wahnsinnig enge, aber sehr aufgeräumte Wohnung in die Küche, wo die beiden am Esstisch Platz nahmen.

Der Raum war nicht größer als das winzige Büro von Momberger, aber dennoch sehr praktisch eingerichtet. Alles hatte seinen Platz und wirkte wie auf das uralte Haus zugeschnitten. Auch die Küche selbst schien bereits einige Jahrzehnte, wenn

75

nicht mehr, auf dem Buckel zu haben, brachte dafür aber eine ganze Menge Charme mit sich.

Momberger fühlte sich sofort wohl und nahm auch den Kaffee an, den Ines Schmied ihm anbot.

Zassenberg lehnte hingegen ab und sah sich stattdessen um. Ihm gefiel der winzige Raum nicht, das konnte Momberger ihm ansehen. Der Körper seines Kollegen schien sich der Enge anzupassen. Er zog die Ellenbogen an sich und die Schultern zum Kopf. Momberger stellte sich vor, dass Zassenberg in Frankfurt in einem sterilen Loft mit nur drei Möbelstücken hauste.

Dann widmete er sich der hübschen Frau mit der auffälligen Narbe.

»Frau Schmied.« Er nippte am Kaffee und befand ihn für gut. »Sie haben, ich will es mal wohlwollend ausdrücken, ›vergessen‹, meiner Kollegin zu erzählen, dass Sie und Frau Dr. Wegener ein sehr viel engeres Verhältnis pflegten, als Freundinnen das für gewöhnlich tun.«

Ines Schmied setzte sich ebenfalls an den kleinen Esstisch und umklammerte ihren Kaffee mit beiden Händen.

»Was meinen Sie?«, fragte sie recht überzeugend, wenn auch unnötig.

»Wie wir soeben erfahren haben, hatten Sie ein Verhältnis mit Yalda Wegener.«

»Wer hat Ihnen das erzählt?«

»Tut das etwas zur Sache?«

»Doch nicht ihr Mann, oder etwa doch?« Ihre Stimme schwankte zwischen Wut und Unsicherheit.

»Entspricht es nun der Wahrheit oder nicht?«

»Von mir aus, ja, wir hatten etwas miteinander. Aber was tut das zur Sache?«

»Eine ganze Menge«, sagte Zassenberg. »Ein Verbrechen aus Leidenschaft ist schnell geschehen. Einmal die Gefühle nicht unter Kontrolle ...«

»Ich habe sie nicht umgebracht!«, rief Ines Schmied und fing an zu zittern.

Der Ermittler hakte nach. »Hatten Sie in der Nacht des Verschwindens Kontakt mit Frau Wegener?«

»Ja, wir haben uns ein paar Nachrichten geschrieben.«

»Dürften wir die vielleicht mal sehen? Das Handy von Frau Wegener ist leider nicht auffindbar.«

»Tut mir leid.« Die Frau schüttelte den Kopf. »Mir ist mein Handy vor ein paar Tagen ins Wasser gefallen.«

»So ein Zufall ...«

Bevor jedoch einer der Ermittler diese Geschichte hinterfragen konnte, klingelte es plötzlich an der Tür.

»Mach auf, du Schlampe!«, brüllte eine Männerstimme von draußen. »Ich weiß, dass du es warst!«

Beide Ermittler standen sofort auf und waren mit schnellen Schritten am Hauseingang, die Hände an der Dienstwaffe.

Hinter der Tür war erneut die Stimme des Mannes zu hören, der sich kaum unter Kontrolle zu haben schien: »Lass mich rein, du lesbisches Miststück!«

Zassenberg streckte seine Hand zum Türgriff aus und sah Momberger an. Der nahm seine Waffe aus dem Brustholster und nickte einmal kurz.

Als die Tür sich öffnete, richtete er den Revolver, immer noch gesichert, auf einen etwa vierzig Jahre alten Mann mit lichten, dunklen Haaren und einem seltsam bekannten Gesicht. Verblüfft schaute er die beiden an. Offensichtlich hatte er mit vielen gerechnet, aber nicht damit, in den Lauf einer Schusswaffe zu blicken. Momberger ließ die Waffe sinken.

»Sie sind Soroush, oder? Der Bruder von Yalda.«

Der Mann nickte, hatte sich aber immer noch nicht unter Kontrolle. Als hinter den beiden Beamten Ines Schmied auftauchte, zuckte er kurz, als wollte er die Polizisten überwinden und die kleine Frau doch noch anfallen. Momberger stellte sich in den Türrahmen, steckte aber seine Waffe wieder zurück.

»Herr ...«, fing Zassenberg an. Er hatte den Namen des Bruders zwar in der Akte gelesen, ihn aber wohl schon wieder vergessen.

»Pahlavi!«, donnerte der Angesprochene. »Soroush Pahlavi. Nehmen Sie diese Schlampe fest?«

»Zunächst einmal darf ich Sie darum bitten, Frau Schmied bei ihrem Namen zu nennen.«

»Schlampe bleibt Schlampe!«, fauchte Soroush Pahlavi und wippte von einem Bein auf das andere, wie ein Boxer, der sich auf den nächsten Schlag vorbereitete. »Also nenne ich sie auch so.«

Noch einmal fixierte er Ines Schmied, die sich etwas versteckt, aber dennoch sichtbar, im Flur aufhielt.

»Schlampe!«

Momberger machte sich noch ein wenig breiter. »Letzte Chance, Herr Pahlavi!«

Auch Zassenberg rückte nun etwas näher an die Tür heran.

»Sie beruhigen sich jetzt, oder wir nehmen Sie mit aufs Revier. In einer gemütlichen kleinen Zelle ist noch jeder zur Einsicht gekommen.«

Doch der Bruder der Toten war nicht zu beruhigen.

»Lesben brennen in der Hölle!«, rief er und spuckte auf die Türschwelle.

Fünf Sekunden später lag er mit dem Gesicht auf dem Boden. Momberger, von seinem äußeren Erscheinungsbild eher unscheinbar, wenn auch recht groß, hatte ihn gepackt, aus dem Gleichgewicht gebracht und umgeworfen.

Der Beamte versuchte, es nicht zu sehr zu genießen, dem Widerling die Handschellen anzulegen, schaffte es aber nicht wirklich.

»Frau Schmied, wir müssen Sie bitten, heute Nachmittag noch einmal auf dem Revier zu erscheinen. Wir hätten da noch einige Fragen. Aber zunächst müssen wir uns um *ihn* kümmern.«

Zassenberg stieß Soroush Pahlavi leicht mit dem Schuh in die Seite. Die junge Frau nickte und traute sich nun, vollständig auf den Flur hinauszutreten. Verbittert schaute sie auf den Mann, der auf dem Boden lag.

»Du wirst in der Hölle brennen, Lesbe! Glaub mir!«

Momberger zerrte ihn auf die Füße.

»Wenn es eine Hölle gibt«, sagte er ruhig, »dann kommen Frauenschläger zuerst dorthin.«

79

11

Auf dem Rückweg zum Revier machte Soroush Pahlavi dort weiter, wo er vor der Tür von Ines Schmied aufgehört hatte: Er fluchte in einer Tour.

»Dass ihr mich einsperrt, ändert auch nichts daran, dass diese Schlampe meine Schwester getötet hat. Hier sitzt die falsche Person. Ihr müsst zurückfahren und dieses Miststück festnehmen. Ich sage es euch: Sie hat meine Schwester auf dem Gewissen.«

Zassenberg hatte es schon nach wenigen Versuchen aufgegeben, den Störenfried aufklären zu wollen. Momberger war etwas standhafter geblieben, hatte nun aber auch die Faxen dicke. Seine Geduld mit religiösen Eiferern hatte ohnehin seine Grenzen – wobei man sagen musste, dass diese in Marburg eine aussterbende Art waren. Wenn sie allerdings in seinem Auto saßen und ihm aus geringster Entfernung Hass und Spucke in den Nacken warfen, franste sein Geduldsfaden schnell aus. Kurz bevor er endgültig zu reißen drohte, fuhren sie mit dem alten Volvo an einem historischen Gebäude aus dunklem Stein vorbei, das allein seiner schieren Größe wegen nicht in die beengte Oberstadt passen wollte.

»Stopp!«, rief Zassenberg unvermittelt. »Halten Sie doch hier mal kurz an. Da drüben.«

Momberger stieg in die Bremsen und lenkte seinen Wagen auf den Innenhof, der vor den dunklen Sandsteinmauern einigen Autos Platz bot.

Zassenberg lehnte sich ein wenig nach vorn, um das Gebäude besser betrachten zu können. Wie ein zweites Schloss wuchs es am unteren Ende des Berges über die Unterstadt hinaus. Es war die »Alte Universität«, die vor ihnen wie ein Schulflügel aus Hogwarts aufragte. Nur zu gut konnte man sich vorstellen, dass plötzlich ein Zauberschüler um die Ecke kommen und auf seinen Besen steigen würde. Das Universitätsgebäude war auf einem großen Felsvorsprung errichtet worden und gewann dadurch noch ein wenig mehr an Größe.

Zassenberg stieg aus. Momberger warf zunächst einen Blick auf ihren Verdächtigen auf der Rückbank und folgte seinem Kollegen dann. Dieser öffnete die Hintertür und sagte: »Wollen Sie aussteigen, Herr Pahlavi?«

Doch der Angesprochene schüttelte nur den Kopf. »Verdammt noch mal, was wollen wir hier? Lasst mich endlich frei und kümmert euch um dieses Miststück!«

»Botschaft angekommen. Falls Sie es sich doch noch einmal anders überlegen: Die Tür ist offen. Mein Kollege und ich legen eine kleine Raucherpause ein. Sonst geht es mit unserer Stimmung bergab. Sie wissen ja, wie das ist.«

Er schloss die Tür nicht wieder, sondern kramte nur nach seinen Gauloises. Schnell hatte er eine aus der Packung gefummelt und steckte sie an.

Momberger hatte sich nur wenige Sekunden später eine gedrehte Zigarette gebastelt. Zusammen mit Zassenberg entfernte er sich ein paar Meter vom Fahrzeug, ohne ihren Verdächtigen aber aus den Augen zu verlieren.

Momberger empfand es als Wohltat, ein paar Sekunden nicht ins Ohr geschrien zu bekommen. Zudem hätten sie sich keinen besseren Ort für ihre vermeintliche Zigarettenpause aussuchen können. Die Alte Universität war eines der Highlights in Marburg und durfte bei keinem Stadtrundgang fehlen.

»Hier haben einmal Dominikanermönche …«, fing Momberger an, kam dann allerdings nicht weiter.

»Versuchen Sie es erst gar nicht, Momsen! Ich will weder eine Geschichtsstunde noch das Touristen-Blabla hören. Genauso wenig bin ich an Architektur interessiert.«

»Und was machen wir dann hier?«, fragte Momberger, der sich durchaus bewusst war, dass sie nicht nur eine Raucherpause einschoben.

»Wir lassen *ihn* ein wenig schmoren.« Zassenberg deutete

81

auf den Volvo. Soroush Pahlavi starrte sie mit finsterem Blick an, war allerdings nicht willens, aus dem Wagen zu steigen.

»Halten Sie ihn für fähig, seine eigene Schwester umzubringen?«, fragte Momberger.

Zassenberg überlegte einen Moment und sagte dann: »Da bin ich mir nicht sicher. Allerdings sind wir uns wohl darüber einig, dass dieser Kerl eher plaudert, wenn wir ihn weiter auf hundertachtzig halten.«

Momberger nickte und warf einen Blick durch die hohen Fenster der Alten Universität, hinter denen lange Regale mit Tausenden Büchern vollgestellt waren. Das Gebäude fungierte unter anderem als Bibliothek der Theologischen Fakultät, was Momberger zu der Überlegung führte, ob dort wohl einzig und allein Bibeln in verschiedenen Ausgaben herumstanden.

»Allerdings könnten Sie mir bei dieser Gelegenheit etwas anderes erzählen«, sagte Zassenberg nach einer Runde im Innenhof. »Wie hat es einen dunkelroten Revolutionsführer wie Sie zur Polizei verschlagen?«

Momberger musste lachen. Wenn er mit alten Kommilitonen unterwegs war, dann zogen ihn diese oft als Verräter ihrer Sache und konservativen Angsthasen auf. Es amüsierte ihn, wie unterschiedlich er doch von Menschen gesehen wurde, die aus einem anderen politischen Spektrum stammten.

»So links, wie Sie denken, bin ich nicht«, erklärte er deswegen.

»Ach ja? Haben Sie keine Mao-Bibel unter dem Kopfkissen versteckt?«

»Die liegt auf dem Nachttisch. Und immer wenn ich in Hotels übernachte, tausche ich deren Bibel gegen eine von meinen aus.«

»Sehr witzig«, sagte Zassenberg. Er warf einen Blick in Richtung Wagen. Anscheinend wollte er Soroush Pahlavi noch ein wenig mehr anheizen, denn er stocherte weiter nach: »Also los! Wie sind Sie zur Polizei gekommen?«

Momberger machte gern mit. »Tatsächlich hat es mich hier-

82

her verschlagen, weil es das Letzte war, was ich mir vorstellen konnte. Gerade als ich mit dem Studium fertig war, kam es immer wieder zu brutalen Übergriffen von Polizeibeamten auf linke Studenten – meistens grundlos aggressiv und häufig ohne jeden polizeilichen Hintergrund. Viele meiner Freunde sind damals radikalisiert worden und wollten Feuer mit Feuer bekämpfen.«

»Und Sie hielten es für sinnvoller, das Feuer von innen zu löschen«, führte Zassenberg die Geschichte zu Ende. »Ist es nicht so?«

»Ja, so ist es«, bestätigte Momberger. »Woher wussten Sie das?«

»Wenn man ein guter Ermittler sein will, dann muss man Schlussfolgerungen ziehen können. Außerdem sind Sie nicht der Erste, der mir so was erzählt. Und ehrlich gesagt bewundere ich, was Sie machen. Sich in die Höhle des Löwen zu wagen. Mutig, wenn auch wenig zielführend. Oder haben Sie bisher mehr damit erreicht, als sich bei Ihren Kollegen unbeliebt zu machen?«

»Nein, viel gebracht hat es tatsächlich nicht.«

»Die meisten Menschen sind nun mal für Argumente nicht offen, oder gar dafür, das moralisch Richtige zu tun. Es muss immer erst zum Skandal kommen, bevor sich etwas ändert.«

Zassenberg nahm einen letzten tiefen Zug und trat seine Zigarette dann aus. Sein Blick ging zum Auto, das nun begonnen hatte zu wackeln, weil sein Insasse sich derart in Rage gebracht hatte.

»Ich denke, wir können weiter.«

Auf dem Revier setzten sie ihr Mitbringsel in Mombergers Büro. Zassenberg, der seinen Kaffee diesmal selbst holte, beeilte sich nicht gerade mit dem Gang in die Küche. In der Zeit, da sein Kollege verschwunden war, lief Bill am Büro von Momberger vorbei, der sie mit einem Handzeichen dazu bewegte hinein-zukommen.

»Herr Pahlavi.«

Bill sprach den Namen erstaunlicherweise sofort richtig aus.

»Du kennst ihn bereits?«, fragte Momberger.

»Aus den Akten. Ist nicht das erste Mal, dass er hier bei uns sitzt. Hat ein paar kleinere Diebstähle begangen, nichts Außergewöhnliches.«

»Das hat man mir angehängt!«, rief Soroush Pahlavi, dessen Hände immer noch in Handschellen auf seinem Rücken lagen. Das machte es für ihn äußerst unangenehm, normal zu sitzen. »Nur weil ich besser in euer Profil passe und zufällig vor Ort war.«

»Darum geht es jetzt nicht, Herr Pahlavi«, sagte Zassenberg, der gerade das Büro betreten hatte.

Er warf einen Blick auf Bill und hielt dann inne. Sein Blick wanderte zu Momberger, der vermutete, dass sein Kollege die gleiche Idee hatte wie er selbst: Eine Frau würde den Zorn Pahlavis eventuell noch eher anfeuern und ihn dazu veranlassen, etwas Dummes zu sagen.

»Frau Weigand«, sagte er. »Wie wäre es, wenn Sie den Bruder des Opfers dazu befragen, wo er in der Nacht des Mordes war?«

Bill stockte einen Moment, hatte sich allerdings blitzschnell wieder im Griff. Mit einem Nicken bejahte sie die Frage und setzte sich flink auf den Bürostuhl von Momberger. Während die beiden Ermittler hinter dem Iraner standen, fing sie mit der Befragung an. »Nun, Herr Pahlavi, wo waren Sie denn zur Tatzeit?«

»Wann war die?«, fragte ihr Gegenüber zurück.

»Vor vier Tagen, am Abend. Wahrscheinlich zwischen sieben und zehn Uhr.«

Momberger und Zassenberg warfen sich einen Blick zu. Anscheinend hatte Bill mit der Rechtsmedizin gesprochen, denn diese Informationen waren neu für die beiden.

»Da war ich in meinem Geschäft«, antwortete Pahlavi. Entgegen der Annahme der Ermittler schien ihn Bill eher zu beruhigen als anzuheizen. »Ich habe Inventur gemacht.«

84

»Was für ein Geschäft ist das?«

»Ich habe einen kleinen Laden für IT-Sicherheit. Außer mir gibt es keine Mitarbeiter, mich hat also niemand dort gesehen, falls Sie das auch wissen wollen.«

»Und wie war das Verhältnis zu Ihrer Schwester?«

Er wirkte zugleich amüsiert und erzürnt. »Ich und meine Schwester sind Christen. Wissen Sie, was es heißt, im Iran ein Christ zu sein?«

Niemand sagte ein Wort.

»Es heißt im besten Fall, dass man Ihr Geschäft schließt, Ihre Konten einfriert und Ihnen die Wohnung wegnimmt. Im schlechtesten Fall erschießt man Ihren Vater auf offener Straße, wenn Sie fünfzehn sind, und niemand wird dafür angeklagt. So ist es zumindest mir ergangen. Meine Mutter brachte mich damals zusammen mit meiner Schwester nach Deutschland, weil sie hoffte, dass wir hier ein besseres, ein sicheres Leben führen könnten. Und nun ...« Tränen bildeten sich in seinen Augen. Plötzlich schlug er mit der Faust auf den Tisch. »Nun ist sie tot, genau wie mein Vater.«

Zassenberg schaltete sich ein. Er nahm dem Bruder des Opfers die Handschellen ab und stellte sich neben Bill auf die andere Seite des Schreibtischs.

»Und doch waren Sie mit dem Lebenswandel Ihrer Schwester nicht einverstanden«, rekapitulierte er ruhig. »Oder wie erklären Sie, was eben vor dem Haus von Frau Schmied passiert ist?«

»Ich bin ein gläubiger Mann. Ich habe tiefes Vertrauen in Gott und die Werte Jesu. Was mit Menschen wie Ines Schmied passiert, das steht in der Bibel klar und deutlich.«

»Sie hatten also Angst um das Seelenheil Ihrer Schwester?«

»Ja, natürlich!«

»Und haben Sie diese Angst Ihrer Schwester gegenüber ähnlich ausgedrückt wie eben bei Frau Schmied?«

»Nein, das habe ich nicht«, versicherte Pahlavi. »Ich würde meiner Schwester nie etwas antun.«

»Seit wann wissen Sie davon, dass Ihre Schwester eine Affäre mit einer Frau hatte?«

Soroush Pahlavi wurde unruhig. Seine Finger klammerten sich um die Lehne des Stuhls.

»Ich bin mir nicht sicher«, sagte er. »Schon etwas länger.« Zassenberg schnalzte mit der Zunge.

Momberger war sicher, dass er Pahlavi nun in die Mangel nehmen würde. Er bekam bereits Mitleid mit dem leidgeprüften Iraner.

Doch Zassenberg tat es nicht. Stattdessen sagte er: »Nun, Frau Weigand wird die restlichen Fragen mit Ihnen klären. Ich hoffe, Sie werden in nächster Zeit keine größeren Ausflüge unternehmen. Das würden wir unter Umständen als Fluchtversuch auffassen.«

Der Mann nickte nur kurz.

»Bill«, sagte der leicht verwirrte Momberger anschließend. »Kommst du noch einmal kurz mit raus?«

Sie ließen Soroush Pahlavi im Büro zurück. Momberger wusste weder die Aussagen des Iraners noch seine eigenen Gefühle ihm gegenüber wirklich einzuschätzen. Die Geschichte über die Kindheit von Soroush und Yalda Pahlavi hatte er so nicht erwartet. Und ein Blick in die Augen der beiden anderen sagte ihm, dass er damit nicht der Einzige war.

»Was für ein Schicksal«, murmelte Bill irgendwann, und die anderen nickten.

Erst nachdem sie alle durchgeatmet hatten, kam Momberger zum Punkt: »Du hast mir den Jungs von den Lahnbergen gesprochen.«

»Die Lahnberge?«, fragte Zassenberg.

»Da liegt das Uni-Klinikum«, erklärte Bill. »Und ja, habe ich.«

»Was haben die gesagt?«

»Etwas Erstaunliches, warte kurz.« Sie eilte zu ihrem Schreibtisch, kramte ein Dokument hervor und kam dann wieder zurück. »Hier, der Bericht.«

»Fassen Sie ihn einfach zusammen!«, forderte Zassenberg.

»Heute ist für uns alle ein langer Tag.«

»Der Todeszeitpunkt war irgendwann Freitag zwischen neunzehn und zweiundzwanzig Uhr. Genauer lässt es sich bei Leichen, die im Wasser gefunden werden, wohl nicht sagen. Es gab durch ihren Aufenthalt im Fluss außerdem keine äußerlichen Spuren, die auf engen Kontakt mit anderen Personen schließen lassen. Sie hatte vor der Tat keinen Sex und weist anscheinend auch keine Spuren eines Kampfes auf. Aber auch hier kann man das nicht mit Bestimmtheit sagen. Wegen des Wassers. Die Wunde auf der Brust wurde von etwas sehr Langem verursacht, die Klinge ist beinahe aus dem Rücken wieder ausgetreten.«

»Ein Degen!«, platzte es aus Momberger heraus, während er den Zeigefinger in die Höhe reckte. »Das war der Degen einer Burschenschaft.«

»Sie sind etwas zu begeistert, Momsen«, warf Zassenberg ein. »Machen Sie sich nicht in die Hose.«

»Also, ich habe das auch nachgefragt, und die Mediziner meinten, dass es sogar sehr wahrscheinlich eine Fecht- oder Stichwaffe war.«

»Na also!«, freute sich Momberger. »Jetzt bekommen wir sie dran.«

»Freu dich nicht zu früh«, entgegnete Bill. »Das war noch nicht alles. Sie haben außerdem gesagt, dass sie nicht sicher sind, ob die Stichwunde wirklich die Todesursache war.«

»Was? Wie kann das nicht die Todesursache sein? Du hast gerade selbst gesagt, dass die Waffe einmal durch sie durchgegangen ist.«

»Die Pathologie war auch verwirrt. Anscheinend weist die Leiche sehr viele sich widersprechende Hinweise auf.«

»Eine Spurenflur«, erklärte Zassenberg und kratzte sich am Kinn. Die Fingerkuppen, die sich über die harten Bartstoppeln schoben, verursachten dabei ein Geräusch, als würde man ein dickes Blatt Papier durchreißen.

»Wie bitte?«, fragte Momberger.

»Eine Spurenflut«, wiederholte Zassenberg. »Manchmal finden wir an Tatorten so viele Spuren, dass man unmöglich alle verfolgen kann. Wenn ein Täter weiß, dass er Hinweise hinterlassen hat, die zu ihm führen könnten, dann versuchen die einen, diese Hinweise einfach zu vertuschen, und die anderen, sie mit so vielen anderen Hinweisen zu überlagern, dass die Ermittler den Wald vor lauter Spuren nicht mehr sehen.«

»Das ist eine Möglichkeit«, erklärte Bill. »Aber nicht die einzige. Tatsache ist auch – und es tut mir leid, dass ich mich da wiederholen muss –, dass die Leiche wahrscheinlich mehrere Tage im Wasser getrieben hat und viele Spuren hinzugekommen oder verschwunden sind. Dadurch, dass sie die ganze Zeit vom Wehr gegen die Steine auf dem Grund geworfen wurde, fehlt uns ein wenig die Grundlage zum Arbeiten.«

»Trotzdem«, sagte Momberger, nun allerdings etwas weniger zuversichtlich. »Spur bleibt Spur. Und selbst bei einer Spurenflut ist eine davon die richtige.«

Verunsichert schaute er von Zassenberg zu Bill, die beide eher skeptisch dreinblickten.

»Wo sind Michel und Zaun?«, fragte er. »Die sollten doch sowieso die Burschenschaften durchleuchten.«

»Das war immer noch nicht alles«, sagte Bill. »Erinnert ihr euch an die riesigen Blutergüsse auf der Brust? Die kamen nicht durch die Stichverletzung, sondern wahrscheinlich daher, dass jemand versucht hat, sie wiederzubeleben.«

»Der Mörder?«, sagte Momberger.

»Das lässt sich wie gesagt nicht mehr sagen. Aber jemand hat es versucht. Ziemlich heftig sogar. Sie hatte vier gebrochene Rippen. Und die stammen mit an Sicherheit grenzender Wahrscheinlichkeit nicht von den Felsen im Fluss.«

Während Momberger versuchte, die Information irgendwie sinnvoll einzuordnen, war Zassenberg schon ein Stück weiter.

»Wenn jemand versucht hat, sie wiederzubeleben, dann hat dieser jemand vielleicht auch den Notruf gewählt. Allerdings …«

»… hätte der Rettungsdienst niemanden gefunden«, führte Bill fort. »Sonst hätten wir unsere Leiche ja schon vor vier Tagen gehabt. Das habe ich mir auch gedacht und schon mal bei der Rettungsstelle angerufen. Zur fraglichen Zeit gab es tatsächlich einen Notruf, bei dem die Rettungskräfte keinen Verletzten vorgefunden haben.«

»Von wem kam der Notruf?«, fragten Momberger und Zassenberg unisono.

Bill reichte ihnen einen kleinen Zettel. »Das ist die Adresse.«

12

»Könnte auch das Westend sein«, kommentierte Zassenberg den Blick aus dem Volvo.

Sie waren auf einer ungewohnt breiten Straße unterwegs, die zu beiden Seiten von hohen Platanen gesäumt war. Die Häuser stammten größtenteils aus der Jahrhundertwende. Große Grundstücke umschlossen dreistöckige Gebäude, vor denen teure Autos parkten.

»Im Südviertel wohnen die etwas besser Betuchten«, erklärte Momberger. »Oder zehn Studenten in einer WG. Das kommt vom Einkommen etwa auf ein halbes Zahnarzt-Gehalt.«

»Schön ist es aber«, erklärte Zassenberg.

Das ließ sich nicht von der Hand weisen.

»Ich habe auch einmal hier gewohnt«, sagte Momberger.

»Und Sie waren ein Teil von diesen Zehner-WGs?«

Momberger nickte nur. Er erinnerte sich gern und häufig an diese Zeit. Damals hatte er zwar nie seine Ruhe gehabt, Langeweile allerdings auch nicht. Im Grunde waren alle größeren WGs in einer Studentenstadt kleine Kommunen. Hier wurde mit radikalen linken Ideen nur so um sich geworfen. Freies Denken, freies Handeln, freie Liebe – leider oft gefolgt von freien Geldbeuteln. Allerdings nicht bei allen. Einige seiner vielen Mitbewohner hatten tatsächlich Karriere gemacht und verdienten nun das große Geld. Andere waren ihren Grundsätzen treu geblieben und stotterten sich noch immer ihre Miete zusammen. Manch einer hatte mit dem Kapitalismus gebrochen, andere sich mit ihm arrangiert. Gut befreundet war Momberger weiterhin mit allen. Manchmal kam es ihm jedoch seltsam verschwenderisch vor, dass er nun ganz allein in einem Haus wohnte.

»Und Sie wohnen im Westend?«, fragte er Zassenberg, ohne wirklich auf eine Antwort zu hoffen.

»Nein! Um Gottes willen! Mit den oberen zehn Prozent

kann ich nichts anfangen – und die übrigens auch nichts mit mir. Als Kind habe ich in Berlin-Zehlendorf gewohnt. Die ganzen anderen Kinder mit ihren Lacoste-Shirts waren mir schon damals suspekt. Haben Sie schon einmal mit einem Achtjährigen gesprochen, der von seiner Karriere bei BMW schwadronierte?«

Momberger lachte und schüttelte den Kopf. Natürlich hatte er das nicht.

»Nun, ich schon. Und glauben Sie mir: Das war kein Einzelfall. Als ich dann nach Frankfurt gekommen bin, war das Westend die letzte Ecke, in die es mich gezogen hat. Ich bleibe gerne unter meinesgleichen. Was aber nicht heißt, dass ich nicht häufig im Westend unterwegs bin – beruflich allerdings. Sie glauben ja nicht, wie viel Dreck die hohen Damen und Herren am Stecken haben.« Er drehte sich zu Momberger und musterte ihn wie einen ihrer Verdächtigen. »Na gut, gerade Sie glauben es mir vielleicht schon.«

»Da können Sie einen drauf lassen!«

So viel hatte Momberger gelernt: Ob man arm oder reich war, hatte keinen großen Einfluss auf das eigene Verhalten in der Gesellschaft. Es hatte einzig und allein Einfluss darauf, ob man dafür bestraft wurde.

»Ein schöner Schein«, murmelte er.

Sie bogen zweimal ab, und Momberger parkte den Wagen. Über einen kleinen Fußweg gelangten sie auf einen Radweg, der zwischen der Lahn und den nahe liegenden Gebäuden entlangführte. Dazwischen befand sich ein breiter Wiesenstreifen, auf dem Hunderte Studenten lagen und die frühherbstliche Nachmittagssonne genossen. Viele hatten Grills dabei und tranken fröhlich Bier. Sowohl Männer als auch Frauen waren teilweise recht spärlich bekleidet.

»Vielleicht wäre so eine Studentenstadt ja doch etwas für mich«, sagte Zassenberg, steckte die Hände in die Hosentaschen und schaute sich das Schauspiel genauer an. »Sieht das hier immer so aus?«

»Sie wollen nicht wissen, wie es morgen früh aussieht.«

»Alkoholleichen?«

»Schön wär's! Die Lahnwiesen werden von vielen leider als großer Mülleimer genutzt. Wir bekommen auf der Wache ständig Anrufe von den Anwohnern.«

»Apropos. Einer dieser Anrufe hat vielleicht etwas mit dem Mord zu tun.«

Aus seiner Jackentasche fummelte Momberger den Zettel, den er von Bill bekommen hatte.

»Frau Christelle Schneider«, las er vor. »Nicht mehr die Jüngste. Hat schon dreiundachtzig Jahre auf dem Buckel. Ich wage zu bezweifeln, dass sie Yalda Wegener einen Degen durch den Körper rammen konnte.«

»Meine Großmutter hat mit neunzig Jahren noch Automaten geschleppt. Man weiß nie.«

Christelle Schneider entpuppte sich als Frau, die nicht vom Schlag der alten Zassenberg war. Sie war winzig, ging Momberger kaum bis zur Brust und lief weit nach vorn gebeugt. Ihr Gesicht, das man durch ihre krumme Haltung kaum sehen konnte, war von kratergleichen Falten durchzogen. Im Grunde sah sie noch zwanzig Jahre älter aus als dreiundachtzig.

Als sie die Tür öffnete, sprach Momberger reflexhaft doppelt so laut wie gewöhnlich. »Frau Schneider? Könnten wir kurz mit Ihnen reden?«

»Sind die Herren von der Kirche?«

»Nein, wir sind von der Polizei.«

»Gott sei Dank!«, krächzte die alte Frau. »Die Leute von der Kirche wollen immer Geld von mir.«

Die Ermittler sahen sich amüsiert an. Momberger erklärte: »Das werden wir vielleicht auch mal prüfen. Dürften wir vielleicht reinkommen?«

»Natürlich, natürlich! Wollen Sie Kuchen?«

»Nein, danke!«

Das Haus war riesig, machte aber nicht den Anschein, dass außer Frau Schneider noch jemand darin wohnte. Es roch nach einer seltsamen Mischung aus Staub, Katze und jemandem, der sich nicht oft wusch.

Sie nahmen im Wohnzimmer Platz, aus dem man die Studenten auf den Lahnwiesen durch zwei hohe Tannen hindurch beobachten konnte. Zwischen dem Garten von Frau Schneider und dem des Nachbargrundstückes führte ein schmaler Weg entlang, über den man von der Lahn weg in Richtung Innenstadt gelangen konnte.

»Stören Sie die Leute an der Lahn?«, fragte Momberger, nachdem sie sich auf ein staubiges Sofa gesetzt hatten, das wohl schon länger niemandem mehr Platz geboten hatte.

»Nein, nein. Von denen kriege ich gar nichts mit.«

»Wir bekommen sehr viele Beschwerden über das Benehmen der Studenten.«

»Nun ja«, begann Frau Schneider und stellte wie aus dem Nichts ein Tablett mit Kaffee auf den Tisch. »Sie könnten ihren Müll mit nach Hause nehmen. Aber eigentlich beschweren sich hier immer die Gleichen. Lehrer!« Sie rollte mit den Augen und deutete mit dem Zeigefinger in Richtung ihrer Nachbarn. »Die vergessen gerne, dass sie auch mal jung waren.«

Momberger musste lachen, kam dann aber schnell zur Sache. »Frau Schneider, Sie haben vor vier Tagen den Notruf gewählt, ist das richtig?«

»Ja, ja, das habe ich. Draußen lag einer auf der Straße.« Sie deutete mit der knochigen Hand in Richtung des schmalen Wegs zwischen den Gärten. »Da hinten lag er.«

»Ein Betrunkener?«

»Nein, geprügelt hatte der sich.«

»Geprügelt? Mit wem denn?«

»Mit einem anderen Mann. Die hatten Streit wegen einer jungen Frau. Sah orientalisch aus.«

»Die Frau oder der Mann?«, fragte Momberger. Sie schienen hier tatsächlich auf der richtigen Spur zu sein.

»Die Frau«, antwortete Frau Schneider unaufgeregt. »Die Männer waren Deutsche, denke ich. Einer war Bursche.«

Momberger blieb beinahe die Spucke weg. »Ein Bursche? Woher wissen Sie das?«

»Na, er hatte seinen Hut auf und die bescheuerte Schärpe um. Ich war in meiner Jugend mal …« Sie kam ins Stocken und schien zu überlegen, wie sie es ausdrücken sollte. »… Übernachtungsgast bei einem Burschen. Das war keine sonderlich schöne Erfahrung. Als ich am nächsten Morgen das Zimmer verlassen habe, standen die anderen Idioten Spalier und hatten sich in Schale geschmissen. Daran muss ich heute noch denken. Deshalb glauben Sie mir: Das war ein Bursche.«

Vor ihrem Besuch bei Frau Schneider hätte Momberger natürlich niemals damit gerechnet, die Geschichte eines One-Night-Stands aus den Fünfzigern zu hören. Nun, da es doch so gekommen war, musste er ein Grinsen unterdrücken. Es freute ihn über alle Maßen, dass die knorrige, alte Frau so gar nicht dem Bild dessen entsprach, was man sich gemeinhin von knorrigen, alten Frauen machte.

Zassenberg hatte sich wie so oft zuerst wieder im Griff. »War es denn der Bursche oder der andere, der da lag?«

»Da bin ich mir nicht sicher«, antwortete Frau Schneider. Sie schenkte den beiden Kaffee ein, weil sie es selbst nicht taten.

»Ich habe gesehen, wie die Jungs angefangen haben, sich zu streiten. Aber das kommt hier jedes Wochenende zehnmal vor. Zwar nicht immer mit einem Burschen, aber der Alkohol lässt die jungen Leute manchmal ein bisschen aggressiv werden.«

Sie stellte die Kanne zittrig zurück aufs Tablett und schob die vollen Tassen ein Stück näher an die Ermittler heran.

»Also habe ich mich nicht allzu sehr darum geschert. Ich ging kurz in die Küche, und als ich zurückkam, da lag er da hinter dem Häuschen.« Sie zeigte auf eine Gartenlaube, die auf dem Gelände der Nachbarn stand. »Ich konnte nur die Beine sehen, deshalb weiß ich nicht, wer es war. Ansonsten war da keiner mehr. Also bin ich schnell zum Telefon und habe den Notruf gewählt. Aber als ich wieder aus dem Fenster schaute, waren die Beine schon wieder weg. Sie sind bestimmt hier, weil die Einsatzkräfte umsonst losgefahren sind.«

Zassenberg lachte laut auf. »Nein, um Gottes willen! Sie haben uns sehr geholfen, Frau Schneider.«

Er griff freudig zum Kaffee, kostete einen Schluck und hätte sich beinahe übergeben. Er verzog das Gesicht zu einem erzwungenen Lächeln und gab Momberger ein Zeichen, nicht zu probieren.

»Vielleicht werden wir Sie noch einmal befragen müssen«, sagte dieser. »Aber Sie haben alles richtig gemacht.«

Bevor sie das Haus verließen, drehte er sich noch einmal um. »Sagen Sie, Frau Schneider, wohnen Sie hier ganz alleine?«

»Ja, das tue ich. Machen Sie sich keine Sorgen. Die jungen Herren von der Kirche kommen doch sehr häufig vorbei.«

»Deswegen mache ich mir ja Sorgen«, erklärte er. »Wir melden uns bei Ihnen, so oder so.«

Als sie wieder im Auto saßen, war Momberger klar, was als Nächstes zu tun war. Er fummelte sein prähistorisches Handy aus der Tasche und wählte die Nummer von Michel. Als der nicht annahm, versuchte er es bei Zaun, doch auch der antwortete nicht.

»Diese Pappnasen«, nuschelte er und wählte schließlich die Nummer von Bill.

Sie nahm sofort ab.

»Bill? Hast du von A-Hörnchen und B-Hörnchen gehört? Wir bräuchten einige Infos zu den Burschenschaften. – Sie sitzen neben dir? Dann gib mir mal einen!«

95

13

Momberger hatte endlich Albert Michel in der Leitung und konnte deutlich hören, dass dieser Probleme damit hatte, das Handy von Bill richtig in die Hand zu nehmen. Es raschelte und rauschte aus dem Telefon.

»Michel?«, fragte er genervt. »Hörst du mich?«

»Sekunde«, krächzte es aus dem Hörer.

Offenbar hatte er Bills Handy kurz fallen lassen, denn man hörte sie im Hintergrund fluchen.

»Ja, Chef, hier bin ich.«

»Habt ihr schon die Burschenschaften abgeklappert?«

»Ja, Chef, haben wir.«

»Alle?«

»Ein paar.«

Ein Augenrollen später hakte Momberger nach: »Habt ihr was herausgefunden? Kannte jemand das Opfer?«

»Nein«, antwortete Michel. »Alle haben ausgesagt, noch nie von Yalda Wegener gehört zu haben.«

»War ja klar«, flüsterte der Ermittler und überlegte kurz, was nun zu tun war.

Plötzlich zuckte Zassenberg neben ihm und riss Momberger das Handy aus der Hand. Offenbar war ihm etwas eingefallen. Oder hatte er etwas entdeckt?

»Hier ist Zassenberg!«, fauchte er ins Handy.

»Ah, Zaster.«

Ein böser Blick seines Gegenübers verdeutlichte Momberger, dass er in nächster Zeit keine persönlichen Fragen mehr würde stellen dürfen.

»Zassenberg!«, forderte er nachdrücklich, sodass auch jemand wie Michel es verstand.

Mit dem Handy am Ohr stieg er aus dem Volvo, und Momberger folgte ihm automatisch.

»Also, Michel, halten Sie Ihre fünf Synapsen mal kurz zusammen«, verlangte Zassenberg und schwenkte mit schnellen Schritten auf den Fahrradweg hin zu der Stelle, die ihnen Frau Schneider gezeigt hatte. »Ist Ihnen vielleicht jemand aufgefallen, der eine Verletzung hatte?«

Er und Momberger sahen nach unten auf den Asphalt, wo ein deutlich erkennbarer dunkelroter Fleck eine kleine eingetrocknete Lache gebildet hatte.

»Eine Verletzung?«, fragte Michel verdutzt. »Ja, ja, da war einer mit einem Verband um den Kopf.«

»Bei welcher Burschenschaft war das?«

Zassenberg hörte, wie an anderen Ende der Leitung jemand schwer atmend Papiere durchblätterte. Nach einer ganzen Weile antwortete Michel endlich: »Mariboria, Burschenschaft Mariboria.«

»Gut gemacht!«, lobte Zassenberg seinen Kollegen väterlich.

»Den Rest wird Ihnen Momsen erklären.«

Er warf das Handy seinem Kollegen zu, der es gerade noch davor bewahren konnte, auf dem Boden in tausend Teile zu zerspringen.

»Michel?«, rief Momberger, während Zassenberg sich schon wieder auf den Weg zum Volvo gemacht hatte. »Gib mir kurz die Adresse durch. Wir sehen uns da mal um. Und schick ein paar Kollegen an den Lahnradweg Höhe Adenauerstraße. Hier müssen Beweise gesichert und ein paar Nachbarn befragt werden.«

Eine halbe Stunde später hielten sie vor einer Villa, in der man sich einen DAX-Vorstand vorstellen konnte, aber ganz sicher keinen Haufen betrunkener Studenten. Das vierstöckige Gebäude thronte knapp unter dem Schloss und war umgeben von einem Grundstück von der Größe eines Fußballplatzes. Ehrwürdige Bäume umschlossen das von Türmchen und Balkonen gespickte Herrenhaus. Wein rankte an der Fassade bis in den dritten Stock empor und verlieh dem Gebäude zusätzlichen

Charakter. Auf einem der Türme wehte eine Deutschlandfahne, auf einem anderen die schwarz-rot-weiße der Burschenschaft Mariboria.

Zassenberg war gerade ausgestiegen und schaute sich verblüfft die herrliche Villa an. »Und die Burschen wohnen im Keller, oder was?«

Wohl wissend hob Momberger den Blick. »Nein, das Ding gehört komplett der Burschenschaft. Die kleinen Burschen werden von ihren großen, finanzstarken Ehemaligen gesponsert, damit es auch in Zukunft immer genügend rechten Nachwuchs gibt.«

»Ich habe ja schon vieles erlebt«, meinte Zassenberg, »aber das hier macht mich doch neugierig, muss ich sagen.«

»Warten Sie ab, Zaster. Jetzt sind Sie noch neugierig, in fünf Minuten sind Sie angewidert.«

Die beiden Ermittler liefen durch ein breites Tor und dann über einen hübschen, geschwungenen Kiesweg hin zur massiven Eingangstür aus dunklem Holz. Es gab keine Klingel, sondern nur einen großen Türbeschlag mit einem brüllenden Löwenschädel. Momberger schüttelte seinen eigenen Schädel und klopfte dreimal mit dem Eisen an die Tür.

Eine Minute später öffnete sie sich einen Spaltbreit, und ein junger, schmaler Mann Anfang zwanzig schaute hindurch.

»Ja?«, fragte er.

Ein Polizeiausweis vor der Nase beantwortete seine Frage.

»Eduard Momberger, das ist mein Kollege Philipp Zassenberg. Wir würden gerne kurz mit Ihnen sprechen.«

»Natürlich! Kein Problem!«

Die Tür öffnete sich weit, und der junge Mann strahlte sie fröhlich an. Auf seiner rechten Wange war eine kleine schmale Narbe zu erkennen. »Aber ich habe Ihren Kollegen schon alles gesagt, was ich weiß.«

»Sie haben ihnen gesagt, dass Sie nichts wissen«, korrigierte ihn Momberger. »Das wollten wir nur kurz überprüfen. Dürfen wir reinkommen?«

Die Tür verengte sich zu einem Spalt. »Gerade ist es eher schlecht. Könnten Sie vielleicht morgen wiederkommen?«

Einen Moment später flog etwas silbrig Glänzendes am Kopf des Burschen vorbei.

»Ups!«, rief Zassenberg. »Da habe ich doch meinen Schlüsselbund verloren.«

Er machte einen großen Schritt nach vorn und drückte die Tür auf. Widerstand konnte der schmächtige Bursche ihm kaum entgegensetzen. »Da sind sie ja.«

Der Ermittler hob seine Schlüssel wieder auf, und während der verblüffte Junge ihn dabei beobachtete, war auch Mömberger durch die Tür getreten. Er schaute sich genau um. Sie standen in einem großen Atrium, von dem rechts und links breite Treppen in den ersten Stock führten. Von der Decke hing ein gewaltiger Kronleuchter. Im Grunde sah es hier so aus wie zu der Zeit, in der das Haus gebaut worden war. An den Wänden hingen Ölgemälde von alten deutschen Größen wie Otto von Bismarck oder Friedrich dem Großen neben ähnlichen Bildern, die wohl ehemalige Burschen zeigten. Allesamt trugen sie eine breite schwarz-rot-weiße Schärpe zu einem übertriebenen, sehnsuchtsvoll in die Ferne blickenden Gesichtsausdruck. Zwischen den Gemälden hingen verschiedene Säbel, Degen, Schwerter und andere Stichwaffen. Ein Degen lehnte neben Zassenberg am Treppengeländer.

»Sie dürfen hier nicht rein!«, rief der Bursche empört. »Sie brauchen einen Durchsuchungsbefehl.«

»Sagen Sie, diese Narbe auf Ihrem Gesicht …« Zassenberg ignorierte seine Beschwerde ganz einfach. »Ist das ein, wie nennt man das?«

»Ein Schmiss?«, fragte der Bursche zurück. »Nein, da habe ich als Kind eine Flasche kaputt gemacht und mich geschnitten. Wir sind keine schlagende Burschenschaft. Die letzte Mensur hat hier in den fünfziger Jahren stattgefunden. Wenn ich Sie jetzt bitten dürfte, mein Haus zu verlassen.«

»Ihr Haus?«, lachte Zassenberg. »Sie müssen aber eine

99

ganze Menge Taschengeld bekommen. Passen Sie auf! Mir ist es völlig egal, ob Sie sich gegenseitig das Gesicht oder die Vorhaut beschneiden. Ich bin hier, weil eine Frau gestorben ist, die nachweislich mit Nachwuchspatrioten wie Ihnen aneinandergeraten ist. Wenn Sie mir erzählen wollen, dass Sie Frau Dr. Wegener nicht kannten, obwohl diese eine Initiative zur Enteignung ›Ihres Hauses‹ gegründet hat«, er kommentierte die Worte »Ihres Hauses« mit zu Anführungszeichen gekrümmten Fingern, »dann halte ich das doch für ausgesprochen unwahrscheinlich.«

Der Bursche räusperte sich und schaffte es nicht, den Blick des Ermittlers zu erwidern.

»Na?«, fragte Zassenberg. »Haben Sie uns vielleicht doch etwas zu sagen?«

»Na gut! Na gut! Natürlich kannten wir die Frau. Aber wir haben sie doch nicht getötet.«

»*Sie* vielleicht nicht.« Momberger schaltete sich ein. Ihm war es beinahe ein körperliches Bedürfnis, auch endlich etwas sagen zu können, nun da er so tief ins Feindesland vorgedrungen war.

»Aber was ist mit Ihren Fußsoldaten?«

»Was meinen Sie?«

»Korrigieren Sie mich, wenn ich falschliege, aber gibt es hier nicht einen Burschen, der vor Kurzem eine Kopfverletzung erlitten hat?«

Es folgte keine Antwort, allerdings ein Gesichtsausdruck, der mehr als gleichwertig war.

»Ist der Verletzte vielleicht gerade im Haus?« Er deutete auf die Treppe. »Könnten wir ihn sprechen?«

»Tut mir leid«, antwortete der Bursche freundlich, aber bestimmt. »Wir haben bei uns niemanden mit einer Kopfverletzung. Und ich glaube kaum, dass Sie hier noch mehr Ihrer Schlüssel finden werden.«

»Passen Sie auf, Kleiner! Wir können uns jetzt mit ihm unterhalten. Oder wir kommen morgen mit einem Durchsuchungsbefehl und zwei Dutzend Beamten zurück, die ich persönlich

100

ausgesucht habe. Wie sicher sind Sie sich, dass Sie alle … sagen wir: ›Überbleibsel‹ der vierziger Jahre aus dem Haus entfernt haben? Wenn wir hier nämlich nur eins davon finden, machen wir Ihnen die komplette Bude dicht. Verstanden?«

Der Bursche atmete durch und nickte dann. »Kein Problem, kein Problem!« Er hob die Arme und setzte ein breites Lächeln auf. »Wahrscheinlich meinen Sie Heiko Wessels. Der hat einen kleinen Kratzer am Kopf. Nichts Wildes, musste nicht einmal zum Arzt.«

»Na dann«, sagte Momberger. »Marsch, Marsch!«

Der Rest des Hauses stand dem Atrium in Sachen Gruselfaktor in nichts nach. Es wimmelte nur so von Porträts, Büsten, Fahnen und Waffen. Zudem war an fast jeder Wand ein Gemälde des Hambacher Fests zu sehen – revolutionäre Burschenschaften, die mit schwarz-rot-goldenen Fahnen zum Schloss Hambach marschierten. Auch an Motiven des Wartburgfestes mangelte es nicht.

Momberger sah sich angeekelt um, Zassenberg hingegen wirkte aufgeräumter, wenn auch immer noch angeschlagen von der letzten Nacht.

»So sehen Sie sich noch immer, oder?«, fragte er den jungen Burschen mit der Narbe.

Der hatte sich mittlerweile als Björn von Greifen vorgestellt.

Es war eine rhetorische Frage, die der Ermittler nur zu gern selbst beantwortete: »Eifrige Verteidiger der richtigen Sache und einzig wahren Werte. Sie glauben, dass Deutschland nur darauf wartet, im Licht Ihrer Weisheit zu scheinen. Aber was vor hundertfünfzig Jahren revolutionär war, ist heute reaktionär – im besten Fall.«

»Sie beschäftigen sich mit der Geschichte der Burschenschaften?«, fragte von Greifen unbeeindruckt. »Ich könnte da einige Lücken in Ihrem Wissensschatz füllen.«

»Wir sind Polizisten«, antwortete Momberger für seinen Kollegen. »Wir müssen uns mit allerlei Dingen beschäftigen, die zu Streit und Zwietracht führen.«

Der schmächtige Bursche kommentierte das nicht, sondern klopfte an eine Tür. »Heiko? Hier sind zwei Beamte von der Kripo, die dich sprechen wollen.«

Die Tür wurde geöffnet, und es kam ein ebenfalls sehr junger Mann zum Vorschein, der einen dicken Verband um den Kopf trug. Er war sehr groß und bullig, hatte aber das Gesicht eines

14

Jungen. Unter seiner Nase kräuselte sich ein kaum sichtbarer Flaum.

»Die beiden Herren hier würden dich gerne zum Tod von Yalda Wegener befragen«, erklärte Björn von Greifen und richtete dann das Wort an die Ermittler: »Es macht Ihnen doch nichts aus, wenn ich dabeibleibe, oder?«

»Das macht uns allerdings etwas aus«, erwiderte Momberger.

»Oder sind Sie seine Mutter?«

Verärgert drehte sich von Greifen um und verschwand um die Ecke.

»Dürfen wir vielleicht reinkommen?«, fragte Momberger. Heiko Wessels warf einen kurzen Blick in sein Zimmer und schüttelte den Kopf. »Vielleicht gehen wir besser in den Salon.« Momberger und Zassenberg folgten ihm in ein großzügiges Zimmer mit prächtigen Möbeln. Lederne Sessel und Sofas standen um einen gewaltigen Kamin herum, in dem ein kleines Feuer vor sich hin knisterte, dazu eine hübsche Bar mit allerlei Alkoholika. Auf drei Holzregalen standen mehrere Dutzend Schnapsflaschen, zumeist Obstgeist und Whiskey.

Aus der breiten Fensterseite hatte man einen herrlichen Blick über das abendliche Marburg. Im Tal gingen bereits die ersten Lichter in den Wohnungen an, während am Horizont hinter den Hügeln die Sonne langsam verschwand.

Die Polizisten setzten sich auf ein Sofa am Kamin, Heiko Wessels nahm gegenüber von ihnen in einem Sessel Platz. Im Schein des Feuers kamen sowohl die Pickel in seinem Gesicht als auch der pubertäre Bart besonders zur Geltung.

»Darf ich Ihnen etwas zu trinken anbieten?«, fragte er höflich und deutete auf die Bar.

»Nein, danke. Wir sind im Dienst«, antwortete Momberger. »Sie könnten uns stattdessen darüber aufklären, woher Sie diesen hübschen Turban haben.«

Der Befragte fasste sich unwillkürlich an den in Mullbinden eingepackten Kopf. »Ach, das hier? Da bin ich gestolpert und die Treppe hinuntergefallen. Glücklicherweise haben wir hier

103

im Haus viele Medizinstudenten. Die haben mich schnell wieder zusammengeflickt. Es war aber auch nichts Schlimmeres. Nur eine kleine Platzwunde.«

»Sie haben hier Ihre eigenen Ärzte?«, fragte Zassenberg. »Wie bei der Mafia?«

»Mit den Itak…« Wessels räusperte sich. »Ich meine, damit haben wir keine Gemeinsamkeiten. Allerdings gehören einige unserer Ehemaligen zu den etabliertesten Medizinern in Deutschland.«

»Und was studieren Sie, wenn ich fragen darf?«

»Ich absolviere gerade mein letztes Semester Jura.«

»Dann hat Ihre Burschenschaft also auch eigene Anwälte«, lachte Zassenberg. »So wie Tom Hagen in ›Der Pate‹? Der einzige Deutsche in der Familie. Das ist hier sicher anders.«

Niemand nahm die Mafia-Anspielung auf, aber Zassenberg lehnte sich nach vorn und stützte die Ellenbogen auf die Knie. »Wir können durch Zeugenaussagen belegen, dass Sie vor vier Tagen Streit mit einem anderen Mann hatten. Und zwar nicht auf einer Treppe, sondern in der Nähe des Radwegs an der Lahn.«

Wessels starrte den Ermittler finster an, während das Feuer Lichtspiele auf sein versteinertes Gesicht zeichnete.

»Bei diesem Streit war auch eine Frau anwesend«, erklärte Zassenberg. »Eine Frau, die ihrem Aussehen nach aus dem Mittleren Osten stammen könnte. Und genau so eine Frau haben wir gestern aus dem Fluss gezogen. Wollen Sie uns jetzt noch einmal mit der Geschichte vom Treppensturz kommen, oder haben Sie es sich anders überlegt?«

Zunächst herrschte Stille. Offenbar hatte Wessels nicht damit gerechnet, dass seine Lüge so schnell oder überhaupt auffliegen würde.

»Wissen Sie, was ich glaube?«, führte Zassenberg seine Ausführungen fort. »Diese Frau war Frau Dr. Wegener. Und Sie haben wie so oft versucht, ihr auf dem Weg nach Hause Angst einzujagen. Allerdings stellte sich Ihnen diesmal jemand in den

104

Weg. Vielleicht ein Freund von Frau Wegener oder einfach nur ein Passant, wer weiß? Es kam zum Streit, und die Situation eskalierte.«

Zassenberg stand auf und ging zum Kamin. Mit einem Schüreisen stocherte er ein wenig in der Glut herum. Funken stoben in alle Richtungen.

»Sie und der andere Mann haben sich daraufhin geprügelt. Dabei kamen Sie ins Stolpern und schlugen unglücklich mit dem Hinterkopf auf dem Asphalt auf. Daher die Platzwunde. Außer Gefecht gesetzt waren Sie allerdings nicht. Sie drehten aber durch, eilten hierher und rissen einen Degen von der Wand. Damit lauerten Sie Yalda Wegener auf. Schließlich wissen die Burschen Marburgs nur zu genau, wo die Frau wohnt, die ihnen ihre Paläste wegnehmen will. Ein Stich in die Brust, und schon ist die Tat begangen. War es nicht so?«

»Nein! Nichts davon ist wahr!«

»Nichts davon?«

Plötzlich kamen mehrere junge Männer durch die Tür und stellten sich nebeneinander in einer Reihe auf. Momberger griff vorsorglich zu seiner Waffe.

Zassenberg sah die Eindringlinge hingegen nicht einmal an. »Sagen Sie uns, woher Sie diese Wunde haben«, forderte er lautstark. »Sonst stecke ich Sie in eine Zelle! Mal sehen, was Ihnen Ihr letztes Semester Jura dann noch bringt.«

»Ist ja gut! Ich sage es Ihnen.«

»Heiko!«, zischte Björn von Greifen, der ein Stück nach vorn getreten war und seinen Kameraden eindringlich ansah. »Ich will nicht ins Gefängnis, Björn.« Die Stimme des bulligen Burschen klang den Tränen nah.

»Du vergisst unser Gelübde.«

»Aber ich will nicht ins Gefängnis.«

»Muss ich dich daran erinnern, dass …«

Zassenberg schaltete sich ein. Er hatte nun Björn von Greifen im Blick. »Darf ich Sie daran erinnern, dass wir hier in einem Mordfall ermitteln?« Mit seiner bassigen Stimme beherrschte er problemlos den Raum. »Ihre Blutschwüre und Treueeide können Sie vor Gericht nicht geltend machen. Sie verlassen jetzt also den Raum, oder wir suchen eine Zelle, die etwas mehr Platz bietet!«

Björn von Greifen gab seinen Kameraden ein Handzeichen. Daraufhin verschwanden sie alle wieder aus dem Salon und warteten draußen.

Zassenberg schloss die Tür.

»Setzen wir uns doch noch einmal hin«, verlangte er noch immer bestimmt, aber ruhig. »Und dann erzählen Sie uns alles ganz genau.«

»Na gut«, gab Wessels nach.

Alle drei setzten sich, Momberger hatte allerdings noch immer ein Auge auf die Tür.

»Wir hatten ein gemeinsames Treffen der Burschenschaften im Südviertel«, fing der Bursche an und starrte dabei auf seine Füße. »Allerdings mussten wir früh wieder gehen, weil wir hier noch eine eigene Feier geplant hatten. Ich bin ein Stück vorausgegangen, weil ich, na ja, pinkeln musste. Allerdings habe ich dann Bhargavi gesehen. Das ist eine Kommilitonin von mir.«

»Bhargavi, und weiter?«

»Bhargavi Kharoo. Sie war mit irgendeinem Kerl unterwegs, und mit dem habe ich mich in die Haare bekommen.«

»Worum ging es dabei?«

Der Befragte schwieg, doch Zassenberg bohrte weiter. »Herr Wessels! Worum ging es bei Ihrem Streit?«

»Ich bin in sie verknallt, okay? »Es platzte förmlich aus dem Burschen heraus. »Letzte Woche habe ich ihr gesagt, dass ich gerne mal mit ihr ausgehen würde. Aber sie hat gemeint, dass sie niemals mit einem Burschen zusammen sein könnte. Daraufhin habe ich sie beschimpft und ein paar ziemlich ...«, er schaute nun an die Decke und dachte nach, »... unehrenhafte Dinge zu ihrer Herkunft gesagt.«

»Und die haben Sie wiederholt, als Sie die Frau auf dem Radweg getroffen haben?«, fragte Momberger. »Und der Begleiter Ihrer Bekannten fand das nicht so witzig?«

Heiko Wessels nickte.

»Ein Bursche, der in eine Iranerin verliebt ist.«

»Bhargavi ist Inderin«, korrigierte ihn Wessels.

»Hat diese Frau Kharoo auch eine Telefonnummer, unter der wir Ihre Geschichte prüfen können?«

»Hat sie. Kann ich Ihnen geben.«

»Ich bin mir sicher, dass Sie von Ihren Kameraden sehr viel Beistand zu erwarten haben.« Er sah sich im Raum um und meinte dann: »Ich glaube, ich nehme jetzt doch einen Drink.«

15

Momberger und Zassenberg traten aus dem Salon, in dem noch immer Heiko Wessels auf einem Sessel saß und den Boden zu seinen Füßen begutachtete.

Björn von Greifen, der seine Einsatztruppe wieder hatte abziehen lassen, fing sie ab. »Sie verdächtigen Heiko doch nicht etwa?«, fragte er. »Ich kann Ihnen versichern, dass er nichts mit dem Mord zu tun hatte.«

»Aber was ist mit den anderen?«

»Wir waren alle hier und haben eine Feier veranstaltet.«

»Alle?«, fragte Momberger. »Selbst Wessels mit seiner Platzwunde?«

»Ja, natürlich. Wir haben seine Kopfwunde genäht, bandagiert und ihn dann kurz ins Bett gelegt. Wegen solcher Lappalien rennen wir nicht gleich ins Krankenhaus.«

»Schon klar, Sie sind tapfere Krieger.«

»Das haben Sie gesagt.«

»Trotzdem heißt das nichts«, erklärte Zassenberg. »Sie haben eben selbst von einem ›Gelübde‹ gesprochen. Gehe ich recht in der Annahme, dass dieses Gelübde zu Treue gegenüber der Burschenschaft verpflichtet? Dass man seine Kameraden nicht verpfeifen darf? Auch nicht im Angesicht eines, sagen wir, Mordprozesses?«

Björn von Greifen lächelte den Ermittler an. »Über Interna möchte ich mich nicht wirklich nicht unterhalten. Das geht ausnahmsweise nur uns etwas an.«

Er zog die Tür auf, doch Zassenberg rammte sie wieder zu. »Es geht auch uns etwas an, wenn einer Ihrer Burschen einen Mord begangen hat, Herr von Greifen. Oder haben Sie sich gar selbst die Finger schmutzig gemacht?«

Die Augen zu Schlitzen verengt starrte der Bursche Zassenberg an. Mit seiner Körperhaltung wollte er größtmögliche

Lässigkeit ausdrücken, was jedoch so wirkte, als hätte er seinen eigenen Körper nicht unter Kontrolle.

»Wenn Sie wollen, dann zeige ich Ihnen gerne das Videomaterial aus der entsprechenden Nacht«, sagte er ungerührt.

»Sie überwachen das Gebäude?«

»Von allen Seiten«, bestätigte der Bursche. »Unser Zuhause wird immer wieder von linksversifften Randalierern angegriffen.«

»Angegriffen?« Momberger lachte. »Was meinen Sie damit?«

Von Greifen grinste ihn an. Vielleicht ahnte er, dass einer der linksversifften Randalierer, wie er sie nannte, gerade vor ihm stand. »Alle zwei Wochen werden unsere Wände mit Farbbomben beschmissen. Hin und wieder ist auch ein Stein dabei.«

Nun grinste auch Momberger, schließlich war er vor seinem Polizeidienst tatsächlich einer dieser Farbbomber gewesen. Bei der Burschenschaft Mariboria hatte er allerdings nie ein buntes Geschenk hinterlassen, was ihn jetzt ein wenig ärgerte.

»Wir lassen deswegen alle Seiten des Hauses per Video überwachen«, erklärte von Greifen weiter. »Wenn Sie wollen, zeige ich Ihnen gerne das Video aus der Nacht. Darauf ist sicher zu sehen, dass wir alle rein sind, aber keiner mehr nach draußen gegangen ist.«

Momberger wollte antworten, doch Zassenberg war schneller: »Bringen Sie diese Videos bis morgen früh aufs Revier. Ich denke, Sie wissen ziemlich genau, wo das ist, oder nicht?«

Keine Antwort.

»Wenn möglich, sollte bitte die ganze Nacht auf dem Band zu sehen sein. Und ich muss sicher nicht erwähnen, dass ich sehr stutzig werde, wenn das Video an der falschen Stelle abbricht oder nur Rauschen zeigt.«

Mit diesen Worten öffnete er die Tür und war bereits auf dem Weg zum Volvo. Keine fünf Sekunden später sah man Zigarettenqualm aufsteigen.

Momberger schaute sich noch einmal gründlich um. Sein Blick fiel erneut auf den Degen, der am Treppengeländer stand und dort seltsam fehl am Platz wirkte.

Noch einmal musterte er Björn von Greifen, dem er so gern einen linken Haken verpasst hätte, dass er für einen Moment darüber nachdachte, wie wichtig ihm sein Job eigentlich war. Dann jedoch besann er sich eines Besseren.

»Wir sehen uns«, sagte er und verschwand.

Im Wagen angekommen verdichtete er den Qualm aus Zassenbergs Industrie-Zigarette mit seiner eigenen aus Handarbeit. Momberger ließ den Wagen nicht sofort an, sondern wartete zunächst darauf, dass die Wirkung des Nikotins seine Nerven ein wenig beruhigte – oder vielmehr betäubte.

»Schneiden die sich wirklich noch im Gesicht rum?«, fragte Zassenberg, der seinen Blick noch immer auf das prächtige Haus der Burschen gerichtet hatte.

»Sie meinen den Schmiss an der Wange?« »Momberger zeichnete die Narbe mit dem Zeigefinger nach. »Sie haben ja gehört, dass die Idioten sich eher selbst verarzten, als im Krankenhaus eine Geschichte erfinden zu müssen. Aber Sie können ja einfach mal überlegen, wie viele *normale* Menschen Sie noch kennen, die mit solchen Narben auf der Wange rumlaufen.«

Zassenberg lachte auf. »Tatsächlich mehr als einen. Ich habe Ihnen doch von der Umgebung erzählt, in der ich aufgewachsen bin. Die Jungs beim Glücksspiel sind nicht zimperlich. Da wird gerne mal das Messer gezückt.« Er nahm einen tiefen Zug seiner Gauloises. »Ich muss allerdings zugeben, dass diese Branche in Sachen Narben eine Ausnahme darstellt. Aber wie läuft das ab? Gehen die in den Keller, schmieren sich mit Hühnerblut ein und hauen sich dann gegenseitig auf den Kopf?«

»Nicht so ganz. Die Burschen führen ein Duell durch, wie im Mittelalter. Der Schmiss auf der Wange war früher nur eine Begleiterscheinung, aber irgendwann hat er sich als Zeichen für Männlichkeit durchgesetzt.«

»Sind dabei viele Burschen ums Leben gekommen?«

»Schon einige. Viele an Infektionen der Stichwunden. Besonders auffällige Wunden hatten natürlich diejenigen Burschen, deren Schmiss sich entzündet hat. Deswegen wurden die Verletzungen absichtlich nicht ausreichend versorgt. Als man bessere Medikamente gegen Infektionen hatte, haben die Burschen sich dann einfach dickere Stiche beim Arzt setzen lassen.«

»Oder sich selbst versorgt«, ergänzte Zassenberg. »Bei deren Umgang mit Frauen werden sich die meisten wohl noch eine ganze Weile mit sich selbst beschäftigen müssen.«

»Ich glaube nicht einmal, dass sie wirklich kämpfen«, erkläre Momberger und richtete seinen Blick noch einmal Richtung Anwesen. »Ich glaube, die besaufen sich nur heftig und ziehen sich dann die Klinge einmal gegenseitig durchs Gesicht.«

»Um bei ihren Kameraden besser anzukommen? Wie ich als kleiner Idiot bei meiner ersten Zigarette?«

»Und für beides gilt: Hätte man es lieber gelassen.«

Sie fuhren nicht aufs Revier zurück, denn es war bereits nach neunzehn Uhr und wahrscheinlich kaum noch jemand anzutreffen.

Momberger rief Bill an, weil er am nächsten Tag unbedingt die Verbindungsdaten von Yalda Wegeners Handy haben wollte.

»Und die von Ines Schmied«, fügte er hinzu, bevor ihm einfiel, dass diese ihrem Handy ja ausgerechnet am Tag des Mordes ein Wasserbad gegönnt hatte.

Eigentlich wollte er nur schnell Zassenberg vor seinem Hotel in der Oberstadt absetzen und sich dann zu Hause den Fall noch einmal in Ruhe durch den Kopf gehen lassen. Daraus wurde allerdings nichts.

»Ich weiß nicht, wie es Ihnen geht, Momsen«, stöhnte Zassenberg, »aber ich brauche dringend ein Bier.«

Momberger bog ein paar Straßen früher ab und stellte das Auto auf den Parkplatz der Physikalischen Fakultät, die noch immer ihre alten Gebäude in der Oberstadt betrieb, obwohl es schon sehr viele moderne Einrichtungen außerhalb der Innenstadt gab.

»Wieso parken wir hier?«, fragte Zassenberg neugierig.

»Das ist der einzige richtige Parkplatz in der Oberstadt. Außerdem liegt meine alte Stammkneipe hier um die Ecke.«

111

Sie machten sich auf den Weg und blieben ganz in der Nähe vor einem sechsstöckigen Fachwerkhaus stehen, dessen Giebel bedenklich in Richtung Straße geneigt war.

Zassenberg blickte nachdenklich auf die Eingangstür der kleinen Kneipe »Tränke«, die sich im Erdgeschoss verbarg.

»Hier wollen wir rein?«, fragte er wenig begeistert.

»Warum nicht? Sie wollten Bier. Hier gibt es Bier.«

Etwas Unverständliches murmelnd ging Zassenberg voraus, blickte sich ausgiebig im winzigen Gastraum um und setzte sich dann an den erstbesten Tisch.

Momberger folgte ihm, zog den Mantel aus und warf ihn über einen freien Stuhl. Sein Kollege kam ihm plötzlich ungewohnt eingeschüchtert vor.

Die »Tränke« war mit »winzig« noch ausladend beschrieben, hatte sie sich doch mit dem Erscheinen der beiden Polizisten schon zu einem Fünftel gefüllt. Der ganze Raum war nicht größer als eine durchschnittliche Studentenwohnung. Ans andere Ende hatte sich eine Theke mit zwei Barhockern gequetscht, hinter der ein junger Mann mit langen Haaren stand und Karten mit dem einzigen anderen Gast spielte. Die Tatsache, dass gerade zwei zahlende Gäste die Kneipe betreten hatten, schien ihn nicht aus der Ruhe zu bringen. Konzentriert sah er sich die Karten auf seiner Hand an und legte dann zwei davon ab. Sein Mitspieler tat es ihm nach, und so ging es noch eine Weile weiter.

Zassenberg hatte das Ganze zunächst interessiert, dann genervt beobachtet und sah irgendwann Momberger verwirrt an.

»Ist heute Selbstbedienung?«, fragte er.

»Nein, nein, das ist bei ihm immer so.« Er drehte sich in Richtung Theke und rief: »Machst du uns zwei, Andi?«

Die Reaktion hinter der Theke fiel nicht groß, doch immerhin sichtbar aus. Andi sah zwar nicht von seinen Karten auf, griff aber mit einer Hand nach rechts, fummelte ohne hinzusehen zwei große Biergläser aus einem Regal und stellte sie unter den Hahn. Erneut legte er eine Karte ab, woraufhin sein

Gegner enttäuscht schnaufte und seine Hand komplett auf den Tresen warf.

»Kommt sofort!«, rief Andi plötzlich, als ob die Bestellung erst eine Sekunde vorher eingegangen wäre. Er zapfte zwei ansehnliche Biere zusammen und brachte diese zu den Beamten an den Tisch.

Zassenberg sah ihn an, als hätte er gerade eine Erscheinung. Als der junge Mann wieder hinter der Theke stand und die nächste Runde Karten austeilte, fragte er Momberger: »Geld verdienen ist hier nur zweitrangig, oder?«

»Allerdings.«

Momberger hob das Bier und trank einen Schluck. Zassenberg tat es ihm nach und hatte sein Glas zur Hälfte geleert, als er es wieder absetzte.

»Was denken Sie?«, fragte Momberger.

»Dass hier jemand sein Geschäftsmotto überdenken sollte.«

»Ich meine: zum Fall. Ist Ihr Gespür schon einen Schritt weitergekommen?«

Zassenberg kratzte sich am Kinn, wo sich bereits kräftige Barststoppeln gebildet hatten, weil er sich zwei Tage nicht rasiert hatte.

»Die Burschen haben mich zum Nachdenken gebracht. Wie kann es sein, dass solche Leute sich in einer Studentenstadt breitmachen können? Das ist doch, als würde ein Stück Eis in der Hölle überleben.«

»Fragen Sie mich nicht.« Momberger schüttelte den Kopf. »Am liebsten würde ich da weitermachen, wo Yalda Wegener aufgehört hat. Alle enteignen und etwas für die Allgemeinheit aus dem machen, was übrig bleibt.«

»Sie haben sich doch auch schon die Finger schmutzig, nein, bunt gemacht, oder nicht?«

»Kein Kommentar.«

»Na, kommen Sie!«, lockte Zassenberg seinen Kollegen. »Ich sage es auch nicht weiter.«

»Falls aus Versehen eine Farbprobe, die ich für mich persönlich gekauft habe, ihren Weg an die Hauswand einer Burschenschaft gefunden hat, dann war das als Dienstleistung gedacht, quasi als Vorschlag, wie man die Fassade auch streichen könnte.«

Zassenberg lachte und bestellte sich direkt ein weiteres Bier. Momberger fiel auf, dass sein Kollege sich immer noch seltsam nervös umblickte, so als erwartete er jede Sekunde eine unangenehme Begegnung. Erst da ging ihm ein Licht auf.

»Sie sind gestern schon hier gelandet, oder?«, fragte er amüsiert und ein wenig stolz. »Deshalb wollten Sie nicht in die ›Tränke‹.«

»Scharf deduziert, Momsen«, bestätigte Zassenberg die Annahme.

»Warum ist Ihnen das so unangenehm? Haben Sie sich gehen lassen?«

»Das bleibt ja wohl meine Sache.«

»Nein, Sie haben sich nicht gehen lassen.« Momberger lehnte sich fröhlich in seinem Stuhl zurück. »Sie sind nicht alleine von hier weg, oder?«

Genervt schaute Zassenberg ihn an.

»Ha!«, meinte hingegen sein Tischnachbar. »Am ersten Abend. Nicht übel für Ihr Alter. Wer war es denn? Eine Studentin mit Vaterkomplex?«

Zassenberg blickte kurz zur Theke.

»Die Bedienung?« »Noch einmal lachte Momberger laut auf. »Andi?«

»Nein, um Gottes willen!« Zassenberg lehnte sich nach vorn. »Und würden Sie jetzt bitte aufhören, darüber zu reden!«

»Gut, gut.«

Momberger nippte an seinem Bier und dachte für einen Moment an die Zeiten zurück, als er sich nach dem siebten Bier in die eine oder andere Bedienung verguckt hatte. Erfolg war ihm dabei allerdings nie beschieden gewesen, geschweige denn am ersten Abend. Zassenberg hatte wohl mehr Talente, als man auf den ersten Blick erkennen konnte.

16

Momberger hatte bereits drei Bier getrunken und sich auf den Heimweg begeben wollen. Mit drei Bier, das wusste er aus Erfahrung, konnte er gerade noch das Auto bewegen. Doch nur eines mehr, und er hätte laufen müssen, was von der »Tränke« aus ein nicht unerheblicher Weg gewesen wäre.

Bevor er allerdings die Chance gehabt hatte, sich zu verabschieden, war Zassenbergs Arm in die Höhe geschnellt und hatte eine neue Runde bestellt. Der lange Weg nach Hause war bereits zu diesem Zeitpunkt vorprogrammiert gewesen.

Er und Zassenberg hatten angeregt über den Fall diskutiert, waren aber irgendwann auf Mombergers Vergangenheit unter linken Studenten zu sprechen gekommen, die in Marburg einfach nur Studenten waren, wie der Polizist seinem Frankfurter Kollegen zu erklären versucht hatte.

Abgebrochen wurde der Abend erst, als Momberger zwei Altbierbowlen bestellte, eine Mischung aus Altbier und Obstbowle, die vor allem deswegen existierte, damit man Besuchern von außerhalb davon berichten konnte. Die Marburger selbst waren ihrem Stadtgetränk eher abgeneigt.

Zassenberg hatte einmal kurz ins Glas geschaut, daran geschnuppert und war dann einfach aufgestanden und hatte die »Tränke« verlassen.

Momberger hatte sich gegen den Fußmarsch und für die beste Alternative entschieden: Er saß im Taxi und starrte aus der Frontscheibe nach draußen. Ihm war klar, dass er mindestens fünf Bier zu viel getrunken hatte, und er ahnte, dass er sich am nächsten Morgen wie überfahren fühlen würde. Als es zu regnen begann, kurz bevor das Taxi vor seiner Haustür angekommen war, erwischte er sich bei dem Gedanken, den Fahrer zu bitten, einfach so lange im Kreis zu fahren, bis der Himmel seine Schleusen wieder geschlossen hatte.

Natürlich stieg er trotzdem aus und schlurfte nass durch die Eingangstür. Den Mantel legte er auf einem Stuhl ab, die restlichen Klamotten behielt er an, während er sich aus dem Kühlschrank noch ein Bier holte, mit dem er sich aufs Sofa setzte.

Während er sich eine Zigarette drehte, dachte er über den Fall nach. Sein Kollege Zaster konnte den Täter oder die Täterin zwar auch nicht identifizieren, war aber auch nicht davon abzubringen, dass Anton Wegener es nicht war. Aber wer sonst?

Ines Schmied, mit der das Opfer eine Affäre gehabt hatte? Sah man sich die Kriminalstatistiken an, dann waren fast neunzig Prozent der Täter bei Kapitalverbrechen mit dem Ehepartner oder der Affäre abgedeckt. Momberger konnte sich aber nicht vorstellen, dass die kleine Frau ihrer Freundin einen Degen durch die Brust rammen, sie nackt ausziehen und dann in die Lahn werfen könnte.

Aber woher hatte sie diese auffällige Brandnarbe im Gesicht? Sie war zwar längst verheilt, aber so was hinterließ nicht nur im Gesicht Spuren, sondern – einmal davon ausgegangen, dass Ines Schmied nicht selbst schuld war – vielleicht auch den Drang, sich rächen zu wollen. Er musste sie unbedingt beim nächsten Gespräch danach fragen, denn beim letzten Mal war ihm das Temperament von Soroush Pahlavi dazwischengekommen.

Was war eigentlich mit *ihm*, fragte sich Momberger, dem Bruder? Er war jähzornig und irrational, hatte die Ermittler jedoch ziemlich stichhaltig davon überzeugen können, dass er seiner Schwester aufgrund ihrer gemeinsamen Vergangenheit niemals etwas antun würde. Allerdings dachten viele Menschen von sich selbst, dass sie einem geliebten Menschen kein Leid zufügen könnten, bis es letztendlich doch passierte.

Gerade die Liebe konnte sich ganz leicht ins Gegenteil verkehren, wenn nur der richtige Auslöser ins Spiel kam. Menschen töteten ihren Partner, wenn der die Liebe nicht mehr erwiderte und sich anderen zuwandte. Familienmitglieder töteten sich erstaunlich oft gegenseitig – aus Verzweiflung, Rachsucht oder falsch verstandenem Ehrgefühl. Matrizid, Patrizid, Fratrizid –

116

nicht umsonst kannte die Sprache für jedes Familienmitglied einen eigenen Mordbegriff. Ganz raus war der Bruder also nicht.

Und dann waren da natürlich noch die zahlreichen Burschen. Zumindest der Anführer der Mariboria, Björn von Greifen, würde sich mit dem Überwachungsvideo selbst entlasten, da war Momberger sich relativ sicher.

Galt das aber auch für Heiko Wessels? Zumal der sich wahrscheinlich keine Freunde damit gemacht hatte, seine Gefühle für eine Inderin preiszugeben. Wahrscheinlich würde er nicht mehr allzu lang Mitglied bei der Mariboria sein. Aber es gab dort genügend weitere seiner Art, und selbst wenn *diese* Burschenschaft keinen Mörder in ihren Reihen hatte, gab es leider noch ein halbes Dutzend anderer, die Yalda Wegener hassen mochten.

Höhnisch lachend musste Momberger daran denken, was Zassenberg über Burschenschaften in Marburg gesagt hatte. »Wie ein Eiswürfel in der Hölle«, zitierte er seinen Kollegen und nahm noch einen großen Schluck vom Bier. »Aber ein verdammt hartnäckiger Eiswürfel.«

Als Marburger vergaß man manchmal, dass es in der Welt außerhalb von Studentenstädten – in der »richtigen Welt«, wie mancher Zyniker behauptete – keine Burschenschaften gab. Es war paradox, dass sich ausgerechnet in Marburg, einer der demografisch gesehen jüngsten, progressivsten und vor allem buntesten Städte in Deutschland, vielleicht sogar auf der Welt, ein kleines, hartnäckiges Geschwür erhalten konnte, das all diese Werte negierte. Vielleicht war es aber auch gerade diese besondere Ausprägung von Weltoffenheit und Vielfalt, die eine Gegenreaktion hervorrufen musste.

»Aktion und Reaktion«, nuschelte Momberger.

Der Alkohol machte es ihm noch schwerer, die Burschen nicht als Quelle allen Übels zu betrachten. Zu groß war in ihm der Wunsch, endlich einmal einen von ihnen wegzusperren. In der Vergangenheit hatten sie sich immer wieder dem Zugriff der Behörden entzogen, was zu Mombergers Verzweiflung häufig daran lag, dass die Justiz selbst manchmal auf der falschen Seite stand. Ehemalige Burschen aus Marburg und anderen Studentenstädten besetzten viele hochrangige Stellen in der deutschen Rechtsprechung, und auch bei der Polizei nahm man eher die Studenten als die Burschen ins Fadenkreuz.

Die Studenten wiederum machten es sich leider selbst allzu leicht, wenn sie die Exekutive stets als Wurzel allen Übels anprangerten und die Polizei als Kollektiv bekämpften. Pauschalurteile kamen auf beiden Seiten vor und wurden paradoxerweise von beiden Seiten ebenso verurteilt.

ACAB – All Cops Are Bastards – war zu Mombergers eigener Sturm-und-Drang-Phase nicht selten von ihm selbst an Hauswände gesprüht worden. Nun wunderte er sich über seine jugendliche Naivität. Wenn das zuträfe, wäre er auch ein Bastard. Doch niemand wusste so gut wie er, dass dem nicht so war. Er tat sein Bestes, um die Zustände zumindest ein kleines bisschen zu verbessern. Viel Erfolg, da musste er Zassenberg leider recht geben, hatte er damit bisher nicht gehabt. An mancher Stelle hatte er die Stimmung mit seiner Haltung nur noch angeheizt. War das jetzt vielleicht auch so? Sah er die Burschen auch nur durch die rot gefärbte Brille seiner Vorurteile?

Energisch schüttelte er den Kopf, als er sich bei diesem Gedanken erwischte.

Viel Wut hatte sich in ihm angestaut, weil er immer wieder von Vorgesetzten an der kurzen Leine gehalten wurde, wenn es darum ging, die Burschenschaften unter die Lupe zu nehmen. Nun hatte er endlich einen Grund, sie zu untersuchen, fand aber nicht den richtigen Zugriff.

Momberger versuchte, sich dazu zu zwingen, den Fall einmal aus einer anderen Perspektive zu betrachten. Für einen Moment spürte er, dass sich die Lösung abzeichnete, doch dann war sie auch schon wieder verschwunden. Er versuchte noch ein paar Minuten, den Gedanken wieder zu fassen zu kriegen, doch als er sich ihm erneut näherte, fielen ihm die Augen zu.

Am nächsten Morgen wachte er mit dem Gedanken an Ines Schmied auf – und mit den schlimmsten Kopfschmerzen aller Zeiten. Seine Kleidung war klamm, und die Uhr zeigte irgendetwas sehr Spätes an, das er kaum erkennen konnte. Erst nachdem er sich die Augen gerieben hatte, merkte er, dass er seit zwei Stunden auf dem Revier zu sein hatte. Die fünf verpassten Anrufe auf seinem Handy hatten wahrscheinlich die entsprechende Ursache.

Murrend schlurfte er ins Badezimmer, aus dem er zehn Minuten später mit noch schlimmeren Kopfschmerzen wieder auftauchte. Erst als er das Haus weitere zehn Minuten später verlassen hatte, fiel ihm ein, dass sein Auto noch in der Oberstadt stand. Beim Gedanken daran, mit dem Fahrrad aufs Revier zu fahren, kamen ihm fast die Tränen, also rief er Bill an. Die machte sich auf den Weg und fuhr drei Zigarettenlängen später in die Straße ein.

»Na, Schlafmütze?«, stichelte sie. »Endlich wach?«

»Zaster«, brummte er und setzte sich auf den Beifahrersitz des Streifenwagens. »Der Mann trinkt wie ein Loch.«

»Du doch auch.«

»Aus Vergnügen! Der macht einen Sport daraus.« Er lehnte sich zurück und schloss die Augen. »Habe ich was verpasst?«

»Die Chefin ist ziemlich sauer.«

»Sonst bin ich immer pünktlich, die Kratzbürste soll sich nicht so aufregen.«

»Darum geht es nicht«, sagte Bill und fuhr los. »Es geht um euren Besuch bei der Mariboria.«

Interessiert ließ Momberger seinen Kopf in ihre Richtung fallen.

»Eindringen ohne Durchsuchungsbefehl«, sagte sie. »Wir hatten Anrufe von drei verschiedenen Anwälten heute Morgen.«

»Diese Pisser!«, rief Momberger und überlegte kurz, wie er den Schimpftiraden seiner Chefin am ehesten ausweichen konnte. »Ist Zaster auf dem Revier?«

119

»Ja, er hat so getan, als wüsste er von nichts. Meinte, dass die Burschen euch einfach reingelassen hätten.«

»Wenn er das sagt ...«

Damit konnte Momberger leben.

»Aber es gibt auch gute Nachrichten«, erklärte Bill, während sie mit dem Auto in die Innenstadt fuhren.

Der morgendliche Berufsverkehr war schon verschwunden, und sie kamen problemlos voran.

»Anton Wegener hat sich heftig verspekuliert.«

Momberger horchte auf. »Ach ja?«

»Irgendetwas mit Aktien. Risikomanagement. Verlustgeschäfte. Blabla! So genau habe ich den Bankmenschen nicht verstanden. Jedenfalls steht der gute Professor ziemlich bei ihnen in der Kreide.«

»Von was reden wir da? Peanuts?«

»Nicht für uns beide jedenfalls. Das verdienst *du* in deinem Leben nicht mehr, glaube ich.«

Momberger massierte sich die Schläfen. Jeder Gedanke schmerzte ihn. »Aber das ist doch kein Grund dafür, seine Frau umzubringen.«

»Und was wäre, wenn seine Frau eine Lebensversicherung über drei Millionen Euro abgeschlossen hätte, die Anton Wegener begünstigt?«

»Nicht im Ernst?« Momberger saß plötzlich aufrecht in seinem Sitz. »Was sagt Zaster dazu?«

»Er weiß es noch nicht«, antwortete Bill. »Ich habe es gerade erfahren. Dann bin ich direkt zu dir.«

»Ich bin gespannt, was sein Gespür dazu sagt«, lachte Momberger und klatschte in die Hände, was er augenblicklich bereute. Jedes Geräusch, das lauter war als ein Schmetterlingsschlag, verursachte einen heftigen Stich in seiner Schläfengegend.

Als er wieder klar denken konnte, sagte er: »Das reicht auf jeden Fall für eine vorläufige Festnahme. Ich rufe Sabine an.«

»Mach das«, stöhnte Bill.

Es war nicht zu überhören, dass sie nicht sehr viel von der

Staatsanwältin hielt. Momberger war sich nicht sicher, ob das an seiner Vergangenheit mit Sabine Kaufmann lag oder an etwas anderem. Er hoffte insgeheim auf Ersteres.

Der Anruf dauerte keine zwei Minuten. Momberger erzählte der Staatsanwältin von den neusten Erkenntnissen, und diese nickte wie immer alles ab. Das war der Vorteil, wenn man sich im Guten trennte: Das Vertrauen blieb erhalten.

Als sie bei Professor Wegener vorfuhren, war der nicht zu Hause. Also versuchten sie es bei den Behringhöfen, wo sie erneut von Dr. Oliver Belz begrüßt wurden, der sie nur ungern zu seinem Chef brachte.

»Er ist gerade wirklich sehr beschäftigt.«

»Ab jetzt wird sein Anwalt sehr beschäftigt sein«, erklärte Momberger trocken und schob den Doktor beherzt zur Seite, um in Wegeners Büro zu gelangen.

Der Professor ließ sich ohne Widerstand mitnehmen und fragte nicht einmal nach, was los war. Das Einzige, was er sagte, war: »Das werden Sie bereuen.«

Doch Momberger hatte für einen Moment ein derart gutes Gefühl, dass er sogar seinen Kater kurz vergessen konnte. Der Gedanke, dass der Superermittler aus Frankfurt mit seinem Gespür daneben- und er selbst genau richtigliegen könnte, war ausgesprochen befriedigend.

Auf dem Revier zog er mit seiner Beute ein, als hätte er den heiligen Gral gefunden. Seine gute Stimmung wurde allerdings sofort zunichtegemacht, und das nicht durch Philipp Zassenberg, der das Geschehen interessiert beobachtete, sondern durch seine Chefin Renate Fischer, die im Türrahmen ihres Büros stand und ihn mit einer kleinen Bewegung ihres knochigen Zeigefingers in ebendieses zitierte.

Mit einem kurzen Blick auf Zassenberg, der ihm lässig zuzwinkerte, machte er sich auf den Weg in die Höhle der Löwin. Kaum hatte er die Tür geschlossen, fing diese auch schon an zu brüllen. »Was haben Sie sich dabei gedacht?«

»Bitte?«

»Sie wissen doch ganz genau, wovon ich rede, Momberger!« Renate Fischer war wütend. Als sie wütend wurde, traten Adern und Sehnen an ihrem Hals so hervor, dass er einem Schiffstau ähnelte.

»Nicht wirklich«, antwortete Momberger, denn er wusste tatsächlich nicht, was Zassenberg schon erzählt hatte.

»Sie wollen mir wirklich weismachen, dass es nicht Ihre Idee war, der Burschenschaft die Tore einzurennen?« Sie zeigte mit ihren spinnenartigen Fingern auf ihn, was den Eindruck einer Hexe, den Momberger ohnehin immer von ihr hatte, noch verstärkte. »Sie suchen doch seit Jahren schon nach einer Möglichkeit, den Burschenschaften endlich etwas vorwerfen zu können.«

»Das Opfer wurde mit einem Degen erstochen und lag davor im Streit mit den Burschenschaften. Außerdem hatte einer der Burschen in der Tatnacht eine Auseinandersetzung an den Lahnwiesen, bei der eine Frau involviert war, die dem Opfer stark ähnelte.«

»Die aber nicht das Opfer war«, ergänzte seine Chefin. »Zaun und Michel haben das heute Morgen schon geprüft. Die Frau war eine Kommilitonin von Herrn Wessels. Er hat die Wahrheit gesagt. Das hätten Sie vielleicht mitbekommen, wenn Sie pünktlich hier erschienen wären.«

Darauf hatte Momberger leider keine vernünftige Verteidigung, weshalb er Renate Fischer nur mit zusammengepressten Lippen anstarren konnte.

»Keine schlagfertige Antwort?«, fragte sie.

Er war kurz davor, Zassenberg zu verpetzen, schließlich hatte der sich einfach Zutritt zum Haus verschafft. Er merkte allerdings selbst, dass ein solches Verhalten ihn nur kindisch und unprofessionell aussehen lassen würde.

»Tut mir leid«, sagte er deswegen unterwürfig. »Kommt nicht wieder vor.«

»Das will ich schwer hoffen!«, keifte Renate Fischer. »Sie

122

werden sich außerdem bei den Burschen entschuldigen. Dann ziehen sie die Anzeige zurück.«

»Sie haben uns angezeigt?«, rief Momberger überrascht.

»Ja, das haben sie. Und dazu haben sie auch allen Grund. Wenn Sie die nächsten vier Wochen nicht unbezahlt auf der Couch verbringen wollen, dann fahren Sie gleich dahin und küssen denen die Füße.«

»Das kann nicht Ihr Ernst sein! Die haben auf jeden Fall Dreck am Stecken, selbst wenn sie Yalda Wegener nicht umgebracht haben.«

Renate Fischer baute sich noch ein wenig mehr vor ihm auf, was ihren Schiffstau-Hals wie altes Kaugummi in die Länge zog. »Sie fahren sofort dorthin! Und küssen den Burschen die Füße. Ist das klar?«

Momberger nickte ebenso langsam, wie sie es erklärt hatte, und verließ das Büro.

Draußen fing ihn Bill ab und reichte ihm eine Liste.

»Was ist das?«, keifte er, um sich gleich darauf zu entschuldigen. »Tut mir leid! War nicht böse gemeint.«

»Kein Problem. Wir waren alle schon mal da drin. Aber das hier könnte dich interessieren.«

»Was ist das?«

»Die Mobilfunkdaten von Yalda Wegeners Handy. Sie hat sich in den Stunden vor ihrem Tod nur mit einem Menschen unterhalten.«

»Und zwar?«

Bill deutete auf Mombergers Büro. Davor saß Anton Wegener und starrte ihn böse an. Ihn meinte Bill jedoch gar nicht. Denn im Büro saß jemand, den sie am Tag zuvor schon aufs Revier eingeladen hatten. Die auffällige Narbe verriet sie sofort: Ines Schmied.

17

Ein kurzer Blick durch den Raum verriet Momberger, dass seine Chefin sich bereits in ihr Büro zurückgezogen hatte. Das Küssen von rechten Füßen musste also noch ein wenig auf sich warten lassen.

Zassenberg folgte Momberger in sein Büro. Professor Wegener ließen sie links liegen, was dessen »Das werden Sie bereuen«-Gesichtsausdruck noch deutlich mehr Form verlieh.

Im Büro schlossen sie zunächst die Sichtblenden und widmeten sich dann der Frau mit der markanten Narbe, die auf dem Stuhl vor dem Schreibtisch saß und auf ihre Fingernägel schaute.

»Frau Schmied«, begann Zassenberg und setzte sich auf den Schreibtisch. »Wie geht es Ihnen mittlerweile?«

»Den Umständen entsprechend«, flüsterte sie. »Aber der Schock ist jetzt erst so richtig bei mir angekommen.«

»Dürften wir Ihnen dennoch ein paar Fragen stellen?« Sie nickte bedächtig.

Momberger lief um den Schreibtisch herum und setzte sich auf seinen Drehstuhl. Neugierig sah er Ines Schmied an und versuchte zu erkennen, ob hinter ihren verweinten Augen vielleicht doch ein kleines diabolisches Funkeln zu erkennen wäre – er fand es jedoch nicht.

»Gerade haben wir die Mobilfunkdaten von Yalda Wegener erhalten«, sagte er. »Raten Sie mal, mit wem sie in den Stunden vor ihrem Tod ausschließlich Kontakt hatte.«

Sie schaute auf. »Mit mir natürlich. Ich dachte, das wüssten Sie schon.«

»Bisher wussten wir nur, dass Sie Ihr Handy just in dem Zeitraum zerstört haben, der für uns besonders interessant ist.«

»Was haben Sie noch einmal damit angestellt?«, fragte Zassenberg.

»Ich war es nicht! Mein Freund hat es aus Versehen in ein Wasserglas fallen lassen.«

»In ein Wasserglas?«, Momberger spielte den Verdutzten.

»Ihr Freund muss gut zielen können.«

Ein Zucken mit den Schultern zeigte den beiden Ermittlern, dass sie sich darüber wohl noch keine Gedanken gemacht hatte.

»Haben Sie das Handy noch?«, fragte Zassenberg. »Unsere Techniker können vielleicht ein paar Daten retten.«

»Unsere Techniker?«, wollte Momberger wissen, der außer dem kurz vor der Rente stehenden Hausmeister niemanden kannte, der sich auf der Wache mit Technik auseinandersetzen konnte.

Zassenberg nickte. »Es wäre schön, wenn Sie Ihr Mobiltelefon heute noch hier vorbeibringen würden.«

»Na klar, mache ich.«

»Bis dahin können Sie uns vielleicht einmal erzählen, was Sie an dem Abend mit dem Opfer zu besprechen hatten.«

Sie wischte sich mit der Hand durchs Gesicht und fing nervös an zu erzählen. »Wir wollten uns an diesem Abend sehen. Er war wie immer bei der Arbeit. Sie deutete mit dem Finger nach draußen, wo Anton Wegener vor sich hin schmollte. »Und mein Freund wollte mit Bekannten ausgehen. Also haben wir uns für den Abend bei ihr verabredet.«

»Kam das häufig vor?«, fragte Zassenberg.

»Eigentlich nicht. Das Haus von Anton ist mir unheimlich. Es ist so riesig und klinisch. Ich bin sehr ungern dort. Deswegen haben wir immer versucht, uns bei mir zu treffen.«

»Und Ihr Freund hat keinen Verdacht geschöpft?«

»Wir wohnen nicht zusammen. Aber seine Wohnung ist nur ein paar Straßen weiter. Er ist oft bei mir.«

»Und trotzdem hat er nichts gemerkt?«

»Yalda und ich sind für die Öffentlichkeit immer gute Freundinnen gewesen. Er hätte uns schon in flagranti erwischen müssen, um es herauszufinden.«

Zassenberg erhob sich vom Schreibtisch und drehte eine

Runde durch den Raum. Am Fenster blieb er stehen und starrte nach draußen, wo nichts weiter zu sehen war als die Straße vor dem Gebäude.

»Sie waren an dem Abend also bei den Wegeners zu Hause?«

»Nicht wirklich.« Ines Schmied wirkte mittlerweile ein wenig selbstbewusster. »Ich habe am Tor geklingelt, aber niemand hat geöffnet. Also bin ich irgendwann wieder nach Hause.«

»Und Sie haben sich nicht gewundert?«, fragte Momberger.

»Natürlich habe ich mich gewundert. Aber mein Handy war ja gerade erst kaputt gegangen. Ich konnte Yalda nicht anrufen.«

Momberger und Zassenberg sahen sich an. Ersterer hoffte, dass Zweiterem noch etwas einfiele, auf das er selbst nicht kam, doch dem war nicht so.

Gerade als sie Frau Schmied wieder gehen lassen wollten, klopfte es an der Tür, und Fritz Zaun steckte seinen massigen Kopf hindurch, ohne dazu aufgefordert worden zu sein.

»Chef? Der junge Mann von der Burschenschaft ist hier und möchte Sie sprechen.«

»Der junge Mann darf sich noch einen Moment gedulden«, antwortete Momberger, der ahnte, dass Björn von Greifen höchstpersönlich gekommen war, um sich eine Entschuldigung vor den Augen des ganzen Reviers abzuholen. Irgendwie musste Momberger noch Zeit totschlagen, um das hinauszuzögern.

»Noch was, Zaun?«

»Hier draußen ist auch ein Anwalt. Der gehört zum Professor und sieht ziemlich sauer aus.«

»Auch das noch«, flüsterte Momberger genervt, während Zaun wieder verschwand.

Zassenberg, der noch immer am Fenster stand, schien darüber eher amüsiert zu sein. Ganz offensichtlich hatte er auch nicht so einen bestialischen Kater wie sein Kollege.

Anscheinend war der erste Abend nur zum Warmwerden gewesen, dachte sich Momberger. Und das gestrige Gelage hatte den Pegel bloß auf dem richtigen Niveau gehalten.

»Was ist mit den Burschenschaften?«, fragte Ines Schmied, bevor er seine Gedanken wirklich geordnet hatte. »Glauben Sie, die waren es?«

»Dazu können wir Ihnen leider keine Auskunft geben«, erklärte Momberger.

Doch Zassenberg sah das ein wenig anders. »Ganz unschuldig sind die Schweinehunde aber ganz sicher nicht. Da können Sie doch sicher ein Lied von singen. Waren Sie es nicht, die die Angriffe der Burschen auf Dr. Wegener zur Anzeige gebracht hat?«

»Ich hätte auch noch viel mehr gemacht, aber die Arschlöcher kreuzen schon bei der kleinsten Drohung mit ihren Fünfhundert-Euro-Anwälten auf. Glauben Sie mir, damit habe ich leider allzu oft zu tun gehabt.«

»Interessant.« Momberger hatte den Faden nun wieder aufgenommen. Er witterte erneut eine Chance, den Burschen irgendwie ans Bein zu pinkeln. »Sie hatten also selbst schon Probleme mit den Burschen?«

»Mehr als genug.«

»Wegen des Opfers?«

»Unter anderem. Und mein Freund ist immer wieder mit ihnen aneinandergeraten. Vor allem früher, als wir noch studiert haben.«

»Ist das so?«, fragte Momberger und musste darauf achten, nicht zu viel Sympathie für Frau Schmied und ihren Freund mitschwingen zu lassen. »Was heißt das genau?«

Die Befragte wartete einen kurzen Moment und schien darüber nachzudenken, was sie den Beamten alles erzählen konnte. Der Blickkontakt mit Zassenberg brachte sie sichtlich davon ab, allzu viel preiszugeben. Bei Momberger fühlte sie sich deutlich wohler.

Er wusste nur zu gut, dass er seinen Hass auf die Burschen quasi auf der Stirn stehen hatte.

»Wir haben beide Pharmazie studiert. Da ist viel Geld im Spiel, und deshalb klopfen die Burschenschaften natürlich gerne an die Tür. Die brauchen die Kohle, um ihre protzigen Häuser und den ganzen Alkohol zu finanzieren.«

»Stimmt«, bestätigte Momberger. »Germanisten und Philosophen sieht man da nicht allzu oft. Oder Frauen.«

»Sie sagen es. Es war also nur eine Frage der Zeit, bis sie ihn ansprechen würden, und zwar nicht nur eine Burschenschaft, sondern beinahe alle. Die haben richtige Headhunter, wie große Unternehmen.«

»Und Ihr Freund stand ganz oben auf der Liste?«

»Die, die besonders vielversprechend sind, werden als Erste angesprochen und eingeladen. Diese Einladungen hat er alle angenommen.«

»Ach ja?«, fragte Momberger, der sich noch nicht wirklich vorstellen konnte, wohin die Geschichte führen würde. »Und dann?«

Ines Schmied schaute noch einmal kurz zu Zassenberg, so wie eine Schülerin, die vom Lehrer nicht beim Spicken erwischt werden wollte. Sein Kollege auf der anderen Seite des Schreibtischs beruhigte sie allerdings so weit, dass sie auch den Schluss erzählte.

»Dann hat er sie beklaut, eine nach der anderen.«

»Ha!«, platzte es aus Momberger heraus, der sich danach schnell wieder beruhigen musste, auch weil er seinen ohnehin schlimmen Kopfschmerzen einen kurzen, aber heftigen Stich verpasst hatte. »Ich meine: interessant.«

Zassenberg grinste ihn an, als hätte er ihn gerade beim Stehlen erwischt. »Dieser Freund«, fragte er, »hat der auch eine Adresse?«

»Sie kennen ihn doch schon«, antwortete Ines Schmied. »Lukas arbeitet bei den Behringhöfen. Sie sind ihm vorgestern kurz begegnet.«

»Stimmt! Geben Sie uns trotzdem noch mal seine Adresse und Telefonnummer.«

Sie schrieb diese auf und wurde dann von den beiden Ermittlern entlassen.

Kurz bevor sie die Türklinke ganz durchgedrückt hatte, fiel Momberger doch noch etwas ein. »Frau Schmied ... Das mag vielleicht indiskret klingen«, entschuldigte er sich bereits vorab, »aber darf ich Sie fragen, woher Sie die Narbe in Ihrem Gesicht haben?«

»Das ist nicht indiskret«, versicherte sie ihm. »Ehrlich gesagt haben Sie deutlich länger mit der Frage hinter dem Berg gehalten als die meisten anderen. Und das, obwohl Sie professionelle Fragensteller sind.«

Sie musterte den Ermittler mit scharfen Augen. Momberger fühlte sich ein wenig ertappt. Er spürte, dass nicht nur die Blicke von Ines Schmied auf ihm ruhten, sondern auch die von Zassenberg. Wie ein Prüfer beobachtete er, was sein Schüler richtig und vor allem falsch machte.

»Die Narbe stammt aus dem Studium«, erklärte Ines Schmied. »Die meisten halten sie für eine normale Brandwunde, aber es ist eigentlich eine chemische Verbrennung.«

»Ein Experiment, das schiefgegangen ist?«

»Nein, ganz und gar nicht. Das war bei der Ersti-Woche.« Momberger fügte mit Blick auf Zassenberg hinzu: »Das ist die Einführungswoche für die Studenten.«

»Danke. Da wäre ich von alleine nie draufgekommen.« Momberger drehte sich wieder zu Ines Schmied.

»Wie genau ist das passiert?«, fragte er.

»Sie wissen ja sicher, dass da mehr getrunken als ins Universitätsgeschehen eingeführt wird.«

Momberger nickte. Die erste Woche im Semester war das reinste Chaos und die Hölle für die Polizei. Hunderte Gruppen von jungen, dummen Studenten inklusive eines ortskundigen Führers oder einer Führerin traumtänzelten durch die Stadt, betranken sich an jeder Ecke und lösten dabei kleinere Rätsel, die meist nur einen äußerst spärlichen Bezug zum eigentlichen Studienfach hatten. Für einen Erstsemester gab es nichts Schöneres.

Ines Schmied erläuterte, was genau sich in ihrer Ersti-Woche zugetragen hatte: »Unser Tutor hat uns in ein Labor geführt. Da sollten wir eigentlich nur ein paar kleine dumme Spielchen in Verbindung mit Schnaps machen – nichts Dramatisches. Allerdings waren zwei Jungs bereits so betrunken, dass sie anfingen, auf den Labortischen herumzuspringen und die Ausrüstung zu demolieren. Dabei ist ein Fläschchen Salpetersäure zu Bruch gegangen.« Sie deutete mit dem Finger auf ihre Wange. »Und mir ins Gesicht geflogen.«

Momberger ersparte sich die Fragen nach den Schmerzen des Unfalls oder gar, wie schlimm die verätzte Haut und das Fleisch gerochen haben mussten. Eines jedoch interessierte ihn im wahrsten Sinne brennend: »Gibt es die beiden Betrunkenen noch?«

»Oh ja«, lachte die Befragte höhnisch. »Sie haben eine steile Karriere gemacht. Erst in einer Burschenschaft und später an den Behringhöfen. Das ist die Belohnung dafür, ein Arschloch zu sein.«

Sie entließen Ines Schmied, ohne weiter auf den Unfall einzugehen zu sein, und baten sie nur, ihr Handy möglichst schnell vorbeizubringen. Die Verbindung zum Fall Yalda Wegener war nicht vorhanden, weshalb es keinen Sinn ergab, in dieser Sache weiter zu ermitteln. Momberger ließ sich trotzdem die Namen der Männer geben, die eine unschuldige, junge Studentin für immer gezeichnet hatten, ohne dafür jemals geradegestanden zu haben. Es interessierte ihn, was genau aus ihnen geworden war.

Die Ermittler standen nun vor zwei gewaltigen Problemen. Das erste war der Anwalt von Professor Wegener, der beinahe so breit wie hoch und in einen Anzug genäht war, der Mombergers Quartalsverdienst entsprach.

Neben ihm das genaue körperliche Gegenteil: der schmächtige Burschenführer Björn von Greifen, der sich ebenfalls in Schale geschmissen hatte. In der Hand trug er eine kleine Festplatte und im Gesicht ein süffisantes Grinsen. Er unterhielt sich gerade mit dem massigen Anwalt, als er bemerkte, dass Momberger aus seinem Büro gekommen war. Seine Mundwinkel zogen sich weiter nach oben.

»Herr Kommissar!« Der Bursche schien seinen Auftritt zu genießen, denn er begrüßte ihn beinahe wie einen lang verschollenen Freund. »Ich habe etwas für Sie.« Er überreichte ihm die Festplatte. Anschließend sah er ihn fordernd von unten an.

»Haben Sie auch etwas für mich?«

Momberger starrte zunächst auf den Anwalt, der die Arme vor der Brust verschränkt hatte, was bei seinen gewaltigen Ausmaßen ein durchaus schwieriges Unterfangen darstellte. Dann bemerkte er, dass auch Renate Fischer die Szene von ihrer Tür aus aufmerksam beobachtete. Wie gern hätte er dem Mann einfach einen Leberhaken verpasst und seiner Chefin Dienstwaffe und Marke übergeben.

Stattdessen lächelte er breit und meinte: »Ich glaube, ich muss mich bei Ihnen entschuldigen, Herr von Greifen. Wir hätten gestern nicht einfach ohne Erlaubnis in Ihr Haus eintreten dürfen.«

Momberger dankte Gott, Shiva, Odin und allen möglichen anderen Gottheiten, dass gerade keiner seiner ehemaligen Kommilitonen anwesend war, um mitzuerleben zu müssen, wie er sich bei ihrem Erzfeind entschuldigte. Doch immerhin hatte er es jetzt hinter sich gebracht.

So dachte er zumindest, aber Björn von Greifen war ganz anderer Meinung. »Sie waren im ersten Teil etwas zu leise. Könnten Sie den freundlicherweise noch einmal wiederholen?«

Wütend ballte Momberger die Hände zu Fäusten. »Ich muss mich bei Ihnen entschuldigen!«, rief er mit Blick auf seine Chefin. »Es tut mir ausgesprochen leid.«

Hinter ihm trat gerade Philipp Zassenberg durch die Bürotür, was der Bursche natürlich sofort zum Anlass nahm, sich noch eine weitere persönliche Vendetta zu gönnen.

»Haben Sie mir nicht auch etwas zu sagen?«, fragte er grinsend.

»Durchaus«, bestätigte ihn Zassenberg und trat neben seinen Kollegen, dem der Ekel noch immer in den Gesichtszügen stand. »Und ich möchte, dass es alle hören!«, tönte er und rief fröhlich: »Hitler hatte nur ein Ei!«

18

Auf Zassenbergs Provokation war vor allem Gelächter gefolgt, natürlich mit einigen prominenten Ausnahmen in Person des Anwalts, des Burschen und auch Renate Fischers, die sich – das sagte zumindest ihr Gesichtsausdruck – nur allzu bewusst darüber war, dass Zassenberg von ganz oben nach Marburg beordert worden war und sich mit Sicherheit nicht auf politische Kleinkriege mit irgendwem einlassen würde. Sie war also einfach wieder in ihrem Büro verschwunden, hatte die Tür so lautstark ins Schloss geworfen, dass Zassenberg es selbst dann noch gehört hätte, wenn er nicht aus Frankfurt weggeordert worden wäre, und hatte dann heimlich und trotzdem auffällig in ihre Schreibtischschublade gegriffen, wo – das wusste Momberger nur zu genau – immer ein Fläschchen Wodka bereitstand, für genau solche Situationen.

Zassenberg selbst hatte dem wütend dreinschauenden Björn von Greifen auf die Schulter geklopft und war dann aus dem Revier verschwunden.

»Ich gehe eine rauchen«, hatte er gesagt. »Vielleicht auch zehn. Ihr könnt ohne mich anfangen.«

Damit waren ganz sicher nicht der Bursche, sondern der furchterregende Anwalt und sein Klient Anton Wegener gemeint.

Momberger würde ihn also allein befragen müssen. Hektisch suchte er im Raum nach Bill, doch diese war gerade nicht zu finden.

Dafür standen Michel und Zaun in seiner Nähe. Auch wenn man es ihnen – und ihren nicht allzu intelligenten Gesichtsausdrücken – nicht zugetraut hätte, waren die beiden gar nicht mal schlecht in Vernehmungen. Vielleicht, so dachte sich Momberger hin und wieder, war es ja gerade ihr wenig beeindruckendes Äußeres, das so manch Befragtem eine lockere Zunge bescherte.

Allerdings hatte er für die beiden schon eine andere Aufgabe vorgesehen, um die sie nicht zu beneiden waren.

»Herr von Greifen«, sprach er den Burschenführer emotionslos an. »Das sind die Kollegen Michel und Zaun. Die beiden werden das Videomaterial sichern und prüfen. Wenn Sie ihnen bitte folgen würden. Oder kann ich noch etwas für Sie tun?«

Björn von Greifen hatte den Auftritt von Philipp Zassenberg noch immer nicht überwunden und starrte wohl in dem Glauben auf die Eingangstür, dass der Ermittler dort gleich erscheinen und sich ausufernd bei ihm entschuldigen würde. Weil damit allerdings kaum zu rechnen war, gab Momberger seinen Kollegen ein Zeichen, und die beiden schwerfälligen Beamten widmeten sich dem Burschen.

Ihm blieb nichts anderes übrig, als den Koloss von Anwalt und dessen Mandanten Anton Wegener in sein Büro zu bitten. Er würde allein mit ihnen fertig werden müssen.

Er nahm auf seinem Schreibtischstuhl Platz und bat Anton Wegener und den Juristen, sich gegenüber hinzusetzen.

»Ich denke, das wird nicht nötig sein«, tönte der Anwalt mit der Stimme eines Lkw-Motors. »Sie haben, soweit ich das überblicken kann, nichts gegen meinen Mandanten in der Hand.«

»Soweit ich es überblicken kann, haben wir das sehr wohl«, antwortete Momberger. »Wenn Sie sich also setzen würden.«

»Wir verzichten, danke!«

»Dann ist Ihnen vielleicht nicht bekannt, dass das Opfer eine Lebensversicherung über drei Millionen Euro abgeschlossen hatte. Nicht gerade eine kleine Summe, oder?«

»Für Sie vielleicht«, warf Wegener ein, doch sein Anwalt gemahnte ihn mit einer Handbewegung zur Ruhe.

»Das und die Tatsache, dass Ihr Mandant enorme Geldsorgen hat, sehen für mich schon so aus, als hätten wir etwas gegen ihn in der Hand.«

Momberger war sich eigentlich sicher gewesen, dass die beiden nun doch Platz nehmen würden, musste sich aber eines Besseren belehren lassen.

»Herr Professor Dr. Wegener«, begann der Anwalt ganz langsam, »hat diverse Verbindlichkeiten, das ist richtig. Aber was führt Sie zu der Annahme, dass er deswegen in den Mord an seiner Frau verwickelt sein könnte?«

»Die drei Millionen Euro, die er durch ihren Tod erhält.«

»Mein Mandant erhält gar nichts von diesem Geld. Nicht er profitiert von der Lebensversicherung, sondern die Stiftung, die die Wegeners gemeinsam gegründet haben.«

»Stiftung?«, fragte Momberger verwirrt. »Welche Stiftung?«

Jetzt hätte er Bill, die sich sicher schon in die Finanzunterlagen eingelesen hatte, wirklich gut gebrauchen können.

Der Professor klärte ihn auf. »Die ›Open Arms‹-Stiftung zur Unterstützung von heimatlosen Jugendlichen. Das Projekt war eine Idee meiner Frau. Sie wollte Kinder und junge Erwachsene unterstützen, die, wie sie selbst, ohne Eltern nach Deutschland fliehen mussten und hier nur wenig Hilfe vom Staat bekommen.«

»Es ist vertraglich klar festgelegt, dass im Falle ihres Todes die Versicherungssumme und alle darüber hinausgehenden Finanzmittel von Frau Wegener an die ›Open Arms‹ übergehen«, fügte der Anwalt hinzu und warf einen Stapel Akten auf Mombergers Tisch. »Sie sehen also, dass mein Mandant absolut kein Motiv hatte, seine Frau umzubringen.«

»Ich bitte Sie! Die Stiftung läuft doch auch auf seinen Namen. Als wäre es ein Problem für ihn, seine Finger in die Kasse gleiten zu lassen.«

»Darf ich das so verstehen, dass Sie meinem Mandanten Diebstahl vorwerfen, ohne dass Sie den geringsten Anlass dazu haben?«

Der Ton war herausfordernd, und der Zehntausend-Euro-Anzug sagte Momberger, dass der Mann ihn schneller mit einer Verleumdungsklage konfrontieren würde, als er »Prozesskosten« sagen konnte.

Seinen geschlagenen Blick erwiderte der Professor mit einem süffisanten Grinsen, das ihn zur Weißglut brachte. Doch was

135

sollte er dagegen machen? Explodieren und seinen Job verlieren, nur um dann noch weniger gegen solche Arschlöcher ausrichten zu können? Besser nicht, dachte er sich.

Das Gesicht des Anwalts war hingegen wie in Stein gemeißelt. »Anton, wir gehen!«, sagte er, und Momberger hielt sie nicht auf.

Er hatte tatsächlich nichts in der Hand.

Der Anwalt und sein Anhang bewegten sich daraufhin schnurgerade auf das Büro von Renate Fischer zu.

Eine weitere Zurechtweisung konnte Momberger allerdings körperlich und seelisch an diesem Tag nicht mehr verarbeiten, weshalb er beschloss, sich dem rauchenden Zassenberg anzuschließen. Er schnappte sich Mantel, Dienstwaffe und Autoschlüssel und verließ das Revier auf leisen Füßen.

Zassenberg lehnte draußen qualmend auf der Motorhaube seines Volvos, vor ihm lagen bereits zwei Zigarettenkippen.

»Das hat länger gedauert, als ich gedacht habe«, sagte er, zog noch mal an seiner dritten Zigarette und drückte dann auch diese aus.

Momberger lachte sarkastisch auf. »Sie wussten, wie das enden würde?«

»Bei dem Anzug?«, fragte er zurück. »Ganz sicher.«

Momberger fühlte sich in diesem Moment ausnahmsweise nicht wie ein alter Sack, sondern vielmehr wie ein Schulanfänger am ersten Tag. Erst die Zurechtweisung seiner Chefin, die abgenötigte Entschuldigung bei Björn von Greifen und dann auch noch die Demütigung durch Anton Wegener und seine Bulldogge. Das alles war wie ein schlimmer Tag in der Kindheit. Dementsprechend fühlte er sich klein und dumm.

Zassenberg hingegen wirkte in diesem Moment wie ein weiser, alter Mann. Er schaute ihn an wie ein Großvater, dessen Enkel sich die Knie aufgeschrammt hatte. Ein Blick, den Momberger bisher nicht bei ihm beobachtet hatte.

»Lust auf Mittagessen?«, fragte ihn Zassenberg.

Mombergers Kater, ein eindeutiges Zeichen dafür, dass er

kein kleiner Junge mehr war, verlangte schon seit einer Stunde nach etwas sehr Fettigem, weshalb er nur nickte und das Auto öffnete.

»Vielleicht diesmal in einer Gaststätte, in der es neben Auflauf und Nudeln noch etwas anderes gibt?«

»Von mir aus«, antwortete Momberger und fuhr den Volvo vom Hof.

»Scheiße, warum haben Sie mich nicht gleich hierhergeführt?«, staunte Zassenberg, als sie auf die Terrasse des »Schlossgartens« traten, einem teuren, aber ausgesprochen guten Lokal, das sich nicht nur damit rühmen konnte, an das prächtige Marburger Herrschaftshaus angeschlossen zu sein, sondern auch einen einmaligen Ausblick auf die Stadt und deren Umland bot.

Momberger fühlte sich außerhalb der gewohnten Umgebung einer Studentenkneipe eher unwohl.

»So lässt es sich leben«, frohlockte Zassenberg, nachdem er sich gesetzt und einen ersten Blick auf das Mittelgebirge im Marburger Umland geworfen hatte. Ein zweiter Blick auf die Karte machte ihn noch glücklicher. »Ja, so lässt es sich aushalten. Warum landen Sie ständig in diesen Studentenabsteigen, wenn es hier oben diesen Blick und ein ordentliches Rumpsteak gibt?«

»Hauptsächlich, weil das Rumpsteak vierzig Euro kostet«, antwortete Momberger. »Außerdem mag ich die Studentenabsteigen sehr gerne.«

»Na ja, das sei Ihnen gegönnt.« Zassenberg winkte mit dem Arm nach einem Kellner: »Tag auch, ein Bier bitte und dazu das Steak, englisch, kein Stück drüber.«

»Für mich ein Wasser und die überbackenen Nudeln, danke.«

»Aha!«, rief Zassenberg aus. »Sie essen also gar kein Fleisch.«

»Ich versuche es zu vermeiden, ja.«

»Warum das?«

»Ist das nicht meine Sache?«

»Natürlich. Ich will nur nicht, dass Sie beim Verfolgen eines Verdächtigen plötzlich umkippen.«

Schon war das Großväterliche aus dem Wesen Zassenbergs verschwunden – wenn es denn jemals da gewesen war.

»Ich werde versuchen, bei Bewusstsein zu bleiben. Könnten wir jetzt das Thema wechseln?«

»Alles, was Sie wollen.«

Momberger erinnerte sich an ein Gespräch, das sie in der letzten Nacht geführt hatten. Es war bereits spät gewesen, und beide hatten ordentlich Alkohol intus gehabt. Allerdings vermutete Momberger in genau diesem Gespräch einen Ansatz, um den alten Griesgram ein wenig besser kennenzulernen.

»Sie haben gestern kurz von Ihrer ersten Frau gesprochen.«

Zassenbergs Miene verfinsterte sich. Damit hatte Momberger eigentlich nicht gerechnet, denn noch am Abend zuvor hatte er ausgesprochen gern die schlimmsten Geschichten über seine Ex-Frauen erzählt. Nur seine erste Frau war dabei verschont geblieben, und Momberger wollte nun den Grund dafür erfahren.

»Sprechen Sie meine Frau nie wieder an, ist das klar?« Zassenberg wirkte persönlich angegriffen, dabei hatte er einige Stunden zuvor, natürlich unter Einfluss des einen oder anderen Kaltgetränks, noch einen Sport daraus gemacht, seine Verflossenen möglichst scharfzüngig niederzumachen.

»Ich wollte nur …«

»Ob das klar ist?«

Momberger nickte, und schon hellte sich die Miene seines Gegenübers auf.

Zehn Minuten später kam das Essen, was ihn zur Gänze wieder in einen entspannten Gemütszustand versetzte.

Nur eine Sekunde darauf klingelte Mombergers Handy. Es war Bill.

»Ja?«, fragte er kurz angebunden. »Was gibt's?«

»Ich habe gerade mit den Nachbarn von Soroush Pahlavi telefoniert«, sagte sie. »Sie haben mir erzählt, dass er einen Tag vor dem Mord einen furchtbaren Streit mit seiner Schwester gehabt hat.«

»Worum ging es da?«, fragte Momberger, während er sich ein paar Nudeln in den Mund schob.

»Anscheinend um die sexuelle Orientierung des Opfers. Ein Nachbar erzählte, dass er klar und deutlich verstanden habe, dass Herr Pahlavi seine Schwester wegen ihrer Homosexualität angegriffen habe.«

»Gab es häufiger Streit deswegen? Hast du das gefragt?«

»Ja, habe ich. Anscheinend gab es hin und wieder kleine Meinungsverschiedenheiten zwischen den beiden, aber dabei ist es wohl nie um das Thema Sexualität gegangen.«

»Also hat der Bruder bis vor Kurzem noch nichts von der Affäre gewusst«, schlussfolgerte Momberger mit vollem Mund und verlor gleich wieder eine der Nudeln, die nun über sein Hemd auf seinem Schoß landete.

»Danke, Bill!«, sagte er und wischte den Fleck von seiner Hose. »Gibt's sonst noch was?«

»Willst du wissen, wie sauer die Chefin ist?«

»Nein!«

»Dann gibt es sonst nichts.«

Mit Erstaunen stellte Momberger fest, dass Zassenberg in der kurzen Zeit, die er nicht hingesehen hatte, sein Steak komplett vernichtet hatte und sich nun über die Beilagen hermachte.

»Wer war das?«, kaute er kaum verständlich. »Weigand?«

»Ja, sie meinte, dass ...«

»Ich habe Ohren, Momsen!«, unterbrach Zassenberg seinen Kollegen, wobei das eine oder andere Stück Bratkartoffeln aus seinem Mundwinkel flog. Der Ermittler schluckte den Rest runter, schob den Beilagensalat zur Seite und wischte sich einmal quer mit der Serviette über das Gesicht.

»Die Kleine gefällt mir«, erklärte er. »Macht die Unfähigkeit der beiden Idioten wett. Wie heißen die noch gleich?«

»Michel und Zaun«, antwortete Momberger. »Und so schlimm sind sie gar nicht. Sie wirken nur so.« »Und benehmen sich leider manchmal wie Idioten«, fügte er im Geiste hinzu.

Für Zassenberg hatte er noch einen lebenswichtigen Hinweis: »Wenn Sie Bill in ihrer Gegenwart ›Kleine‹ nennen, erwartet Sie übrigens ein langsamer, qualvoller Tod.«

»Ha!«, freute sich Zassenberg. »Genau mein Geschmack! Sehen Sie zu, dass Sie das Mädchen richtig fördern.«

Das war wirklich nichts, das Momberger sich nicht schon selbst gedacht hatte. Im Grunde lebte er in der ständigen Gewissheit, dass Bill ihm in allen Belangen überlegen war und in nicht allzu ferner Zukunft *ihm* die Befehle geben würde. Sie wusste im Grunde jeder – abgesehen von Bill selbst. Sie hatte das ständige Bedürfnis, sich weiter zu optimieren, weil sie der Meinung war, nicht gut genug zu sein. Irgendwann würde Momberger sie einmal fragen, was in ihrer Kindheit schiefgelaufen war und sie so verkorkst hatte.

»Wir sollten gleich los«, erklärte er. »Es gibt neue Informationen über Soroush Pahlavi. Anscheinend hat er uns nicht ganz die Wahrheit gesagt.«

»Das tut keiner«, sagte Zassenberg, der den Rest seines Biers getrunken und sich in seinem Stuhl nach hinten gelehnt hatte. »Und er läuft uns auch nicht weg, keine Sorge. Erzählen Sie mir lieber, wie Sie gedenken, den Drachen aus seiner Höhle zu werfen.«

»Drachen?«

»Das Miststück von Chefin, das ich eben in Aktion erleben durfte.«

»Finden Sie wirklich, dass ›Miststück‹ in diesem Fall ...«

»Mein Gott, Momsen!«, brummte Zassenberg genervt. »Politische Korrektheit hat ihre Grenzen! Ein Miststück ist ein Miststück ist ein Miststück. Verteidigen Sie die Frau nicht auch noch! Das ist doch der Grund dafür, dass Miststücke wie die alte Fischer überhaupt da sind, wo sie sind.«

»Ich meine nur«, begann Momberger mit gesenktem Haupt, »dass man keine genderspezifischen Beleidigungen benutzen sollte.«

»Das Wort haben Sie gerade nicht benutzt, oder? ›Genderspezifisch‹? Was ist ein ›Miststück‹, Momsen? Wie würden Sie das Wort jemandem beschreiben, der es nicht kennt?«

»Ich will wirklich nicht ...«, versuchte sich Momberger noch aus der Situation zu winden, doch er hatte bereits verloren.

»Na los! Erklären Sie es mir!«

»Also ...« Er räusperte sich und überlegte kurz. »Ich würde sagen, ein Miststück ist jemand, der sich ausgesprochen schlecht benimmt und andere Menschen ungerecht behandelt.«

»Und das trifft nicht auf Ihre Chefin zu, oder was?«

»Nun ja, natürlich schon. Mir geht es nur um die Sprache.«

»Momsen, jetzt passen Sie mal auf! Es geht hier um Beleidigungen. Wenn Sie jemanden beleidigen wollen, dann tun Sie es einfach und suchen nicht erst nach den passenden Worten. Und wenn jemand ein Miststück ist, dann nennt man sie auch so. Fangen Sie doch an, Männer ebenso zu nennen, dann haben Sie das Problem gelöst.«

Momberger ließ das auf sich wirken. Im Grunde konnte ihn in dieser Hinsicht nichts von seiner Meinung abbringen, doch etwas lag in Zassenbergs Worten, das den alten, weisen Mann wieder ein wenig erkennen ließ – einen mies gelaunten, unsympathischen alten Mann.

Im Grunde blieb Momberger jetzt nur eines zu sagen, und das tat er auch: »Sie sind auch ein Miststück!«

19

Nachdem sich Momberger die Adresse hatte geben lassen, fuhren sie zur Wohnung von Soroush Pahlavi. Momberger hatte bereits eine Vermutung gehabt, als Bill ihm Straße und Hausnummer durchgegeben hatte, und diese Vermutung bestätigte sich, als sie vor dem Haus ausstiegen.

»Sieh an«, kommentierte Zassenberg die Lage des Gebäudes.

»Davon wussten wir ja gar nichts.«

»Das macht keinen guten Eindruck«, bestätigte ihn Momberger, denn der Bruder des Opfers wohnte ausgesprochen schön direkt an der Lahn. Etwa einen halben Kilometer oberhalb der Stelle, an der sie vor zwei Tagen Yalda Wegener gefunden hatten.

»Wurden die Leute hier nicht befragt?«, wollte Zassenberg wissen.

Momberger nickte. »Doch.«

»Dabei hätte das eigentlich herauskommen müssen«, sagte Zassenberg. »Oder spätestens beim Hintergrundcheck des Bruders. Wer hat den gemacht?«

Momberger stöhnte auf und fuhr sich durch die langen Haare. »Michel und Zaun. Wahrscheinlich haben sie nicht so weit gedacht.«

Die Straße entlang zogen sich viele mehrstöckige Gebäude, die zur Rückseite alle einen guten Blick auf den Fluss boten. Im Erdgeschoss zur Straßenseite lagen mehrere kleine Geschäfte, von denen eines der IT-Sicherheitsladen von Soroush Pahlavi war. Sie warfen einen Blick hinein, doch der Iraner war nirgends zu sehen. Ein Griff zur Tür bestätigte, dass der Laden gerade geschlossen und sein Inhaber abwesend war.

Ein paar Türen weiter suchten sie nach seinem Namen auf einem Klingelschild und fanden ihn gleich ganz unten. Der Summer öffnete ihnen die Tür, und Soroush Pahlavi erwartete sie im Erdgeschoss bereits vor seiner Wohnungstür. Seine Augen waren rot und verquollen, in der Hand hielt er ein Glas, in dem Momberger nicht unbedingt Apfelsaft vermutete.

»Kommen Sie rein!«, sagte er heiser.

Momberger und Zassenberg betraten die Wohnung und sahen sich um. Durch eine verglaste Tür am gegenüberliegenden Ende des Raums konnte man einen schmalen Grünstreifen und dahinter direkt die Lahn erkennen.

Der Raum, in dem sie sich befanden, halb Küche, halb Wohnzimmer, sah aus, als hätte seit langer Zeit niemand mehr aufgeräumt. Momberger fühlte sich an seine Mutter erinnert, die bei diesem Anblick ganz sicher von einer »eingeschlagenen Bombe« geredet hätte. Da Soroush Pahlavi allerdings kein pubertierender Junge mehr war, musste man daraus schließen, dass der Mann sich nicht wirklich gut organisieren konnte – oder eine Krise hatte. Sein Gesichtsausdruck ließ eher auf Letzteres schließen. Allerdings hatte er auch gerade erst seine Schwester verloren und deswegen allen Grund für eine Krise.

Zassenberg befreite einen Stuhl von dem darauf liegenden Wäscheberg und setzte sich vorsichtig.

»Hat Ihre Putzfrau Urlaub?«, fragte er trocken.

»Was?«

Soroush Pahlavi musste den Blick zunächst von seinem Glas lösen, in dem Momberger wegen der Farbe und Pahlavis Mundgeruchs Whiskey vermutete.

»Ach so«, stammelte der Bruder des Opfers, als er endlich verstanden hatte, was Zassenberg meinte. Anscheinend war er mehr als nur angetrunken. »Ich kam in den letzten Tagen nicht zum Aufräumen.«

»In den letzten Tagen?«, fragte Zassenberg.

Auch ihm war wohl aufgefallen, dass die Wohnung eher seit einigen Wochen nicht mehr aufgeräumt worden war. Gleiches ließ auch der Gestank vermuten.

Momberger war aus alten WG-Zeiten einiges gewohnt, doch in dieser Umgebung musste auch er durch den Mund atmen.

»Wollen Sie mich festnehmen, weil meine Wohnung dreckig ist?«, fragte Soroush Pahlavi genervt.

»Wieso glauben Sie, dass wir Sie festnehmen wollen?«, fragte Momberger zurück.

»Tun Sie es denn?«

Auch Momberger machte sich nun einen Stuhl frei und setzte sich mit Blick auf den am Fluss gelegenen Garten darauf. »Sie haben uns gar nicht gesagt, dass Sie direkt an der Lahn wohnen.«

»Ich dachte, das wüssten Sie schon.«

»Ihnen ist klar, dass wir Ihre Schwester ganz in der Nähe gefunden haben?«

»Ja«, antwortete der Befragte, ohne dabei den Eindruck zu vermitteln, dass er wusste, worauf die Ermittler hinauswollten.

»Und was heißt das jetzt?«

Zassenberg klopfte mit den Fingerspitzen auf einen Holztisch, der neben seinem Stuhl stand. Er war voll mit Kartons von Lieferessen. »Stimmt es, dass Sie am Tag des Mordes einen heftigen Streit mit Ihrer Schwester hatten?«

»Nein!«, antwortete Pahlavi, doch selbst ihm fiel schnell auf, dass ihm niemand diese offensichtliche Lüge abkaufen würde.

»Also gut, ja, wir haben uns gestritten. Na und?«

»Und was war der Inhalt Ihres Streits?«

»Der Inhalt? Das weiß ich nicht mehr.«

»Herr Pahlavi!« Zassenberg schlug auf den Tisch und zermalmte dabei drei Pizzakartons. »Sie sind nicht gut im Lügen und wir nicht gut im Lügen-Ertragen. Könnten wir das Ganze hier abkürzen?«

Pahlavi stellte sein Glas zur Seite und wischte sich mit beiden Händen durchs Gesicht.

»Wir stritten über Yaldas Affäre«, sagte er, die Hände noch immer vor dem Gesicht. »Ich wollte nicht, dass sie mit einer Frau schläft.«

»Was geht es Sie an, mit wem Ihre Schwester schläft?«, fragte Momberger.

»Ich bin der einzige männliche Verwandte, den sie noch hat.

144

Ich muss darauf achten, dass sie nicht auf den falschen Weg gerät.«

»Ihre Schwester geriet auf den falschen Weg?«, lachte Momberger höhnisch. »Sie hatte einen Doktorgrad, hatte ein Verfahren zur Entwicklung von Impfstoffen entwickelt, von dem wir alle drei im Raum nicht einmal den Namen verstehen, sie gründete eine Stiftung für geflüchtete Jugendliche und hat nebenbei auch noch versucht, etwas gegen den Rechtsruck in der Stadt zu unternehmen. Und Sie wälzen sich hier in Ihrem eigenen Dreck.«

Er machte eine weite Geste über die Müllhalde im Zimmer. »Das Einzige, was Ihre Schwester anscheinend nicht geschafft hat, ist, darauf zu achten, ob ihr Bruder ›auf dem falschen Weg‹ ist. Sie wollten nicht auf sie aufpassen, Sie sind einfach nur homophob.«

Der Iraner antwortete nicht, sondern sah den Ermittler bloß aus tiefroten Augen an.

»Wann haben Sie davon erfahren, dass Ihre Schwester eine Affäre mit Frau Schmied hatte, Herr Pahlavi?«

Kurz zögerte der Bruder noch, doch dann antwortete er: »Sie hat es mir an dem Tag gesagt, an dem sie ermordet worden ist. Deswegen haben wir uns so gestritten.«

Momberger nickte und stand langsam auf.

»Soroush Pahlavi, ich nehme Sie vorläufig fest wegen des dringenden Tatverdachts für den Mord an Yalda Wegener.«

Die Handschellen rasteten ein und waren für einen Moment das einzige Geräusch im Raum. Dann hörte man wieder das Klopfen der Fingerspitzen, die Zassenberg auf dem Holztisch tanzen ließ. Konzentriert blickte er lange und nachdenklich aus dem Fenster. Schließlich stand er auf und folgte seinem Kollegen aus der Wohnung.

Soroush Pahlavi setzten sie auf den Rücksitz des Volvos und brachten ihn ohne Umwege aufs Revier. Dort wurde er in eine Zelle gebracht, und die Ermittler gönnten sich einen Kaffee in der kleinen Küche des Reviers, die im Grunde nicht viel besser aussah als die Wohnung des Mannes, den sie gerade weggesperrt hatten.

»Was denken Sie?«, fragte Momberger seinen Kollegen, der seit gefühlt zwei Minuten dabei war, Zucker in seine Tasse zu schaufeln.

»Ich denke, dass Sie anfangen sollten, den Kaffee aus Bohnen zu brühen und nicht aus Hundefutter.« »Worauf er noch einen Eimer Kondensmilch dazuschüttete. »Wo ist der junge Kollege, der mir letztens den Kaffee gebracht hatte? Der hatte das drauf.«

»Den haben Sie vergrault«, antwortete Momberger mit einer gewissen Genugtuung. »Ich habe Sie aber nicht wegen des Kaffees gefragt. Was denken Sie?«

»Dass das Steak hervorragend war. Ich hätte dort gerne noch ein paar Minuten gesessen.«

»Sie sollten lernen, Fragen einfach zu beantworten«, sagte Momberger genervt. »Dann hätten wir auch mehr Zeit fürs Essen übrig.«

»Sie sind doch nur sauer, dass es doch nicht Anton Wegener war.«

Momberger rollte mit den Augen. »Ihr Gespür lag richtig, ganz toll. Und was sagt es Ihnen zu Soroush Pahlavi?«

»Was sagt denn Ihres?«

Die Antwort darauf war nicht ganz einfach. Sein Gespür wollte sich nämlich nicht wirklich auf etwas festlegen, und das sagte er auch ganz offen: »Ich bin mir nicht sicher. Es passt vieles, aber anderes wiederum nicht.«

»Erklären Sie, was Sie damit meinen.«

»Nun ja …«

Momberger schnappte sich einen Stuhl, stellte ihn vor sich und setzte sich verkehrt herum darauf. Die Unterarme legte er auf die Lehne und nippte an seinem Kaffee.

»Pahlavi ist ganz offensichtlich nicht immer Herr über seine Gefühle. Vielleicht ist er ausgerastet und hat sie erstochen. Das würde auch die Blutergüsse im Brustbereich erklären. Weil er

146

sofort versucht hat, sie wiederzubeleben. Außerdem hätte er die Leiche quasi aus der Hintertür loswerden können.«

»Aber?«

Nichts, was vor einem »Aber« kam, hatte irgendeinen Wert. Das wusste Momberger. Egal, wie viele Indizien sie gegen Soroush Pahlavi zusammentragen würden, das »Aber« würde sie alle nichtig machen.

»Ich kann mir nicht vorstellen, dass er seine Schwester nackt auszieht, bevor er sie in die Lahn wirft«, erklärte er. »Warum sollte er das machen? Jemand, der so etwas tut, will das Opfer doch bloßstellen. Ein liebender Bruder – und dafür halte ich ihn – hätte seine Schwester eher noch mehr eingepackt.«

Momberger nahm noch einen Schluck Kaffee und spürte bereits die Lust auf eine Zigarette in sich aufkommen, was seine Fähigkeit der Schlussfolgerung in Kürze ein wenig eindämmen würde.

Einen wichtigen Gedanken musste er allerdings noch loswerden: »Und wieso sollte er sie mit einem Degen durchbohren? Die Burschen haben sicher genügend davon im Haus, aber ein normaler Mensch hat doch nichts, was über ein Brotmesser hinausgeht.«

»Also?«

Momberger bemerkte erst jetzt, dass Zassenberg ihm Ermittlungsunterricht erteilte. Der schien das alles schon lange selbst erkannt zu haben.

Er wurde wütend, weil er langsamer war als der alte Mann ohne Manieren. Das Gefühl, ein kleiner Junge zu sein, kam wieder in ihm auf, und es war gerade kein Spiegel in der Nähe, in dem er das Gesicht des alternden Mannes erkennen konnte, der er war.

»Also *was*?«, zickte er.

»Wenn Sie sich festlegen müssten«, Zassenberg ignorierte den pubertären Ton einfach, »was würden Sie dann sagen?«

Nach einem Moment der Überlegung antwortete Momberger: »Er war es nicht.«

Sein Kollege nickte. »Das denke ich auch.«

Im selben Moment kam Fritz Zaun durch die Tür gestolpert.

»Chef?«, fragte er.

»Was denn, Zaun?«

»Wir sollten doch die Videos von der Mariboria durchsehen.«

»Sag mir bitte nicht, dass ihr sie aus Versehen gelöscht habt!«, meinte Momberger halb im Scherz.

Es wäre nicht das erste Mal.

»Nein, alles ist noch da.« Der massige Beamte musste lachen, weil auch er sich daran zu erinnern schien, dass er und der bei der Geburt von ihm getrennte Albert Michel schon den einen oder anderen Fall ins Stocken gebracht hatten, weil sie etwas verloren, vergessen, verlegt oder tatsächlich gelöscht hatten.

Diesmal aber war alles glatt gelaufen und sogar noch mehr: »Wir haben etwas gefunden. Das müssen Sie sich unbedingt ansehen.«

20

Das Video war in vier Fenster eingeteilt, auf denen verschiedene Perspektiven der Burschenvilla zu erkennen waren. Zwei der Fenster zeigten dunkle Ecken, auf denen man nicht wirklich etwas sehen konnte. Fritz Zaun zeigte mit seinem klobigen Finger auf den Bereich, der anscheinend besonders wichtig war.

Der linke obere Teil des Bildschirms war von einer Kamera in der Nähe der Eingangstür gefilmt und zeigte den langen Schotterweg, der vom Haus zur Straße führte. Momberger und Zassenberg kannten diesen Weg gut, waren sie doch selbst erst am Tag zuvor dort gewesen.

Zaun spulte das Video ein wenig vor, verpasste die richtige Stelle aber mehrere Male. Dann endlich spielte er es zum passenden Zeitpunkt ab, woraufhin sechs Burschen auf dem Bildschirm zu erkennen waren. Fünf von ihnen schienen sich bester Gesundheit zu erfreuen, doch der sechste war nicht in der Lage, allein zu gehen. Zwei andere Burschen stützten ihn von beiden Seiten. Sein Kopf hing leblos nach unten und schaukelte bei jeder Bewegung hin und her. Es handelte sich offensichtlich um Heiko Wessels. Mit ein wenig Phantasie konnte man die dunklen Stellen in seinem Gesicht als Blut erkennen.

Die Aufnahme war zwar recht grobkörnig, zur Identifikation des Burschen aber allemal ausreichend. Besonders als Wessels es einmal schaffte, seinen Kopf nach oben zu heben, war sein Gesicht gut erkennbar.

»Sie sind also tatsächlich direkt nach Hause gegangen«, sagte Zassenberg mit Blick auf den eingeblendeten Zeitstempel. »Die Uhrzeit stimmt in etwa mit dem überein, was wir von Frau Schneider gehört haben.«

»Vom Weg an der Lahn bis dort oben zum Führerbunker sind es zu Fuß etwa zwanzig Minuten, sagen wir dreißig, wenn man einen Verletzten dabeihat«, rechnete Momberger vor. »Sie hätten die Tat trotzdem noch begehen können. Wegen der langen Zeit im Wasser haben wir ein recht breites Zeitfenster für den Mord.«

»Kommt denn einer von den Burschen im Laufe des Abends wieder raus?«, fragte Zassenberg Zaun, dessen Gesichtsausdruck wie so oft ein großes Fragezeichen trug. »Ob jemand das Haus verlässt, Zaun?«

»Ach so! Nein, das nicht, aber das ist auch gar nicht das Interessante.« Er spulte mehrere Stunden vor, sodass man wegen der einbrechenden Nacht auf dem Bildschirm kaum noch etwas erkennen konnte.

»Wieso kannst du eigentlich so gut mit dem Videoprogramm umgehen?«, fragte Momberger. »Vor nicht allzu langer Zeit hast du mich noch gefragt, ob ich dir ein Internet für dein Handy kaufen kann.«

»Albert und ich sind jetzt auf YouTube«, antwortete er, ohne vom Bildschirm wegzusehen. »Wir wollen Influencer werden.« Michel und Zaun waren als Influencer in etwa so gut geeignet wie ein Heißluftballon für die Raumfahrt.

»Lass dir das bitte von offizieller Stelle vorher absegnen, sonst haben wir alle nur Ärger hier. Und ich möchte da nicht eingebunden werden.« Momberger musste sich bei nächster Gelegenheit einmal ansehen, was die beiden Chaoten da fabrizierten. Ganz sichergehen, dass Michel und Zaun nicht aus Versehen Polizei-Interna in die Welt hinausposaunten, dachte er düster.

Er konzentrierte sich wieder auf den Bildschirm. Eine ferne Straßenlampe beleuchtete den Videoausschnitt ein wenig, sodass man zumindest die gröbsten Umrisse erahnen konnte.

»Hier«, sagte Zaun und ließ das Video wieder in normaler Geschwindigkeit laufen. »Man muss sehr genau hinsehen.« Momberger konnte gerade noch die Schemen eines Busches erkennen. Einen Moment später huschte etwas daran vorbei, das kaum als Mensch oder Tier zu identifizieren war. Kurz darauf war die Gestalt deutlicher zu sehen, denn sie schlich langsam am äußersten Bildschirmrand entlang.

150

Als sie dem Eingang und damit der Kamera schon relativ nahegekommen war, aktivierte ein Bewegungsmelder plötzlich das Licht. Der Eindringling erstarrte und offenbarte, was er eigentlich vorhatte: Er hielt einen Degen in der Hand.

Die Gestalt in dem viel zu großen Kapuzenpullover hielt für einen Moment inne. Dann huschte sie flink zur Eingangstür, stellte die Klinge dagegen und rannte über den Schotterweg wieder davon.

Zaun hielt das Video an und wartete ab, was die anderen dazu zu sagen hatten.

»Zaun, das ist ja der Wahnsinn!«, kommentierte Momberger die Aufnahme. »Du hast tatsächlich den Mörder gefunden.« Einen Moment der Überlegung später fügte er mit Blick auf den kritisch dreinschauenden Philipp Zassenberg hinzu: »Hat er doch, oder?«

Kommentarlos rückte Zassenberg nach vorn, schnappte sich die Maus und spulte das Video zu dem Moment zurück, als die unbekannte Person den Degen an die Tür der Burschenvilla lehnte.

»Scheiße!«, fluchte er. »Man kann nichts erkennen.«

Tatsächlich lag das Gesicht im Schatten, weshalb man nicht einmal sagen konnte, ob es ein Mann oder eine Frau war.

»Man kann die Größe erkennen«, erklärte Zaun und maß die Bildschirm-Person mit Hilfe von Daumen und Zeigefinger aus. »Hilft das nicht?«

»Die gebeugte Haltung macht es schwierig zu sagen, wie groß die Person wirklich ist. Und wir brauchen einen Vergleich.« Zassenberg suchte noch einmal die Stelle heraus, als die Burschen zurückgekommen waren.

»Hier, sehen Sie das?«

Ganz vorn ging der kleine, schmächtige Björn von Greifen und dahinter zwei große Burschen, die Heiko Wessels stützten.

»Was würden Sie sagen?«, fragte Zassenberg.

»Heiko Wessels und die anderen beiden sehen mir deutlich größer aus. Aber Björn von Greifen ...« Momberger neigte den

151

Kopf zur Seite, was ihm aber auch nur wenig weiterhalf. »Tja, ich kann es nicht genau sagen.«

»Weil diese Person sehr geschickt vorgegangen ist«, erklärte Zassenberg. »Die gebeugte Haltung, der viel zu große Pullover, außerdem wusste sie anscheinend von den Kameras, nur die Beleuchtung war eine Überraschung.«

»Und was heißt das?«, fragte Zaun, der zwischen seinen beiden Vorgesetzten hin- und herschaute.

»Dass es keiner der Burschen gewesen sein kann«, beantwortete Momberger die Frage mit einer gewissen Enttäuschung in der Stimme. »Die wissen ganz genau, wann und wo ihnen ein Licht aufgeht – was wahrscheinlich eher selten der Fall ist. Es muss also jemand von außerhalb gewesen sein.«

»Vielleicht aus einer anderen Burschenschaft?«, schlug Zaun vor. »Irgendwo muss der Degen ja herkommen.«

»Das stimmt!«, freute sich Momberger, verblüfft davon, dass Fritz Zaun schon den zweiten sinnvollen Beitrag zum Fall geleistet hatte.

Vielleicht lag es daran, dass Albert Michel gerade nicht in der Nähe war. Wie eine Kreditkarte und ein Kühlschrankmagnet, dachte er sich. Für sich genommen sehr nützlich, aber zusammen nicht zu gebrauchen.

»Ihr habt doch die anderen Burschenschaften befragt, oder?« Zaun nickte.

»Ist dir da etwas aufgefallen? Hat sich jemand auffällig verhalten?«

»Nein. Nicht auffälliger als sonst jedenfalls.«

»Auch wieder wahr«, sagte Momberger und musste daran denken, dass allein die Tatsache, dass man Bursche war, für eine gewisse Verhaltensauffälligkeit sprach. »Geh die Burschenschaften trotzdem noch mal durch und frag alle, ob bei ihnen ein Degen fehlt. Vielleicht wollte da ein Arschloch dem anderen etwas in die Schuhe schieben. Außerdem soll jemand das Anwesen der Mariboria überwachen. Schick eine Streife in Zivil vorbei.«

152

»Geht klar, Chef!«

»Ach ja«, fügte Momberger noch hinzu. »Und mach das alles doch diesmal alleine – ohne Albert.«

»Warum das?«, wollte Zaun wissen.

»Nur so«, antwortete sein Chef. »Ich will da was überprüfen.«

Fritz Zaun tat wie geheißen und setzte sich gleich ans Telefon.

Momberger und Zassenberg gingen zurück ins Büro, wobei Momberger peinlich genau darauf achtete, nicht in das Blickfeld seiner Chefin zu geraten, die gerade am anderen Ende des Raums mit einer älteren Beamtin redete.

Als sie sich im Büro auf ihre Stühle fallen lassen wollten, trat der bis dahin abwesende Albert Michel durch die Tür und hielt ein Smartphone in seiner Hand.

»Das hat Frau Schmied gerade hier abgegeben«, erklärte er und hielt den kleinen Bildschirm den beiden Ermittlern entgegen. »Was soll ich damit machen?«

Momberger schaute seinen Kollegen an. »Das ist wahrscheinlich der richtige Zeitpunkt, um Ihnen zu sagen, dass wir keine Techniker zur Verfügung haben. Wir könnten es aber zu Ihren Experten nach Frankfurt schicken.«

Ein abwertendes Schnaufen verneinte diesen Vorschlag auf besonders unhöfliche Weise. »Das Ding ist nur nass«, erklärte Zassenberg, »und nicht von einer Atombombe getroffen worden. Wo ist hier der nächste Supermarkt?«

»Gleich die Straße runter«, antwortete Michel mit einem freudigen Strahlen im Gesicht, weil er auch endlich einmal etwas beisteuern konnte.

»Dann holen Sie dort ein Kilo Reis.«

»Haben Sie Hunger?«, fragte Michel.

Zassenberg schüttelte den Kopf. »Nein, wie kommen Sie darauf?«

»Wegen dem Reis.«

»Der ist für das Handy. Ein paar Stunden, und das letzte

153

bisschen Feuchtigkeit ist von den Körnern aufgesaugt. Und vielleicht finden Sie im Supermarkt ja auch einen Genitiv.«

»Einen was?«

»Schon gut, Albert«, mischte sich Momberger ein. »Nur der Reis.«

»Alles klar, Chef.«

Nachdem er Mombergers Büro wieder verlassen hatte, setzten sich die beiden Ermittler erneut.

»Ich glaube nicht, dass Sie ihm jetzt noch korrektes Deutsch beibringen werden«, sagte Momberger. »Aber das mit dem Reis ist eine gute Idee.«

»Hat mir eine meiner Ex-Frauen beigebracht. Die hat meine Handys immer wieder ins Klo geworfen. Irgendwann wurde es mir zu kostspielig, jedes Mal ein neues zu kaufen.«

Mit einem nachdenklichen Nicken kommentierte Momberger diesen erneuten Einblick in das bunte Eheleben von Philipp Zassenberg. Es juckte ihn in den Fingern, seinen Kollegen danach zu fragen, was seine Ex-Frau auf den Handys gefunden hatte. Aber die schlechte Erfahrung hinsichtlich dessen, was passiert war, als er Zassenbergs erste Frau angesprochen hatte, hielt ihn zurück.

»Glauben Sie, dass wir auf dem Handy von Frau Schmied etwas finden werden?«, fragte er stattdessen.

Zassenberg verneinte das. »Dann hätte Frau Schmied es uns wohl kaum gebracht.«

»Vielleicht hat sie das Wichtigste gelöscht, bevor sie es *aus Versehen* in ihr Glas geworfen hat.« Das »aus Versehen« betonte er ganz besonders. »Hätte ich so gemacht.«

»*Sie* hätte ich auch schon längst geschnappt. Sie vergessen, dass nicht Frau Schmied selbst das Handy zerstört hat, sondern ihr Freund.«

»Könnte eine Ausrede sein. Vielleicht will er seine Freundin einfach nur schützen.«

»Und welches Motiv sollte Frau Schmied dann gehabt haben?«

Darauf hatte Momberger keine wirklich zufriedenstellende Antwort parat. »Vielleicht Eifersucht? Yalda Wegener hat ihr möglicherweise versprochen, sich von ihrem Mann zu trennen, und es dann nicht getan. Wäre nicht das erste Mal.«

»Haben Sie das mit dem Professor noch immer nicht durchschaut?«, fragte Zassenberg, so als ob von Anfang an klar gewesen wäre, dass es etwas zu durchschauen gab.

Momberger starrte ihn an, was natürlich auch eine Antwort war.

»Na, ich gebe Ihnen noch eine Weile«, sagte Zassenberg und ließ ihn damit quasi im Regen stehen. »Vielleicht kommen Sie ja doch noch von selbst drauf. Bis dahin sollten wir uns einmal mit diesem Freund von Frau Schmied unterhalten. Wie hieß der noch gleich?«

Momberger kramte eine Akte hervor und blätterte diese durch. »Lukas Arnim. Den haben wir angeblich schon einmal getroffen. Bei den Behringhöfen.«

»Ich erinnere mich«, erklärte Zassenberg. »Schnappen Sie sich Ihren Autoschlüssel! Wir machen vorher noch einen kleinen Ausflug.«

21

»Lukas Arnim war der Kerl, der für die Rückrufaktion des Herzmedikaments bei den Behringhöfen verantwortlich war«, erklärte Zassenberg. »Erinnern Sie sich?«

»Ich glaube schon«, antwortete Momberger. »Er kam kurz rein, als wir mit Oliver Belz geredet haben. Hatte er nicht auch von seiner Freundin gesprochen?«

»Hat er. Nur dass wir da noch nicht wussten, dass die Freundin eine Affäre mit unserem Opfer hatte.«

Über Oliver Belz hatten die beiden Ermittler erfahren, dass Lukas Arnim auf der Arbeit war. Sie fuhren deswegen noch einmal zu den Behringhöfen, wo der nervöse Dr. Belz sie bereits erwartete.

Es hatte während der Fahrt stark geregnet, weshalb die schmale Gestalt des Doktors nun noch ein wenig bemitleidenswerter aussah als ohnehin schon. Von seiner Nasenspitze tropfte der Regen auf seine durchweichten Wildlederschuhe.

»Sie hätten uns auch drinnen erwarten können«, sagte Zassenberg bei diesem Anblick. »Wir kennen den Weg doch noch.«

»Schon gut.« Sein Tonfall klang beinahe entschuldigend. »Ich habe immer ein paar Klamotten zum Wechseln hier.«

»Sie verbringen Ihre ganze Zeit auf der Arbeit, oder?«

Der Doktor nickte. Sie näherten sich dem Gebäude, in dem er und Lukas Arnim arbeiteten.

»Wer es zu etwas bringen will, der muss bereit sein, Opfer zu bringen.«

Momberger horchte auf. »Opfer?«

Oliver Belz bemerkte, wie unpassend seine Wortwahl gewesen war. »Entschuldigung. Das verlangt Professor Wegener immer von uns: ›Opfer bringen‹. Ich habe nicht darüber nachgedacht.«

Er öffnete die Tür mit seiner Schlüsselkarte, desinfizierte sich die Hände und beobachtete die beiden Beamten dabei, wie sie das Gleiche taten.

»Wo finden wir nun Herrn Arnim?«, fragte Zassenberg.

»Ich habe ihn gerade erst gesehen«, antwortete Belz. »Da war er im Labor.«

»Führen Sie uns bitte dorthin.«

»Sie dürfen aber nicht hinein. Das sind Reinräume. Selbst die kleinste Kontamination könnte eine Testreihe unbrauchbar machen. Und Sie sind ...«

Sein Blick auf Eduard Momberger mit seinen leicht siffigen Klamotten und den langen Haaren sowie Philipp Zassenberg, der wie sein Kollege schon aus weiter Entfernung an der Raucherfahne zu erschnüffeln war, sprach Bände.

»Schon klar«, meinte Zassenberg. »Wir stinken. Führen Sie mal ein funktionierendes Alkoholikerleben und lösen dabei einen Mordfall.«

Er sagte das im Scherz, doch Momberger vermutete, dass er sich seiner Schwächen durchaus bewusst war.

»Jetzt bringen Sie uns bitte zum Labor«, verlangte Zassenberg. »Und dann ziehen Sie sich erst mal etwas Trockenes an. Ich höre die Putzfrau jetzt schon schreien bei der Dreckspur, die Sie durchs Gebäude ziehen.«

»Die Putzkraft!«, verbesserte ihn Momberger.

»Ach bitte, Momsen!« Genervt zogen sich die Gesichtszüge Zassenbergs zusammen. »Ich dachte, darüber wären wir mittlerweile hinaus. Fragen Sie den Herrn Doktor doch mal, wie viele Männer hier im Gebäude durchputzen.« Er sah Oliver Belz abwartend an. »Also?«

»Ach, Sie meinen das ernst.« Der Doktor schien etwas vor den Kopf gestoßen. »Ich glaube nicht, dass hier Männer beschäftigt sind, um zu putzen.«

»Sehen Sie, Momsen!«

»Das liegt daran«, erklärte Momberger, »dass kein Mann sich an einen Job herantraut, der eine weibliche Bezeichnung im Namen trägt. Putzfrau, Hausfrau, Krankenschwester. Oder wären Sie Polizist geworden, wenn man uns Schutzmagd rufen würde?«

»Kommt darauf an. Würde ich dann auch schlechter bezahlt werden?« Er gluckste ein wenig.

Momberger hatte dieser Art von Humor wenig abzugewinnen. Bevor er jedoch etwas sagen konnte, blieb Oliver Belz vor einer dicken Tür stehen, die auf Kopfhöhe ein großes, sehr stabil wirkendes Fenster hatte. Man konnte das hinter der Tür liegende Labor gut einsehen. In jeder Ecke standen Edelstahltanks in verschiedenen Größen, unzählbare Leitungen verliefen an den Wänden entlang, die Decke war gepflastert mit riesigen Abzugshauben und auf dem einzigen Tisch im Raum, ebenfalls aus geschliffenem Edelstahl, standen einige Behälter mit Glasphiolen, die nach einer Testreihe aussahen.

An diesem Tisch stand auch ein Mann ganz in Weiß. Von den Schuhen bis zu den Haaren war er in Schutzkleidung gehüllt. Nur seine Hände steckten in knallgelben Gummihandschuhen. Oliver Belz drückte auf einen Knopf neben der Tür, der die Gegensprechanlage aktivierte, und sagte: »Lukas?«

Die weiße Gestalt hob den Kopf und sah zur Tür.

»Die beiden Polizisten sind hier. Sie wollen mit dir sprechen.«

Lukas Arnim deutete auf die Phiolen, die auf dem Tisch standen. Offenbar wollte er damit andeuten, dass er gerade sehr beschäftigt sei.

»Wir machen das schon«, beteuerte Zassenberg und legte den Mittelfinger auf den Knopf der Gegensprechanlage. »Herr Arnim, können Sie sprechen?«

Er hob die Hände und deutete damit an seinem Outfit entlang. Auch das sollte wohl anzeigen, dass er gerade alles andere als bereit zum Gespräch war.

»Es gibt doch sicher auch einen Knopf auf der anderen Seite«, sagte Zassenberg zu Oliver Belz, der noch immer vor sich hin tropfte und ihm antwortete: »Ja, den gibt es.«

»Jetzt ziehen Sie sich bitte erst einmal etwas Trockenes an!«, verlangte Momberger.

Der Doktor sah aus wie ein Häufchen Elend und konnte einem einfach nur leidtun.

»Sie holen sich ja den Tod.«

Es war einer dieser Momente, in denen man merkt, dass man mit dem Alter irgendwann Ausdrücke von Eltern und Großeltern in seinen sprachlichen Habitus aufnimmt, obwohl man sie früher nie ernst genommen hatte. »Du holst dir noch den Tod«, hatte seine Großmutter immer gesagt, wenn er vor dem nahenden Herbst nur mit einem T-Shirt nach draußen gehen wollte. Ihre gut gemeinten Worte waren in diesem Alter nie bis in die Tiefen seines Verstandes vorgedrungen, wo sie etwas hätten bewirken können. Festgesetzt hatten sie sich trotzdem irgendwo, und nun sprach er sie selbst aus.

Er schüttelte den Kopf, verwundert darüber, wie schnell man zwischen dem Gefühl, ein Kind, und dem, ein Rentner zu sein, hin- und herschwanken konnte.

Oliver Belz hörte – anders als er selbst in jungen Jahren – auf seine gut gemeinte Bitte und verschwand einen Moment später, um seine Kleidung zu wechseln.

Zassenberg beschäftigte sich unterdessen mit dem Mann hinter der Scheibe, der noch immer keine Anstalten machte, sich auf die Tür zuzubewegen.

»Herr Arnim, kommen Sie doch mal her!«

Der Angesprochene senkte den Kopf und die Schultern als Zeichen dafür, dass er den Widerstand aufgab, und schlurfte dann zur Tür. Seine Hand hob sich zu einer Stelle hinter der Tür, die man von außen nicht erkennen konnte. Einen Moment später hörte Momberger seine leicht rauschende Stimme aus dem Lautsprecher schallen: »Was kann ich für Sie tun?«

Zassenberg hob die Augenbrauen. »Sie könnten zu uns nach draußen kommen.«

»Die Dekontamination dauert etwa fünfundzwanzig Minuten«, erklärte Arnim. »Wahrscheinlich geht es schneller, wenn Sie mir Ihre Fragen einfach hier stellen.«

Zassenberg schien davon ebenso wenig begeistert wie Momberger, dem es unangenehm war, dass er den Mann nur durch ein dickes Glasfenster sehen konnte. Es war wie bei einer Videokonferenz: Nicht mit einem normalen Gespräch zu vergleichen.

»Wir haben Zeit«, sagte er. »Yalda Wegener ist ja schon tot.«

Auf der anderen Seite der Scheibe fielen Lukas Arnims Gesichtszüge ein wenig in sich zusammen.

»Na gut«, antwortete er. »Sie können in meinem Büro warten. Das ist hier gleich um die Ecke.«

Eine halbe Stunde später tauchte er genau dort auf. Im Gegensatz zum Büro von Yalda Wegener herrschte hier das blanke Chaos. Arnim hatte mehrere Tische im Raum verteilt, auf denen er stapelweise Akten und lose Papiere herumliegen ließ, die hauptsächlich mit Tabellen und Grafiken gefüllt waren.

Momberger hatte die Wartezeit genutzt, um sich einige von ihnen anzusehen, verstand aber nur Bahnhof. Sein Kollege hatte es gar nicht erst versucht und sich stattdessen mit einem Regal beschäftigt, in dem verschiedene Plastikbecher mit Medikamenten herumstanden.

»Davon würde ich die Finger lassen«, sagte Arnim, als er den Ermittler vor dem Regal stehen sah. »Das kann zu heftigen Herzrhythmusstörungen führen.«

»Das ist das Medikament, das Sie zurückgerufen haben, oder?« Zassenberg nahm einen der Becher aus dem Regal und schaute sich die kleinen weißen Pillen darin etwas genauer an.

»Corasonal, ja. Eigentlich nur eine kleine Weiterentwicklung eines Medikaments, das wir seit vielen Jahren problemlos vertreiben.«

»Und was ist schiefgegangen?«

»Können wir leider noch nicht sagen. Wir haben es vorschriftsmäßig getestet. Das ist ein langwieriger und vor allem teurer Prozess. Bis so ein Mittel marktreif ist, gehen Jahre ins Land – und Millionen.«

»Die kriegen Sie sicher irgendwie wieder rein«, sagte Momberger. »Ihr Verein nagt ja nicht gerade am Hungertuch.«

»Mein *Verein?*«, fragte Lukas Arnim und setzte sich hinter seinen Schreibtisch, wo er fast hinter einem Papierstapel verschwand.

»Die Pharmaindustrie«, erklärte Momberger.

»Sie sind wohl kein Freund der Behringhöfe.«

»Der Behringhöfe? Doch, doch! Sie wurden ganz sicher schon einmal von meiner Cousine in der Kantine bedient oder haben meinem Onkel beim Müllauslehren zugesehen. Der Laden hier bringt bei uns das Essen auf den Tisch. Was die Pharmaindustrie generell angeht …«

»Schon verstanden.« Arnim hob beschwichtigend die Hände. »Ich bin ja auch nicht gerade der beste Freund meines Arbeitgebers.«

»Sind Sie nicht?«, fragte Zassenberg.

»Nicht wirklich. Ich bin über tausend Umwege in der Pharmazie gelandet. Während des Studiums war ich sicher zehnmal kurz davor, hinzuschmeißen.«

»Was hat Sie abgehalten?«

»Ich wollte einmal etwas durchziehen. Damals hatte ich schon ein halbes Dutzend Dinge angefangen, aber nie etwas zu Ende gebracht.«

»Was zum Beispiel?«, fragte Zassenberg.

»Lehramt, Psychologie, etwas länger Jura. Fast wäre ich Anwalt geworden.«

»Und das war zu schwer für Sie?«, fragte Momberger, dessen Studium der Germanistik ihn schon genug gefordert hatte, obwohl es im Vergleich zu den Studienwünschen von Lukas Arnim ein eher leichtes Unterfangen gewesen war.

»Überhaupt nicht«, erklärte Arnim. »Ich hatte immer die besten Noten. Aber ich verliere schnell das Interesse an einer Sache. Für ein Jurastudium nicht gerade die beste Voraussetzung.«

»Und die Pharmazie konnte Sie dann für sich gewinnen?«

»Das lag wohl weniger an der Fachrichtung als am Zeitpunkt. Ich wollte einfach in ruhigere Gefilde einfahren.«

»Soso…«, murmelte Zassenberg, der noch immer das Regal durchstöberte und den anderen beiden im Raum den Rücken zudrehte. »Was mich interessiert: Warum haben Sie uns nicht schon bei unserem ersten Treffen gesagt, dass Ihre Lebensgefährtin Ines nicht nur irgendeine Freundin von Frau Dr. Wegener war?«

»Wie meinen Sie das?«, fragte Arnim, ohne mit der Wimper zu zucken.

»Sparen Sie sich das, Herr Arnim! Selbst wenn Sie bis vor Kurzem nichts von der Affäre zwischen dem Opfer und Frau Schmied wussten, haben Sie es doch garantiert mittlerweile von Ihrer Freundin erfahren.«

Zähneknirschend nickte der Mann hinter dem Aktenstapel. »Aber ich schwöre Ihnen, dass ich davon noch nichts wusste, als wir uns neulich über den Weg gelaufen sind.«

»Und das würde uns auch Ihre Freundin bestätigen?« Zassenberg zückte sein Handy. »Ein Anruf genügt.«

»Rufen Sie Ines an, sie wird Ihnen das Gleiche erzählen.«

Schnell verschwand das Handy wieder in Zassenbergs Manteltasche.

»Wie haben sich Yalda und Ines eigentlich kennengelernt?«, fragte er.

Arnim sagte zunächst nichts. Die Antwort schien ihm unangenehm zu sein.

»Über mich«, gab er schließlich zu. »Yalda und ich haben zusammen studiert. Wir haben gemeinsam gelernt, uns beim Studium unterstützt.«

»Sie haben Frau Wegener geholfen?«, fragte Zassenberg. »Im Studium?«

»Ich bin cleverer, als ich aussehe«, erklärte Arnim. »Und ja, wir haben uns gegenseitig viel geholfen.«

»Also hatten Sie mit Frau Wegener auch privat schon immer viel zu tun, nicht wahr?«

»Zunächst ja«, antwortete Lukas Arnim und lehnte sich mit den Ellenbogen auf den Schreibtisch. »Aber das hat sich irgendwann gewandelt. Nach dem Studium haben wir uns kaum noch gesehen. Dafür haben Ines und sie viel zusammen unternommen, sind zusammen joggen gegangen, ins Restaurant oder mal ins Kino – das dachte ich jedenfalls.«

Zassenberg ließ sich nun auch in einen Stuhl fallen.

»Kennen Sie den Mann hier?«, fragte er und deutete auf Momberger. »Haben Sie ihn schon mal gesehen, bevor Yalda Wegener ermordet wurde?«

Momberger hatte keine Ahnung, worauf sein Kollege hinauswollte.

Auch der Befragte schien ein wenig verwirrt zu sein und schüttelte den Kopf. »Nein, wir kennen uns nicht. Ich habe ihn zum ersten Mal bei Dr. Belz gesehen.«

»Wie schade!«, erklärte Zassenberg. »Dabei verbindet Sie eine gemeinsame Vergangenheit.«

»Ach, wirklich?«

»Oh ja! Sie sind während Ihres Studiums beide mit den Marburger Burschenschaften aneinandergeraten. Bei Ihnen ist das wahrscheinlich noch nicht ganz so lange her wie bei meinen Kollegen, Momsen, wann haben Sie studiert?«

»Bis 2005«, antwortete Momberger angesäuert und konnte kaum fassen, dass sein Abschluss nun schon fünfzehn Jahre in der Vergangenheit lag.

»Da habe ich gerade angefangen«, sagte Arnim und nickte. »Aber ich würde nicht unbedingt behaupten, dass ich mit den Burschen ›aneinandergeraten‹ bin.

»Würden Sie nicht?«, fragte Zassenberg überrascht. »Momsen, was war das Schlimmste, das Sie zu Ihrer Zeit angestellt haben?«

»Ich habe ein paar Farbbeutel an Häuserwände geworfen.«

»Und Sie, Herr Arnim?«

»Ähnliche Geschichten.«

»Ach ja?« Zassenberg war übertrieben hellhörig. »Ihre Freundin hat uns nämlich gesagt, dass Sie sich bei den Burschen eingeschlichen und sie bestohlen haben. Stimmt das nicht?«

163

»Worauf wollen Sie hinaus? Was hat das mit Yalda zu tun?«

»Es fällt mir schwer zu glauben, dass jemand wie Frau Dr. Wegener, die sich leidenschaftlich gegen die Burschenschaften eingesetzt hat, und jemand wie Sie, der sie leidenschaftlich beklaut hat, sich nicht ausgesprochen sympathisch waren.«

»Waren wir uns ja auch.« Arnim wurde lauter. »Aber was wollen Sie von mir wissen?«

Zassenberg stand wieder auf und begann seinen routinemäßigen Rundgang im Raum. »Wenn Sie sich so sympathisch waren, wundert es mich ein wenig, dass Sie privat kaum etwas miteinander zu tun hatten.«

»Ich muss doch nicht mit jedem sofort nach Disneyland fahren, wenn er mir sympathisch ist. Da käme ich ja zu nichts anderem.«

Ein Nicken von Zassenberg zeigte Lukas Arnim, dass er damit durchaus einen Punkt getroffen hatte. Der Ermittler schwenkte ein wenig um: »Eine Frage noch, Herr Arnim: Wo waren Sie an dem Abend, als Frau Wegener ermordet wurde?«

»Das war letzter Freitag, oder? Da wollte ich eigentlich etwas mit ein paar Freunden von mir machen. Die haben dann aber abgesagt. Also war ich erst bei Ines und dann bei mir zu Hause.«

»Frau Schmied hat den Abend nicht mit Ihnen verbracht?«, fragte Zassenberg, obwohl er die Antwort schon kannte.

»Nein, Ines ist noch zu Yalda gegangen. Sie wollten zusammen ins Kino.« Er hob die Arme zu einer vielsagenden Geste. »Keine Ahnung, was sie wirklich gemacht haben.«

»Und Sie waren sauer deswegen?«

»Nein, da wusste ich ja noch nichts von der Affäre.«

»Warum haben Sie dann das Handy Ihrer Freundin ins Wasserglas geworfen? Das passiert doch nicht aus Zufall.«

»Bei mir schon. Ich werfe meiner Freundin ja nicht absichtlich das Handy ins Wasser.«

»Wird sich zeigen.«

»Was meinen Sie?«

»Unsere Techniker bemühen sich gerade, das Telefon wieder

in Gang zu bekommen«, erklärte Zassenberg, der genau wie Momberger wusste, dass ihr sogenannter Techniker gerade im Supermarkt vor einem Regal stand und nicht wusste, ob Basmati- oder Langkornreis besser für Handyreparaturen geeignet war.

Trotzdem fügte er noch einen Satz an: »Das sind Profis, die kriegen das hin.«

22

Der Tag näherte sich bereits seinem Ende. Momberger nahm dem freudig strahlenden Michel den Reis aus der Hand, riss die Packung auf und steckte das Handy einfach tief in die Körner hinein. Alles zusammen legte er in die eine Schublade seines Schreibtischs, die man abschließen konnte, und drehte sich dann eine Zigarette.

Zassenberg schaute genervt in eine leere Schachtel Gauloises. Den Tabak, das Zigarettenpapier und die Filter, die Momberger ihm anbot, lehnte er erst ab, überlegte es sich dann aber doch anders.

»Ich wüsste nicht, dass ich jemals eine Zigarette gedreht hätte.« Ungeschickt fummelte er ein Stück Papier aus der Packung und legte ins wenig Tabak darauf. Er platzierte den Filter an einem Ende des Papiers und versuchte dann, das Ganze zu etwas zu verbinden, das irgendwie rauchbar war. Heraus kam nur ein merkwürdiger Klumpen, den man zwar anzünden, aber sicher nicht rauchen konnte.

»Hier!« Er reichte Momberger alles zurück.

Dieser drehte ihm innerhalb von Sekunden eine ansehnliche Zigarette mit nur einer Hand.

Zassenberg schaute zwar etwas angefasst, nahm den Nikotinriegel aber trotzdem an.

Die beiden Beamten verließen das Revier und zündeten sich an, was Momberger für sie gebastelt hatte.

»Schmeckt wie Fußpilz«, beschwerte sich Zassenberg, zog allerdings sofort noch einmal an seiner Zigarette.

»Um die Ecke ist ein Automat«, erklärte Momberger.

»Weiß ich! Aber ich habe kein Kleingeld dabei. Sie vielleicht?«

»Ich habe das dabei«, erklärte Momberger und zeigte seinem Kollegen den Drehtabak.

»Ich glaube auch nicht, dass wir heute noch etwas schaffen«, sagte Zassenberg. »Mit etwas Glück können wir morgen das Handy benutzen.«

»Wieso machen Sie sich eigentlich so große Hoffnungen wegen des Telefons?«

»Das können Sie natürlich nicht wissen, weil Sie noch im Jahr 1998 leben ...«, begann Zassenberg.

Momberger kramte sein Klapphandy aus der Tasche und machte ein Gesicht, als könne er nicht verstehen, was sein Gegenüber damit meinte.

Der fuhr fort: »Ein Blick in das Handy eines Verdächtigen ist aufschlussreicher als jeder Lügendetektor. Die Leute haben alles auf dem Telefon: Bankdaten, Termine, Passwörter, Nacktfotos, was Sie wollen.«

»Die kann man aber auch löschen«, merkte Momberger an.

»Nicht, wenn man sein Handy blöderweise ins Wasser fallen lässt«, antwortete Zassenberg und zog zum ersten Mal an seiner Zigarette, ohne das Gesicht zu verziehen. »Mit etwas Glück finden wir etwas, das uns weiterhilft.«

»Sie glauben, dass Ines Schmied etwas vor uns verbergen will?«

»Ines Schmied, ihr Freund, keine Ahnung. Diese Sache mit dem zufällig ersoffenen Handy glaube ich jedenfalls keine Sekunde.«

Momberger nickte nachdenklich. »Morgen wissen wir mehr. Soll ich Sie ins Hotel fahren?«

»Nicht nötig. Ich laufe von hier.«

»Sie laufen?« Zassenberg hatte sich bisher etwa so weit bewegt, wie ihn der Bürostuhl tragen konnte. Alles darüber hinaus hatten die beiden im Auto zurückgelegt. »Ich fahre Sie gerne, ist kein großer Umweg für mich.«

»Nein, nein, lassen Sie mal. Ich muss ein wenig den Kopf frei bekommen. Wenn Sie mir noch eine Zigarette drehen würden, wäre ich Ihnen allerdings dankbar.«

Momberger holte noch einmal alles hervor, was er brauchte,

und drehte Zassenberg eine Kippe, die dieser sich auch sofort anzündete – der Stummel der ersten Zigarette qualmte noch auf dem Asphalt vor sich hin.

Momberger hob die Hand zum Abschied und fuhr wenige Augenblicke später mit seinem Volvo davon.

Auf dem kurzen Heimweg wunderte er sich dann aber über das Verhalten seines Kollegen. Den Kopf frei bekommen? Der grimmige Polizist kam ihm nicht unbedingt wie jemand vor, der ausgedehnte Spaziergänge machte, um einmal in Ruhe seinen Gedanken nachhängen zu können. Jemand, der seine Ruhe haben wollte, beschwerte sich nicht pausenlos darüber, wie winzig Marburg im Vergleich zu Frankfurt sei. Zassenberg, so dachte er, musste sich doch eigentlich pausenlos fühlen, als wäre er in die in Fachwerkhäuser gepresste Fremde geraten.

Darum konnte es ihm also nicht gehen. Viel eher vermutete Momberger hinter den Aussagen seines Kollegen den Versuch, ihn möglichst schnell loszuwerden. Aber aus welchem Grund?

Noch bevor Momberger zu Hause aus dem Volvo gestiegen war, hatte sich Zassenberg bereits auf den Beifahrersitz eines Taxis fallen lassen, das ihn in die Oberstadt bringen sollte. Allerdings fuhr der Wagen nicht zu seinem Hotel, sondern ließ ihn direkt vor der »Tränke« heraus.

Dem Taxifahrer gab er den fälligen Betrag zusammen mit einem üppigen Trinkgeld. Dann trat er durch die alte, von Aufklebern übersäte Holztür in die urige Kneipe ein. Wieder war nur ein Gast anwesend, der an der Theke auf einem Barhocker saß und sich mit der Bedienung unterhielt. Es war der gleiche Gast wie am Abend zuvor, allerdings hatte die Bedienung gewechselt, eine kleine Frau mit kurzen, pechschwarzen Haaren und mehreren Piercings im Gesicht. Ihre Arme waren bis zu den Fingerspitzen tätowiert, und auf dem Kopf trug sie eine dunkelrote Melone. Sie vermochte es zwar gut zu verstecken, doch bei genauerem Hinsehen konnte man erkennen, dass sie keine Drei mehr vor ihrem Alter trug.

Die Auswahl an Tischen war nicht sonderlich groß, insgesamt standen nur sechs in dem kleinen Kneipenraum. Zassenberg entschied sich für den ihm am nächsten gelegenen und setzte sich auf einen klapprigen Holzstuhl.

Auf dem Tisch war so vieles eingraviert, dass man die Platte an sich gar nicht mehr erkennen konnte. Anscheinend hatte jeder Gast, der irgendwie die Finger an einen halbwegs spitzen Gegenstand bekommen hatte, entweder seinen ganzen Namen, seine Initialen oder zumindest eine Skizze seiner Geschlechtsorgane im Holz hinterlassen.

Bevor er etwas bestellen konnte, kam die Bedienung bereits mit einem großen Glas Bier vorbei, stellte es vor ihm ab, lächelte ihn kurz, aber vielsagend an und fragte schließlich: »Sicher, dass du bleiben willst?«

»Bist du etwa sauer?«

Die Bedienung musste lachen und offenbarte dabei auch ein kleines Piercing auf ihrer Zunge, an das Zassenberg sich noch sehr gut erinnern konnte.

»Nein, bin ich nicht«, sagte sie. »Aber heute Abend ist Kneipenquiz. In einer halben Stunde brennt hier die Bude.«

»Das halte ich schon aus«, erklärte Zassenberg, nahm sein Bier und prostete der Bedienung zu. »Anastasia!«

Er neigte den Kopf ein wenig und lächelte etwas bemüht.

»Philipp!«, antwortete die Bedienung mit einem schelmischen Grinsen auf den Lippen. »Sag nachher nicht, ich hätte dich nicht gewarnt!«

Etwa zwanzig Minuten später kamen die ersten Gäste für das Kneipenquiz, nach dreißig Minuten musste Zassenberg sich bereits klein machen, um der Horde an Studenten an seinem Tisch Unterschlupf bieten zu können, die sogleich Zettel und Stift zückten.

»Willst du mitmachen?«, fragte ihn jemand, dem das Wort »Langzeitstudent« quasi auf die Stirn geschrieben stand. Er war gut und gern Anfang bis Mitte dreißig, hatte bereits erkennbar weniger Haare auf dem Kopf, dafür aber einen ausgesprochen

169

ungepflegten Vollbart. Seine Klamotten schien er dem eigenen Großvater geklaut zu haben, und zu allem Überfluss hatte er sich einige Fingernägel bunt lackiert.

Zassenberg verneinte die Frage, bestellte dafür aber noch ein weiteres Bier bei Anastasia, in deren großen braunen Augen er deutlich »Ich habe dich gewarnt« ablesen konnte.

Tatsächlich fühlte er sich unter den prototypischen Studenten nicht sonderlich wohl, allerdings war er auch nicht ihretwegen hier. Zudem hatte er es als Polizist eigentlich nur mit Menschen zu tun, die er nicht leiden konnte. Im Grunde hatte es in seinem Leben ohnehin erst einen Menschen gegeben, den er wirklich gern gemocht hatte. Alle anderen gingen ihm früher oder später auf den Geist. Deswegen war es für ihn nichts Neues und auch nichts allzu Herausforderndes, einen Abend unter Menschen zu verbringen, die ihn sicher am nächsten Baum aufgeknüpft hätten, wenn sie gewusst hätten, dass er Polizist war.

Mit dem Blick eines Ermittlers sah er sich die restlichen Quizzer an seinem Tisch an. Manche waren noch älter als der Langzeitstudent und schienen jeden in der Kneipe zu kennen, andere waren zwar noch recht jung, Zassenberg aber auf Anhieb unsympathisch, als sie zum ersten Mal den Mund aufmachten. Offenbar zog das Kneipenquiz die Besserwisser Marburgs aus ihren Höhlen und versammelte sie alle an einem Ort. Im Grunde hatte sich allein an seinem Tisch das Who's who derjenigen versammelt, die der Gesellschaft für immer eine Last und Zassenberg für immer ein Dorn im Auge sein würden.

Noch einmal ging Anastasia herum und verteilte kleine Zettel auf jedem Tisch. Ein junges Mädchen, das neben dem Beamten saß, schnappte sich das Stück Papier, auf dem mehrere Zeilen zu erkennen waren, und trug ganz oben die Worte »s.t. ist ein Mythos« ein, was dem Ermittler bereits ein Rätsel war.

In den folgenden Minuten herrschte eine erstaunliche, beinahe unheimliche Stille in der Kneipe, obwohl diese mit etwa doppelt so vielen Personen gefüllt war, wie eigentlich darin

170

Platz finden konnten – viele standen sogar. Die Blicke waren alle Richtung Theke gerichtet, wo Anastasia noch ein halbes Dutzend Bier zapfte und dann kurz nach der Aufmerksamkeit verlangte, die sie ohnehin schon hatte. Sie erklärte die Regeln des Quiz, die im Grunde nichts anderes sagten als »Wer am meisten weiß, gewinnt«, und stellte sodann die erste Frage.

»Um ihm göttliche Kräfte zu verleihen, legte Göttervater Zeus seinen Sohn Herakles an die Brust der wie so häufig hinters Licht geführten Hera. Als diese bemerkte, dass sie nicht ihr eigen Fleisch und Blut nährte, stieß sie den Halbgott von ihrer Brust. Dabei entstand eine ziemliche Sauerei. Wie nennen wir diese heute?«

Zassenberg hatte nicht den Hauch einer Ahnung, erwartete aber auch nichts anderes von seinen Nachbarn am Tisch. Diese sahen sich allerdings mit nickenden Häuptern an. Ein langhaariger Kerl Mitte vierzig flüsterte das Wort »Gala«, woraufhin die Köpfe noch mehr in Schwung gerieten.

Das Mädchen neben Zassenberg schrieb »Milchstraße« auf, woraufhin der Polizist nicht nur den Hinweis verstand, sondern sich auch seltsam ungebildet vorkam.

Auch die anderen Tische im Raum diskutierten eine Weile, die meisten allerdings deutlich länger als die Experten um Zassenberg.

Nachdem Anastasia die durstigen Hälse wieder mit frischem Hopfenwasser und einer erstaunlichen Menge giftgrünem Pfefferminzschnaps versorgt hatte, las sie die nächste Frage vor: »In der Oktalogie ›Der Dunkle Turm‹ von Stephen King wird im siebten Band eine für die gesamte Handlung relevante Figur beinahe von einem Auto angefahren. Um wen handelt es sich?«

Erneut stand Zassenberg auf dem Schlauch, diesmal noch mehr als bei der vorherigen Frage. Er selbst war kein großer Leser, vor allem nicht von Fantasy-Romanen. Das Wort »Oktalogie« war für ihn bereits Abschreckung genug. Acht Bücher, um eine Geschichte zu erzählen, waren für ihn mindestens sieben zu viel.

»Fangfrage«, flüsterte der Student mit den lackierten Fingernägeln und sah sich am Tisch um.

Die übrigen Häupter bestätigten das. Sie steckten die Köpfe ein wenig näher zusammen, und Zassenberg hörte »Stephen King« aus dem Geflüster heraus. Dafür musste man nun wirklich kein Ermittlungsgenie sein. Als das Mädchen neben ihm allerdings tatsächlich den Namen »Stephen King« auf den Antwortzettel schrieb, konnte er nur verwirrt den Kopf schütteln.

Ein Auto fährt in einem Stephen-King-Roman Stephen King an?, fragte er sich selbst. Und wer fährt das Auto: Stephen King?

Er lehnte sich zurück und wunderte sich darüber, dass er so wenig über manche Dinge wusste, die in diesem Raum zum Allgemeinwissen zu zählen schienen.

Der Rest des Abends verlief nicht unbedingt besser. Zassenberg wusste weder, dass es im Mafia-Museum in Las Vegas eine Sonderausstellung zur FIFA gab, noch, dass sowohl Eric Clapton als auch Jack Nicholson im Glauben aufwuchsen, dass ihre Mütter ihre Schwestern seien. Auch bei der Schätzfrage lag er meilenweit daneben. Wie sich herausstellte, konnte man mit einem Fahrrad auf flacher Strecke und aus eigener Kraft erstaunliche zweihundertsechsundneunzig Kilometer pro Stunde erreichen, wenn man immer für genügend Windschatten sorgte. All das schien für die anderen am Tisch kaum der Erwähnung wert zu sein, sie wussten beinahe alles auf Anhieb. Irgendwer hatte immer irgendwo irgendwas gelesen, und wenn mal niemand etwas gelesen hatte, konnten sie sich die Antwort durch gutes Raten zusammenbasteln.

Mit jeder Frage stieg bei Zassenberg die Wut auf die Besserwisser am Tisch, schließlich war er, der doch in einem Beruf arbeitete, in dem die richtigen Antworten das A und O waren, der Beantwortung einer Frage nicht einmal nahegekommen. In ihm kam mehr und mehr der Wunsch auf, sich als Polizist zu offenbaren, was bei den Studenten ganz sicher eine Art Schutzreflex auslösen und ihnen den Abend vermiesen würde. Allerdings war er als Polizeibeamter in einer Studentenkneipe so mitleiderregend in der Unterzahl, dass er es doch lieber bleiben ließ.

Stattdessen ließ er sich von dem Mädchen neben ihm beibringen, wie man eine Zigarette drehte. Eine Schachtel hatte nämlich auch hier niemand dabei, und Zassenberg hatte nicht die Nerven, sich durch die Massen an Studenten bis zum Automaten durchzukämpfen.

Beim vierten Anlauf klappte es endlich, und er hatte etwas produziert, was zwar nicht schön, aber zumindest rauchbar war. Er musste heftig daran ziehen, um überhaupt ein wenig Nikotin aus dem Kraut saugen zu können.

Seinen Frust versuchte er so gut es ging mit Bier zu betäuben und erntete bei jeder Runde einen zwischen Mitleid und Belustigung schwankenden Blick von Anastasia.

Nachdem die letzte Frage verlesen war, ging es zur Auswertung, die ebenfalls von der hübschen Kellnerin durchgeführt wurde. Für Zassenberg war es mehr als erstaunlich, dass die kleine Frau es schaffte, die Horden im Raum gleichzeitig zu bedienen, zu bespaßen und dann auch noch ihre Antworten auszuwerten. Dabei blieb sie die ganze Zeit vollkommen ruhig und hatte immer ein fröhliches Funkeln in den Augen. Er selbst hätte schon nach der zweiten Frage zu seiner Waffe gegriffen.

Es stellte sich heraus, dass er am Gewinnertisch saß. Das hatte den Vorteil, dass er einen Schnaps aufs Haus bekam. Er hatte zwar nichts zum Sieg beitragen können, aber viel Unsinn ertragen müssen. Deswegen nahm er den Gratis-Schnaps gern an.

»Pfeffi oder roten Korn?«, fragte ihn der Langzeitstudent.

»Bitte? Ich hätte eigentlich gerne einen Wodka.«

»Hier gibt es nur Pfeffi oder roten Korn«, erklärte ihm der schlecht rasierte Mann. »Also?«

Aus völliger Ahnungslosigkeit darüber, was ein Pfeffi oder ein roter Korn war, und aus Mangel an Alternativen entschied sich Zassenberg für Ersteres.

Pfeffi stellte sich als genau das grüne Mundwasser heraus,

das schon den ganzen Abend die Runde machte und das ein gewiefter Marketing-Heini für den doppelten Preis als Schnaps an Studenten verkaufte – zumindest erklärte sich Zassenberg so den Geschmack, der sich gerade in seinem Mund breitgemacht hatte.

Immerhin bekam er so wieder frischen Atem, was ihm ganz recht war, denn Anastasias Schicht schien gerade zu Ende zu sein. Andi, der junge Kerl, der Momberger und Zassenberg tags zuvor bedient hatte, stand nun wieder hinter der Theke.

Anastasia unterhielt sich noch mit einigen Gästen, während sich die Kneipe nach dem Quiz langsam wieder leerte. Bald schon setzte sie sich aber an Zassenbergs Tisch und sah ihn grinsend an.

»Und?«, fragte sie. »Wie viel wusstest du?«

»Sagen wir es so: Ich gehe mit deutlich mehr Wissen aus dieser Tür hinaus, als ich hineingetragen habe. Aber dafür habe ich gelernt, wie man Zigaretten dreht.«

Er freute sich und präsentierte sein neuestes Machwerk, das einer tatsächlich brauchbaren Kippe schon relativ nahekam.

Anastasia jedoch schien der Anblick eher zu belustigen denn zu beeindrucken. Sie griff in ihre Gesäßtasche und zog eine Schachtel Gauloises hervor. Glücklich nahm sich Zassenberg einen Glimmstängel. »So müssen die aussehen!«

Fröhlich zündete er die französische Göttin an und zog mit großer Befriedigung daran. Vom Nikotin besänftigt lehnte er sich zurück und blies den Rauch durch beide Nasenlöcher wieder hinaus.

»Wieso tust du dir das hier noch an?«, fragte er.

Sie lächelte, steckte sich auch eine Zigarette an und antwortete: »Bist du nicht derjenige, der nur mit dem Abschaum der Menschheit zu tun hat? Das hier sind alles kluge, anständige Leute. Da muss ich nicht lange überlegen, wo ich mich lieber aufhalte.«

»Auch wieder wahr.« Zassenberg nickte bedächtig. »Mit vielen *netten* Leuten habe ich wirklich nicht zu tun.«

Anastasia hob die Augenbrauen. »Siehst du!«

Sie lehnte sich nach vorn und gab ihm einen intensiven Kuss.

»Raus hier?«

»Darauf kannst du Gift nehmen!«

Die beiden verließen die Kneipe, wie sie es auch schon am ersten Abend getan hatten. Zassenberg war es noch immer ein Rätsel, wie es dazu gekommen war. Polizisten und Bedienungen aus Studentenkneipen waren nicht gerade Platz eins auf Amors Abschlussliste. Trotzdem hatte schon am Abend seiner Ankunft eine knisternde Stimmung zwischen ihnen in der Luft gelegen, kaum dass er sich auf den Barhocker an der Theke gesetzt hatte. Danach war der Abend im Prinzip nur noch eine etwas längere Zieleinfahrt gewesen.

Als er den Schlüssel ins Schloss seines Hotelzimmers steckte, durchzuckte ihn plötzlich eine Erkenntnis. Irgendetwas hatte er gehört oder gesagt, etwas, das mit dem Fall zu tun hatte, etwas, woran er bisher noch nicht gedacht hatte. Doch schon einen Moment später war Anastasia an ihm vorbeigeschlüpft und hatte sich auf beinahe magische Weise ihrer Kleidung entledigt.

Die Erkenntnis musste noch eine Nacht warten.

23

Am nächsten Morgen wachte Zassenberg mit dröhnendem Schädel auf, was für ihn allerdings eher Normalität als Ausnahme war. Weniger alltäglich war die Frau, die sich an seine Brust gekuschelt hatte und noch fest schlief, obwohl der Wecker auf seinem Handy schrille Töne von sich gab. Sie ließ sich auch nicht davon stören, dass Zassenberg sie von seinem Arm herunterrollte, um das nervtötende Piepen auszustellen.

Nachdem er für Ruhe gesorgt hatte, schleppte der Ermittler sich unter die Dusche, stellte den Regler auf die kälteste Stufe und ließ den brachialen Temperaturschock von oben auf sich niederregnen. Der verscheuchte den Kater fürs Erste, das wusste er aus Erfahrung. Um sich über den Tag zu retten, brauchte er allerdings noch ein bis zwei Liter Kaffee. Ansonsten würde der Kater schnell wieder auf der Matte stehen – mit Kopfschmerzen und Übelkeit im Gepäck.

Als er wieder aus dem Bad trat, schlief Anastasia immer noch tief und fest. Eine Hälfte ihres nackten Körpers schaute unter der Bettdecke heraus und ließ in Zassenberg erneut die Lust aufkommen, der die beiden in der vergangenen Nacht schon mehrere Male gefrönt hatten. Kurz huschten seine Gedanken zu seiner zweiten Frau, die er ganz ähnlich kennengelernt hatte, und wie durch ein Wunder war seine Erregung dahin – ein Effekt, den fast alle seiner schlecht geendeten Ehen hatten.

Nach dem Krebstod seiner ersten Frau hatte Zassenberg sich über zwei Jahre beinahe ins Jenseits getrunken, war dann aber mit viel Glück und den richtigen Freunden noch einmal zurück in die Spur gestolpert. Dem Alkohol abschwören hatte er aber niemals können, weshalb er in den Folgejahren von einer schlimmen Affäre in die nächste geraten war. Irgendwann war er mit einer dieser Affären verheiratet gewesen, ohne es wirklich gewollt oder mitbekommen zu haben. Sehr lange hatte dieser zweite Ausflug in die Untiefen der Ehe nicht gedauert, trotzdem spürte Zassenberg auch fünfzehn Jahre später noch die Folgen davon in seinem Geldbeutel.

Mit dem befriedigenden Gedanken, Anastasia nach Abschluss des Falls erst einmal nicht wiederzusehen, deckte er sie zu, zog sich an und verließ das Zimmer. Auf dem Weg nach draußen tastete er seine Jacke nach einer Packung Zigaretten ab, als ihm einfiel, dass er schon den ganzen letzten Abend nur mit fremder Hilfe seine Sucht hatte stillen können. Auch sein Geldbeutel war gähnend leer, weshalb er nach kurzer Überlegung kehrtmachte und zurück zu seinem Zimmer ging.

Leise öffnete er die Tür, sah, dass Anastasia immer noch fest schlief, und schlich sich zu ihrer Jeans, die auf einem Stuhl am Tisch hing. Er fummelte die Packung Gauloises aus der Tasche und nahm zwei Zigaretten heraus. Eine steckte er sich hinters Ohr, und die andere behielt er direkt in der Hand, um sie sich vor der Hoteltür so schnell wie möglich anzünden zu können. »Dieb!«, hörte er plötzlich, als er die Packung wieder in die Hose zurückstecken wollte.

Anastasia war aufgewacht und sah ihn fröhlich an.
Ertappt richtete sich Zassenberg auf und sagte: »Ich kann nicht aus meiner Haut. Was soll ich machen?«
»Ich wüsste da etwas«, antwortete sie und warf die Bettdecke zur Seite. Nun konnten nicht einmal alle Ex-Frauen gemeinsam seine Lust unterdrücken.
»Alles klar, Herr Kommissar?«
Er schaute auf die Uhr, wusste aber selbst genau, dass diese keine Zeit anzeigen konnte, die ihn davon abhalten würde, jetzt zu ihr ins Bett zu steigen.

Eine Stunde später tauchte er auf dem Revier auf und ging direkt in die Küche durch, um sich den längst fälligen Kaffee zu gönnen. Trotz der Euphorie, die nach dem hervorragenden Sex noch immer durch seine Adern schoss, war sein körperliches Befinden auf bedenklichem Niveau. Das Kneipenquiz, die nervtötenden Klugscheißer und sein Unvermögen, eine vernünftige Zigarette zu drehen, hatten dazu geführt, dass er eine Handvoll Bier über den Durst getrunken hatte.

Er schüttete seine Tasse halb voll mit heißem schwarzen Kaffee und kühlte diesen sofort mit fast der gleichen Menge Kaffeesahne herunter. Hinzu kamen so viele Löffel Zucker, dass die Tasse beinahe überlief, und einige Umdrehungen mit dem Löffel, um es zu einem trinkbaren Ganzen zu mischen.

»Kommen Sie gelegentlich auch pünktlich zur Arbeit?«, fragte Renate Fischer in der Tür.

Die spindeldürre Frau, die in ihm das Bild einer hungrigen Hyäne hervorrief, erinnerte ihn an seine dritte Schwiegermutter und damit an die wohl einzige Person, bei der er jemals darüber nachgedacht hatte, ob man sie nicht auch ohne das Vorhandensein einer Straftat ins Gefängnis stecken könnte.

Ohne eine Miene zu verziehen, sah er ihr in die Augen und nahm einen Schluck von seinem Kaffee.

»Der größte Teil der Arbeit findet in meinem Kopf statt«, antwortete er. »Dazu muss ich nicht zwingend hier sein.«

»Aber wach schon«, zischte Renate Fischer und trat provozierend einen Schritt auf ihn zu.

Zwar war Zassenberg niemand, den man leicht einschüchtern konnte, trotzdem fragte er sich unwillkürlich, ob die Chefin des Reviers nicht nur das Aussehen, sondern auch den Geruchssinn eines Aasfressers hatte und vielleicht wittern konnte, dass er gerade noch mit einer Frau geschlafen hatte.

Trotzdem ließ er sich nichts anmerken und fragte: »Kann ich etwas für Sie tun?«

»Das können Sie tatsächlich. Ich hatte gerade einen Anruf vom Innenminister.« Sie machte eine Kunstpause. »Haben Sie schon einmal mit dem Innenminister telefoniert?«

Zassenberg schüttelte den Kopf. »Nein. Aber ich habe einmal neben Gérard Depardieu im Flugzeug gesessen. War kein erhebendes Erlebnis.«

»Sehr witzig!«, blaffte sie. »Er wollte wissen, wie weit Sie mit den Ermittlungen sind, und nachdem ich erst versucht habe, Sie hier im Revier zu finden, und dann, Sie anzurufen, musste ich ihm leider mitteilen, dass ich keine Ahnung hätte, wo Sie sind.«

»Sie hätten Momberger fragen können.«

»Der führt hier nicht die Ermittlungen.«

»Oder die Staatsanwältin.«

»Ist vor Gericht.«

»Sie hätten auch lügen können«, schlug Zassenberg trocken vor.

Renate Fischer zog die Augenbrauen ruckartig nach oben. »Ich soll meinen Vorgesetzten anlügen? Einen Minister des Landes?« »Die Haut um ihre Augen zog sich straff und verlieh ihr das Aussehen eines Totenschädels.

»Wäre einen Versuch wert gewesen«, antwortete er lässig. »Und hätte Ihnen Zeit verschafft.«

Die hagere Frau trat näher an Zassenberg heran und stand ihm nun beinahe auf den Füßen. »Sie glauben, ich könnte Ihnen nichts anhaben. Dass ich Ihnen nicht drohen könnte. Dass Sie keine Schwachstelle hätten. Das hat Momberger auch immer geglaubt. Dieser Eindringling dachte immer, dass man ihm mit einer Suspendierung nicht drohen könnte. Wäre er raus aus dem Polizeidienst, hätte man ihn ja unter Umständen sogar einen Gefallen getan. Und damit hätte er recht. Allerdings dachte er nicht weit genug.«

Fischer regte sich nicht, sondern stand wie die in Stein gehauene Rachegöttin vor Zassenberg. »Momberger hat aber vergessen, dass er eine fatale Schwäche hat.« Sie machte eine kleine Pause, in der sich ihre Mundwinkel leicht nach oben zogen. »Er kümmert sich zu sehr um seine Kollegen. Er ist hier für alle der Papa; und was er für die Kollegin Weigand ist, weiß ich nicht, aber seit ich ihm damit gedroht habe, sie für alles zur Rechenschaft zu ziehen, was er anstellt, läuft es deutlich besser zwischen uns beiden.«

So ruhig wie möglich blieb Zassenberg vor der kleinen Frau

stehen, fühlte aber, wie sich Wut in ihm breitmachte. Bis zu diesem Zeitpunkt hatte er gedacht, dass die Marburger Polizeichefin einfach nur inkompetent war und mit ihrem herrischen Verhalten versuchte, darüber hinwegzutäuschen. Das war nichts Neues für ihn, viele Beamte im höheren Dienst waren nur durch Vitamin B dorthin gelangt, wo sie waren, und versuchten den Rest ihrer Karriere, nicht aufzufliegen. Die naheliegendste Methode zur Erreichung dieses Ziels war für die meisten die Unterdrückung derjenigen, die schlau genug waren, sie zu durchschauen.

Zassenberg kannte einige von diesem Schlag, bisher allerdings nur Männer. Und die meisten waren im Grunde keine bösartigen Menschen, sondern einfach nur zu schlecht für ihren Job. Renate Fischer schien hier noch einen draufsetzen zu können. Und ihr Hass gegenüber Momberger war allzu offensichtlich.

»Ich habe auch mit Ihrem Vorgesetzten in Frankfurt telefoniert«, fuhr sie fort. »Dabei habe ich sehr interessante Dinge erfahren.«

Zassenberg schaute auf die Hyäne hinunter. »Wie hat es der alte Schröder ausgedrückt? ‹Chaotisch, aber zielführend›? ‹Ungehorsam, aber unersetzlich›? Oder hatte er mal wieder den Fremdwortduden auf dem Tisch? ‹Insubordiniert, aber omniscient›?«

Offenbar hatte Zassenberg ins Schwarze getroffen, ihre Augen wurden zu schmalen Schlitzen.

»Wie wäre es mit ‹in vino veritas›?«, fragte sie vielsagend. »Direktor Schröder sagte mir, dass Sie ständig einen Schluck vor der Suspendierung stehen. Und Ihre Fahne riecht man schon aus zehn Metern Entfernung. Schröder überließ es mir, Ihre Leistung hier zu bewerten. Was glauben Sie, habe ich ihm gesagt?«

»Nun?«, fragte er zurück.

»Dass ich ihm morgen einen genauen Bericht zukommen lassen werde.« Sie strich sich den Hosenanzug glatt. »Ich bin gespannt, was Sie bis dahin vorweisen können. Aber Sie arbeiten sicher schon die ganze Zeit daran.«

»Und wenn ich nichts vorzuweisen hätte?«, fragte Zassenberg. »Brauche ich dann gar nicht nach Frankfurt zurückzufahren?«

»Darauf können Sie Gift nehmen!«

Sie machte auf der Stelle kehrt und verschwand mit zackigen militärischen Schritten aus der Küche.

Als sie um die Ecke war, schlenderte Eduard Momberger herein und sah seinen Kollegen mit einer Mischung aus Vergnügen, Mitleid und Verständnis an.

»Hurricane Fischer hat wie immer Chaos und Zerstörung hinterlassen, wie ich sehe.«

Zassenberg schüttelte sich kurz und trank dann seinen Kaffee auf einen Zug aus.

»Zigarette?«, fragte er.

Momberger nickte und folgte ihm aus dem Revier.

Draußen freute sich Zassenberg zunächst über seine frische Packung Gauloises, zündete sich dann eine an und nahm einen besonders tiefen Zug.

»Meine Güte!«, brummte er, während er den Rauch aus beiden Nasenlöchern pustete. »Da wünsche ich mir ja fast meine Ex-Frauen zurück.«

»Wie halten Sie das aus?«

»Mit der Hoffnung, dass es hier durch mein Mitwirken irgendwann einen besseren Polizeidirektor geben wird. Oder eine Polizeidirektorin.«

Ausnahmsweise schien es ihm schwerzufallen, die weibliche Form hinzuzufügen.

»Und wie noch?«, hakte Zassenberg nach.

»Was meinen Sie?«

»Momsen, ich bitte Sie! Diese alte Hexe auf der einen Seite und Sie als zu spät geborener Achtundsechziger. Das überleben Sie doch nicht nur mit ein bisschen Hoffnung.« Er sah ihn durchdringend, aber vertrauensvoll an. »Also?«

»Na gut! Vielleicht befinden sich in einen oder anderen Beutel sichergestelltem Gras in der Asservatenkammer eher Proben einer Vorteilspackung Oregano.«

»Ha!«, lachte Zassenberg. »Darauf wollte ich gar nicht hinaus. Ich dachte, Sie schießen in Ihrem Keller auf ein Bild von Cruella de Vil.« Er zielte mit dem Zeigefinger auf die Eingangstür des Reviers und drückte lautlos ab.

Nachdenklich nickte Momberger und schaute ein wenig sehnsüchtig in die Ferne. »Gar keine schlechte Idee«, gab er zu. Ein breites Grinsen und zwei tiefe Züge später fügte er an: »Wir haben übrigens das Handy von Frau Schmied in Gang bekommen.«

»Und?«

»Die letzte Nachricht von ihr an Yalda Wegener lautete: ›Müssen uns bei dir treffen. Okay? In 45 Min?‹«

»Stimmt doch mit den Aussagen von Ines Schmied überein, oder nicht?«

»Das schon«, erklärte Momberger. »Allerdings wurde die Nachricht gelöscht, bevor Yalda Wegener sie gelesen hatte. Wir konnten sie aber glücklicherweise einfach wiederherstellen.«

»Ach ja?«, fragte Zassenberg, konnte sich aber noch keinen Reim darauf machen, wohin diese Erkenntnis ihn führen mochte. »Vielleicht sollten wir Frau Schmied noch einmal einen Besuch abstatten.«

»Das muss wahrscheinlich warten.« Michel und Zaun traten hinter ihnen aus der Tür.

Zassenberg konnte die beiden immer noch nicht wirklich auseinanderhalten.

»Wir haben etwas herausgefunden«, sagte Michel.

»Ihr beide zusammen?«, fragte Momberger.

»Ja, warum?« Michel machte einen nicht allzu cleveren Gesichtsausdruck.

»Nur so«, antwortete der Ermittler. »Was habt ihr denn herausgefunden?«

»Etwas über Anton Wegener. Er hat uns etwas verschwiegen.«

182

»Sieht es schlecht für ihn aus?«, fragte Momberger hoffnungsvoll.

»Darauf können Sie Gift nehmen!«

Und endlich ging Zassenberg ein Licht auf. Der Fall breitete sich vor ihm aus, als hätte er die Tat selbst begangen.

Während die anderen schon auf dem Weg nach drinnen waren, gönnte er sich noch einen kurzen Moment der Selbstbeweihräucherung.

»Kommen Sie?«, fragte Momberger. »Wir sollten uns das ansehen.«

»Natürlich! Aber vorher müssen wir noch die Hexe besuchen.«

Er nahm sein Smartphone aus der Jackentasche und tippte darauf herum.

Momberger verharrte im Eingang und drehte sich zu seinen Kollegen um. »Wollen Sie sie anrufen?«, fragte er.

»Nein. Gehen Sie schon einmal vor. Ich rede allein mit Gräfin Dracula.«

Momberger blieb zunächst noch einen Moment stehen, doch dann machte er sich auf den Weg ins Revier. Wahrscheinlich freute er sich, dass nicht er mit Renate Fischer reden musste.

Zassenberg nahm noch eine Zigarette aus seiner Packung und rief Dr. Oliver Belz an.

24

Michel und Zaun standen vor einem Computerbildschirm, womit der Platz am Schreibtisch im Grunde aufgebraucht war. Wie stolze Väter schauten sie auf das flimmernde Bild hinunter.

Momberger wunderte sich einmal mehr darüber, dass sie ausgerechnet dann gute Arbeit leisteten, wenn es darauf ankam. Es war kein großes Geheimnis, dass Michel und Zaun schon in das eine oder andere Fettnäpfchen getreten waren. Eigentlich musste man sie nur drei bis vier Minuten beobachten, um sie bei einem Fehltritt zu erwischen.

Doch irgendwo unter ihren immer größer werdenden Bäuchen schlummerten zwei sehr gute – oder zumindest befriedigende – Polizisten und kamen immer dann zum Vorschein, wenn es notwendig war. Von ihrem Wesen am ehesten dazu geeignet, Flusspferden das Herumliegen beizubringen, waren sie auf den ersten Blick sicher nicht die Perlen auf dem Revier. Im Grunde hatten sie mit den Ermittlungen in der Kripo ihr maximales Potenzial schon ein wenig überschritten. Aber Momberger konnte sich nicht entsinnen, dass sie ihm einmal nicht hilfreich zur Seite gestanden hätten. Dafür war er dankbar. Auch wenn er die beiden immer wieder vor ihrer eigenen Tollpatschigkeit bewahren musste. Auf dem Revier war er im Grunde ihre Vaterfigur, auch wenn er zehn Jahre jünger war. Und als Vater im Geiste empfand er einen gewissen Stolz, dass die beiden gerade in diesem wichtigen Fall endlich wieder glänzen konnten.

Während Momberger mit den beiden Flusspferdtrainern an Michels Schreibtisch stand, hielt sich Philipp Zassenberg im Büro von Renate Fischer auf.

Im Grunde konnte das kein gutes Ende nehmen, dachte Momberger. Immer wenn jemand den Raum seiner Chefin betrat, überkam ihn das ungute Gefühl, dass dieser bemitleidenswerte Jemand nicht wieder in einem Stück herauskommen würde. Er wartete stets darauf, dass in ihrem Büro das schleifende Geräusch einer Kreissäge zu hören war, mit dem der Giftzahn seine Opfer zerteilte, um sie dann den Hunden zum Fraß vorzuwerfen – so zumindest seine Vorstellung.

In der Realität saugte Renate Fischer ihren Besuchern jedwede Freude aus dem Körper und schickte sie entweder traurig, wütend oder verzweifelt wieder nach draußen – häufig war es eine Mischung von allem. Ein wenig Hoffnung hatte Momberger jedoch, dass sein Zassenberg der alten Giftschlange die Zähne ziehen würde. Er war der Typ dafür, und was hatte er schon zu verlieren?

»Wollen Sie das nun sehen, Chef«, fragte Michel ungeduldig und deutete mit dem speckigen Finger auf seinen Bildschirm. Momberger riss seinen Blick vom Büro Renate Fischers los und konzentrierte sich darauf, was er vor sich sah.

»Entschuldige! Was möchtet ihr mir zeigen?«

»Wir sollten uns doch darüber informieren, wie es um die Konkurrenz von Anton Wegener bestellt ist«, erklärte Fritz Zaun.

»Jaaa«, bestätigte ihn Momberger mit sehr lang gezogenem A. »Das war vor drei Tagen. Ich hatte es schon fast wieder vergessen.«

»Aber wir vergessen nie etwas, Chef. Wir sind wie Elefanten.«

Das ließ Momberger einfach im Raum stehen. »Und was sehe ich da?«, fragte er. »Sieht aus wie Kontaktdaten?«

»Es *sind* Kontaktdaten«, erklärte Michel. »Wir haben überprüft, mit wem Anton Wegener in den letzten Wochen telefoniert hat, und es stelle sich heraus, dass er mit mehreren Leuten Kontakt hatte, die hohe Tiere bei konkurrierenden Pharmakonzernen sind.«

»Sieh an! Wie kamt ihr darauf?«

»Das war nicht einfach«, sagte Zaun und kratzte sich am Hinterkopf. »Vor allem, weil die meisten Englisch sprechen.«

»Und unser Englisch ist ein wenig eingerostet«, ergänzte Michel. »Aber es hat dann doch irgendwie geklappt.«

»Schon klar.« Momberger nickte. »Und weiter?«

»Gestern haben wir dann einen Anruf von Bioflex bekommen.«

»Da hatten wir zuerst niemanden erreicht.«

»Aber dann hat uns jemand zurückgerufen.«

»Und der hat auch Deutsch gesprochen.«

»Kommt auf den Punkt!«, verlangte Momberger.

»Na, jedenfalls war das der Sekretär von … Ich habe den Namen vergessen. Auf jeden Fall hat der uns gesagt, ganz inoffiziell natürlich …«, Michel duckte sich ein wenig und sprach leiser, als ob er fürchtete, belauscht zu werden, »… dass Anton Wegener in den letzten Monaten häufiger bei seinem Chef gewesen wäre.«

»Und da haben wir uns gedacht …«, fing Fritz Zaun an.

»… dass Anton Wegener versucht hat, den Bioreaktor an die Konkurrenz zu verkaufen«, vollendete Momberger den Satz.

Michel und Zaun sahen ihn an. »Woher wissen Sie das, Chef?«

»Gut geraten!«, log Momberger und deutete auf den Bildschirm. »Und das sind dann wohl Kontaktdaten von verschiedenen Vorständen aus der Pharmaindustrie.«

»Genau!«, bestätigte ihn Michel. »Vorstände, Lobbyisten, Vermittler, Headhunter und noch ein paar andere.«

»Das war verdammt gute Arbeit, Jungs!«, sagte Momberger und meinte es auch so. Wieder einmal hatten die beiden den richtigen Riecher gehabt.

Sie winkten ab, als wäre es kein großes Problem gewesen.

»Sie wissen ja, Chef: Wer im Glashaus sitzt, sollte nicht mit Steinen werfen.«

»Was?«, fragte Momberger.

Die Tatsache, dass Albert Michel offenbar keine Ahnung davon hatte, was das Sprichwort bedeutete, ließ ihn doch wieder in einem anderen Licht dastehen.

Er sah sich nach Bill um. Diese war zwar nicht zu sehen, tippte ihm aber zwei Sekunden später von hinten auf die Schulter.

»Bill! Hast du mitbekommen, was die beiden herausgefunden haben?«

»Nein«, log sie ganz offensichtlich. »Was denn?«

Momberger wurde stutzig. Hatten die beiden Vielfraße ihren Erfolg vielleicht doch nicht ganz allein auf die Beine gestellt? Michel und Zaun wirkten allerdings so glücklich, dass er ihnen den kleinen Triumph so oder so gönnte. Bill schien zudem nicht darauf zu bestehen, den Durchbruch für sich zu beanspruchen.

»Das lässt alles in einem anderen Licht dastehen«, erklärte Momberger, der seine Freude nicht ganz verbergen konnte. Auch wenn Philipp Zassenberg der Ansicht war, dass der Professor mit dem Mord nichts zu tun hatte, war er für ihn noch lange nicht aus dem Rennen. Und die neuen Informationen bestätigten ihn in dieser Vermutung.

»Wenn seine Frau Wind davon bekommen hat, dass er den Reaktor unter der Hand verkaufen wollte …«

»Den Reaktor, den Yalda Wegener im Prinzip allein entwickelt hat«, ergänzte Bill.

»Nur damit der Professor seine hohen Schulden irgendwie loswerden kann, also dann …« Momberger wippte zufrieden mit dem Oberkörper vor und zurück, »… dann haben wir einen Mordverdächtigen, meine sehr verehrten Damen und Herren.«

»Wir haben sogar zwei«, erklärte Bill. »Ich habe da noch was. Kam gerade erst rein.«

»Okay.« Momberger hörte mit dem Wippen auf. »Und was?«

Er hoffte darauf, dass es Anton Wegener noch tiefer in die Bredouille bringen würde.

Die junge Beamtin zückte ihr Smartphone und zeigte Momberger das Foto von blutverschmierten Klamotten, die offenbar in einem aufgerissenen Müllbeutel lagen.

»Was ist das?«, fragte Momberger.

187

»Das wollte Björn von Greifen gerade im Mülleimer seiner Nachbarn entsorgen.«

»Ach ja? Woher weißt du das?«

»Du hast doch die zivile Streife das Haus der Mariboria überwachen lassen.«

»Stimmt ja, das habe ich«, murmelte Momberger.

»Ja, hast du«, bestätigte Bill noch einmal. »Ist das jetzt wichtig?«

»Nein, nein«, antwortete Momberger.

Er sah bereits die nahe Zukunft vor sich, in der Bill ihm die Befehle gab und nicht umgekehrt. Die Frau war für den Job einfach besser geeignet als er. Glücklicherweise standen Michel und Zaun neben ihnen, was ihm zumindest vorübergehend das Gefühl gab, von der Evolution nicht komplett vergessen worden zu sein.

»Die hat er also gerade erst weggeschmissen?«, fragte er nach.

»Vor fünf Minuten«, antwortete Bill. »Die Jungs von der Streife haben gesagt, dass sie von Greifen mit dem Müllbeutel gesehen und sich erst mal nichts dabei gedacht hätten. Aber dann hat er den Beutel nicht etwa in die eigenen Tonnen geworfen, sondern ist hundert Meter die Straße runter und hat ihn bei den Nachbarn untergebracht. Als er wieder weg war, haben sie nachgesehen, was drin war, et voilà …«

Zunächst konnte Momberger sein Glück gar nicht fassen. Erst Anton Wegener und nun auch noch der König aller Arschlöcher, Björn von Greifen persönlich.

»Es kann nicht das Blut von Heiko Wessels sein«, erklärte Momberger, obwohl er sich bewusst war, dass Bill das schon wusste. »Seine Kleidung haben wir schon mitgenommen, als wir das letzte Mal bei der Mariboria waren. Vielleicht stammt sie ja von einem der Burschen, die ihn in der Nacht nach Hause getragen haben.«

»Habe ich mir auch schon überlegt«, sagte Bill, »aber dafür ist es zu viel Blut.«

Sie zeigte Momberger noch einmal das Foto. Bill hatte recht,

188

die Kleidung war übersät mit roten Flecken. Das sah nicht nach *einer* Verletzung aus, sondern nach mehreren.

»Und wieso hätte Björn von Greifen die Kleidung verschwinden lassen sollen, wenn daran nur das Blut von Heiko Wessels kleben würde?«, fragte Bill.

»Verdammt richtig! Ich rufe gleich Sabine an und gebe ihr die neuesten Entwicklungen durch. Ich glaube, danach steht einer Festnahme nichts mehr im Wege. Außerdem müssen die blutigen Klamotten sofort ins Labor.«

»Alles schon in die Wege geleitet«, erklärte Bill.

»Alles?«»Momberger war verwundert. »Aber du kannst Sabine doch nicht ausstehen.«

»Aber die alte Fischer kann ich noch weniger ausstehen. Und ich habe das Gefühl, dass wir sie mit einem schnellen Abschluss des Falls ein wenig beruhigen können. Ein besänftigter Vulkan ist das Gespräch mit deiner Verflossenen allemal wert.«

»Aus dir wird mal was«, lobte Momberger seine Kollegin.

»Immerhin kann ich dann noch sagen, dass ich dich mal gekannt habe.«

Im selben Moment war aus der anderen Ecke des Reviers plötzlich das Gebrüll von Renate Fischer durch die Wände ihres Büros zu hören. Nicht jedes Wort war zu verstehen, aber einiges konnte Momberger doch herausfiltern. Dazu gehörten »Nur über meine Leiche!« und »Das wird alles Direktor Schröder erfahren!«.

Nach der Schimpftirade herrschte kurz Stille, bis Philipp Zassenberg die Tür des Büros öffnete. Das gesamte Revier starrte ihn an, während er sich noch einmal herumdrehte und fröhlich rief: »Danke Ihnen! Ich werde das dann so weitergeben. Und liebe Grüße an die Familie!«

Daraufhin schloss er die Tür und kam mit schnellen Schritten zu Momberger, Bill sowie Michel und Zaun, die im Kreis standen und erstaunt mitgehört hatten, was sich gerade zwischen Fischer und ihm abgespielt hatte.

Etwa zwei Dutzend Augenpaare waren in diesem Moment

auf Zassenberg gerichtet, der damit jedoch ausgesprochen lässig umzugehen wusste. Er hatte beide Hände tief in den Hosentaschen vergraben, nickte jedem, an dem er vorbeikam, freundlich zu, deutete schließlich mit dem Daumen über seine Schulter und meinte: »Oh Mann, wenn ich mein Kontingent nicht schon aufgebraucht hätte, wäre die meine vierte Frau.«

Dann stellte er sich zwischen die anderen und schaute einmal im Kreis. »Gibt's was Neues?«

»Was war das denn?«, fragte Momberger zurück, ohne auf die Frage einzugehen. »Soll ich Ihnen Unterschlupf bieten?«

»Das gerade?«, fragte Zassenberg, als wäre nichts weiter passiert. »Wir hatten nur ein kleines Tête-à-Tête; eine winzige Meinungsverschiedenheit, wenn Sie so wollen.«

»Hat sich nicht so angehört«, sagte Bill.

»Erkläre ich Ihnen später. Was schauen Sie mich alle so an?«

»Nun ja, ähm …«, druckste Momberger herum.

Zum Glück war Bill wie immer zur Stelle und ergänzte: »Wir haben neue Erkenntnisse.«

»Ach ja?«, fragte Zassenberg. »Dann mal her damit!«

Bill erzählte ihm von Anton Wegeners Kontakten zu den Mitgliedern aus der Pharmabranche und dem blutigen Müllbeutel von Björn von Greifen.

Konzentriert hörte Zassenberg ihr zu, nickte dabei ständig und sagte, als Bill fertig war: »Hervorragend! Genau, wie ich gedacht habe.«

»Sie wussten bereits davon?«, fragte Momberger.

»Ich *ahnte* es«, korrigierte ihn der Ermittler. »Ahnen und wissen sind zwei völlig verschiedene Dinge. Ich *ahne* zum Beispiel, dass wir den Fall bald zu einem Abschluss bringen werden. Hingegen *weiß* ich, dass der Zorn Gottes mich niederstrecken wird, wenn wir nicht sofort das Revier verlassen.«

Er deutete mit dem Finger an den anderen vorbei auf Renate Fischer, die ihr Büro verlassen hatte und zornig in Richtung Zassenberg starrte. Diesmal wirkte sie weniger wie die aasfressende Hyäne, sondern vielmehr wie eine hungrige Raubkatze,

190

die alles und jeden in ihrer Nähe zu Hackfleisch verarbeiten würde, wenn man ihr zu nahe käme.

Worüber haben die beiden nur gestritten?, fragte sich Momberger. Doch Zassenberg war schon verschwunden. Und er folgte ihm.

25

»Ich mache Ihnen ein Angebot, Momsen«, sagte Zassenberg. Sie waren gerade in den alten Volvo gestiegen und verließen den Parkplatz des Reviers.

Momberger versuchte, es nicht so aussehen zu lassen, als ob sie von einem Tatort flüchteten, obwohl sich nicht bestreiten ließ, dass ihr Verschwinden durchaus etwas davon hatte.

»Ein Angebot, das ich nicht ablehnen kann?«, fragte er. »Legen Sie mir ansonsten einen Pferdekopf ins Bett?«

Zassenberg schaute ihn missgünstig an. »Zunächst einmal haben Sie den ›Paten‹ vollkommen missverstanden. Der Pferdekopf im Bett des Filmproduzenten ist nicht das Resultat eines abgelehnten Angebots, sondern das Angebot selbst. Außerdem kann man ein Angebot immer ablehnen.«

»Man riskiert allerdings, ein Paket toter Fische zu erhalten.«

»Okay, kennen Sie den ›Paten‹ überhaupt?«

»Ausschnittsweise«, gab Momberger zu. Das Mafia-Epos hatte er vor allem durch Zitate seiner Freunde kennengelernt.

»Holen Sie das nach!«, verlangte Zassenberg. »Wenn Ihnen etwas an dem hier liegt.« Er deutete zwischen sich und Momberger hin und her.

»Werden Sie mich ansonsten mit einer Klaviersaite erdrosseln?«, fragte Momberger mit einem unterdrückten Grinsen, womit er sein Wissen über den Film aufgebraucht hatte.

»Glauben Sie, dass ich etwas in dieser Richtung vorhabe?«, fragte Zassenberg mit ernster Miene zurück.

Momberger schüttelte den Kopf, während er das Auto gleichzeitig in den zähen Verkehr der Marburger Innenstadt lenkte.

In der Gegend um den Hauptbahnhof sah das hübsche Marburg so eintönig, grau und hässlich aus wie jede andere mittelgroße Stadt. Die Deutsche Bahn hatte auf ihre direkte Umgebung den gleichen Einfluss wie ihre Züge auf die Passagiere: einen schlechten.

»Wo fahren wir eigentlich hin?«, fragte Momberger.

»Das ist Teil meines Angebots«, erklärte Zassenberg und steckte sich eine Zigarette an.

Der Aschenbecher im Auto platzte bereits aus allen Nähten, und auch der leere Kaffeebecher, der das Kippenstummel-Volumen des Volvos etwa verdreifachte, quoll über. Zassenberg schnippte seine Asche trotzdem noch darauf.

»Mein Angebot lautet folgendermaßen: Wir laden nun zwei Verdächtige in den Wagen.«

»Welche Verdächtigen?«

»Das ist der Clou an der Sache: Sie entscheiden. Und wenn einer der beiden wirklich der Täter sein sollte, werde ich alles in meiner Macht Stehende tun, um den alten Drachen, der das Revier hier unterjocht hat, nach Gießen versetzen zu lassen.«

»Nach Gießen?«, fragte Momberger.

»Polizeipräsidium Mittelhessen«, erklärte Zassenberg. »Da kann sie so lange Aktenordner anfauchen, bis ihr die Lust vergeht.«

»Ich verstehe nicht ganz«, gab Momberger zu, lenkte den Volvo aber trotzdem bereits in Richtung Anton Wegener. »Was genau haben Sie vor?«

»Ich möchte Ihnen helfen. Haben Sie sich noch gar nicht darüber gewundert, wie ein Arschloch meines Formats immer noch bei der Polizei in Lohn und Brot stehen kann?«

»Doch«, antwortete Momberger. »Wobei ich es anders ausgedrückt hätte.«

»Sparen Sie sich die Höflichkeiten!«

Während die beiden sich nur langsam durch den Verkehr drängen konnten, fing es draußen an zu regnen. Dicke Tropfen klopften auf die Windschutzscheibe des Volvos.

Momberger stoppte den Wagen vor einer roten Ampel und sah nach rechts in Richtung Beifahrersitz. »Also gut. Erzählen Sie! Warum wurden Sie noch nicht gefeuert?«

193

»Beziehungen. Nichts geht über Beziehungen. Und jetzt raten Sie mal, woher ich meine Beziehungen habe.«

»Keine Ahnung«, antwortete Momberger ehrlich. »Woher?«

»Geld«, erklärte Zassenberg. »Und woher habe ich mein Geld?«

»Aus den Spielhallen Ihres Vaters?«

»Aus der Geldwäsche meines Vaters«, korrigierte ihn Zassenberg. »Sie sehen, Momsen, dass sich gute Beziehungen nicht durch Nettigkeiten und das Spielen nach den Regeln aufbauen lassen. Sie müssen abseits der Wege gehen, sonst landen Sie irgendwann im Graben.«

»Komische Metapher«, grübelte Momberger. »Neben dem Weg gehen *und* im Graben landen, verstehen Sie?«

Zassenberg schüttelte den Kopf. »Der Punkt ist, dass Sie unbedingt etwas in Ihrem Laden ändern wollen. Aber Sie sind der Einzige auf dem Platz, der nach den Regeln spielt. Wenn aber der Schiedsrichter gegen Sie ist, können Sie das Spiel nicht gewinnen.«

Nachdenklich starrte Momberger durch die Scheibe nach draußen. Sie fuhren über die Weidenhäuser Brücke, den mittelalterlichen Verkehrsknotenpunkt der Stadt. Rechts von ihnen floss die Lahn genau auf den Fundort der Leiche von Yalda Wegener zu. Er dachte darüber nach, wie viel Schmutz sie im Verlauf der Ermittlungen aufgedeckt hatten und dass so viel davon ungesühnt bleiben würde.

Da war natürlich Anton Wegener, der seine derzeitige Position nur durch das Wissen und die Arbeit anderer hatte erreichen können und der das Lebenswerk seiner Frau an den Höchstbietenden verschachern wollte.

Dann Björn von Greifen, der Anführer einer Bande von wenigstens bedenklich Gesinnten, die sich immer wieder aus der Affäre ziehen konnten und niemals Verantwortung für ihre Taten übernehmen mussten. Vielleicht würde in wenigen Tagen wieder ein schmieriger Anwalt auf dem Revier auftauchen und die Vorwürfe gegen die Burschen mit Juristen-Blabla vom Tisch wischen.

194

Und Soroush Pahlavi mit seinem antiquierten Blick auf das Leben, der sich als Retter seiner Schwester betrachtete, womit er gleich doppelt danebenlag. Zum einen brauchte seine Schwester keinen Retter, sondern konnte sich hervorragend um sich selbst kümmern. Und zum anderen hatte der Iraner dabei sein eigenes Leben wohl völlig aus dem Blick verloren. *Er* war es, der eigentlich gerettet werden musste.

Momberger biss sich in dem Gedanken fest, dass es nur fair war, wenn zumindest Renate Fischer am Ende des Falls keine giftige Galle mehr spucken konnte.

Als sie die Brücke überquert hatten, fragte er seinen Mitfahrer beinahe unterwürfig: »Und Sie könnten die alte Hexe tatsächlich von hier weg komplimentieren?«

Diesmal nickte Zassenberg energisch. »Ein Anruf genügt.«

Noch einmal überlegte Momberger und hakte dann nach: »Wenn Sie so viel Einfluss haben, warum müssen Sie dann hier mit mir Mordfälle lösen, anstatt mit dem Innenminister Schampus zu kippen?«

»Weil ich eben eher Biertrinker bin«, antwortete Zassenberg.

»Was sagen Sie? Eine Wette unter Ehrenmännern?«

»Ich denke nicht, dass Ehrenmänner auf den Ausgang eines Falls wetten würden.«

Zassenberg lachte und drückte seine Zigarette in den behelfsmäßigen Aschenbecher mit der Kaffeebohne.

»Ich fasse das als Ja auf. Also, wen holen wir ab?«

»Nicht so schnell«, verlangte Momberger.

Sie waren Anton Wegeners Palast schon relativ nahe. Im Grunde hatte er Zassenbergs Angebot also schon zugestimmt. Jedoch gab es seiner Meinung nach noch gewisse Probleme bei dessen Herangehensweise. »Geben Sie denn auch einen Tipp ab, oder nur ich?«

Zassenberg schaute ihn wortlos an. »Ich muss keinen Tipp abgeben«, erklärte er schließlich. »Ich habe den Fall bereits vor einer Stunde gelöst.«

»Was?«

195

Momberger hatte den Volvo für einen Moment nicht unter Kontrolle und wäre beinahe in einen am Straßenrand parkenden Audi gefahren.

»Wieso schließen wir dann noch Wetten ab und nehmen niemanden fest?«

Zassenberg lehnte sich in seinem Sitz zurück und schaute in den Regen hinaus. »Tun wir das nicht gerade?«

Zwar konnte Momberger nicht ganz hinter die Fassade von Zassenberg blicken, allerdings gefiel ihm dessen unorthodoxe Herangehensweise zu sehr, als dass er sie jetzt abbrechen würde. Außerdem sah er sich durch Zassenbergs letzten Kommentar in seiner Vermutung bestätigt, dass Anton Wegener der Täter war.

»Also gut«, murmelte er. »Wenn Sie so gut sind, wie Sie glauben, dann will ich Ihr Spiel mitspielen. Wir verhaften Anton Wegener und Björn von Greifen – das sind meine zwei Tipps. Und was kommt dann?«

»Dann bringen wir die beiden aufs Revier.«

»Und wenn es keiner der beiden war?«

»Keine Sorge, Momsen! Der Täter wird auf dem Revier sein, das versichere ich Ihnen.«

»Und mir möchten Sie nicht mitteilen, was dort geschehen wird?«

»Na, was schon? Ich löse den Fall.«

»Alleine?«

»In Anwesenheit von Ihnen.«

»Sollte ich da vorher nicht in die Einzelheiten eingeweiht werden?«

»Das kommt noch, Momsen, keine Sorge.«

»Von mir aus«, stöhnte Momberger. »Ich bekomme meine Informationen auch ohne Sie zusammen.«

»Alles klar«, sagte Zassenberg. »Dann müssen wir nur noch die anderen Verdächtigen aufs Revier bringen lassen.«

Momberger hätte schon wieder fast die Kontrolle über sein Fahrzeug verloren. »Die ›anderen‹ Verdächtigen? Ich dachte, Sie hätten den Fall gelöst!«

»Sie werden schon sehen«, erklärte Zassenberg mit dem Anflug eines Grinsens auf dem Gesicht. »Ich bin sicher, es wird Ihnen gefallen.«

Eine böse Vorahnung überkam Momberger. Er hatte eine Vermutung, auf was es sein Kollege abgesehen hatte. »Das wird aber keine Zirkusnummer, oder, Zaster?«

»Zirkusnummer?«, fragte der, ohne Momberger anzuschauen. »Glauben Sie, dass ich Purzelbäume schlage und weiße Tiger auspeitsche?«

»Ich meine viel eher, dass Sie aus dem Fall eine Miss-Marple-Nummer machen wollen.«

»Wir sind immer noch Polizisten, Momsen«, widersprach ihm sein Kollege. »Und ich sehe mich ohnehin eher als legitimer Nachfolger von Hercule Poirot.«

Er zwirbelte sich an einem nicht vorhandenen Schnurrbart herum und grinste schelmisch.

»Sehen Sie, Momsen: Nur weil ich den Fall gelöst habe, heißt das noch nicht, dass jemand hinter Gitter kommt. Sie haben diese bittere Erfahrung sicher auch schon gemacht. Und glauben Sie mir, wenn ich Ihnen sage, dass mir der Täter schon zu oft durch die Finger geglitten ist, als dass ich noch auf meine eigenen Methoden vertrauen könnte. Was natürlich nur so viel bedeutet wie: Wo das Gesetz den Täter schützt, versuche ich es manchmal zu umgehen.«

Momberger antwortete darauf nicht, denn wenn diese offensichtliche Tatsache noch nicht aufgefallen war, erfreute sich hoffentlich seiner angenehmen Tage im Kindergarten.

»Aus diesem Grund«, fuhr Zassenberg fort, »brauche ich Sie, Momsen. Denn Sie sind nicht auf den Kopf gefallen und wissen, wann ich zu weit gehe oder nicht. Sie können mich zügeln, falls es mit mir durchgeht.«

Es dauerte einen Moment, bis Momberger wieder etwas sagen konnte. Er musste die Erklärung seines Kollegen zunächst einmal sacken lassen. Als Mensch empfand er eine perverse Vorfreude auf das, was in den nächsten Stunden folgen würde.

Als Polizist jedoch hing er zumindest so weit an seinem Job und dem damit verbundenen regelmäßigen Einkommen, dass er ihn nicht von jetzt auf gleich loswerden wollte.

»Auf Ihre Verantwortung?«, fragte er deswegen. »Sonst können Sie es vergessen!«

»Natürlich auf meine Verantwortung!«, erklärte Zassenberg.

»Vergessen Sie nicht, dass ich hier eigentlich das Sagen habe. Es geht also ohnehin alles auf meine Kappe.«

»Dann bin ich dabei!«, erklärte Momberger.

Die Vorfreude überwog deutlich.

Fünf Minuten später fuhren sie vor dem hochmodernen Prachtbau von Anton Wegener vor, der im grauen Regen Marburgs einsam und traurig wirkte – wie ein Stück Marmor im Wald.

Der Professor öffnete ihnen die Tür. »Was kann ich für Sie tun?«, fragte er höflich, zückte allerdings bereits sein Handy und tippte eine Nummer ein.

»Ihr Anwalt?«, fragte Momberger.

»So ist es«, bestätigte Anton Wegener. »Oder brauche ich keinen?«

»Doch, doch. Rufen Sie ruhig an.«

Sie nahmen ihn nach dem Anruf fest und setzten den Pharmazeuten auf die Rückbank des Volvos. Weil es noch immer regnete, war er auf dem Weg zum Auto nass geworden.

»Da hinten liegt irgendwo eine Zeitung«, meinte Momberger. »Würden Sie sich die unterlegen, damit nicht alles nass wird?«

Wegener schaute sich im Auto um und legte einen Gesichtsausdruck auf, der zwischen Ekel und Unverständnis schwankte. Wahrscheinlich war allein die Uhr an seinem Handgelenk zehnmal so viel wert wie der klapprige Volvo. Auf Mombergers Bitte ging Wegener gar nicht erst ein.

»Herr Professor?«, hakte der Ermittler nach. »Die Zeitung!«

»Schon gut«, stöhnte der Festgenommene.

Er griff, durch die Handschellen etwas erschwert, nach der Zeitung, stopfte sie unter seine Hose und setzte sich darauf.

198

Momberger ließ den Wagen an und drehte auf dem weitläufigen Platz vor dem Haus des Professors. »Schon seltsam«, begann er, während er sich umsah. »Ich habe einen Blick auf Ihre Schulden geworfen – eine Menge Schulden. Im Grunde sind Sie ein viel ärmerer Mann als ich, schließlich steht auf meinem Konto zumindest ein Plus vor den elf Euro fünfzig.«

Er fuhr langsam über den geschotterten Weg in Richtung Tor. Rechts und links des Weges standen akkurat getrimmte Buchsbäume wie Bauern auf einem Schachbrett. Über die kleinen grünen Blätter lief anhaltender Regen.

»Und trotzdem leben Sie in Saus und Braus, und ich habe Mühe, die Hundehütte zu finanzieren, in der ich wohne.« Er stellte den Rückspiegel so ein, dass er Anton Wegener darin sehen konnte. »Finden Sie das nicht auch seltsam?«

Schweigend starrte ihn der Professor an und wandte sich irgendwann den Blick ab.

»Anscheinend nicht«, schlussfolgerte Momberger und bog auf die Hauptstraße ab.

Von hier aus konnte man hervorragend auf den Schlossberg blicken. Auch das Haus der Burschenschaft Mariboria war zu erahnen, das nächste Ziel ihrer kleinen Tour.

Für eine Weile herrschte Stille im Volvo, nur der Regen und die Scheibenwischer waren zu hören. Nach einigen Minuten musste Momberger allerdings noch einmal nachtreten.

»Ich bin neugierig«, sagte er und schaute erneut in den Rückspiegel. »Haben Sie jemals selbst etwas entwickelt? Oder haben Sie schon immer alles geklaut und als Ihr eigenes Werk ausgegeben? Und haben Sie Ihre Frau überhaupt geliebt? Oder war Sie nur Mittel zum Zweck? Haben Sie Yalda deswegen umgebracht? Weil sie ihren Zweck erfüllt hatte?«

Wegener lehnte sich nach vorn und war nun Mombergers Nacken ganz nah. Der Kommissar kam nicht umhin, an einen blutsaugenden Vampir zu denken. Denn das war es, was Anton Wegener im Grunde war: ein Parasit, der andere aussaugte, um selbst mächtiger zu werden.

»Sie denken in so winzigen Dimensionen«, sagte der Professor. Sein höflicher Charme war von ihm abgefallen, und nun ähnelte er tatsächlich einem bösartigen Monster. »Glauben Sie, dass ich der Mann bin, der ich bin, weil ich mich von ein paar finanziellen Stolpersteinen habe irritieren lassen? Dass ich mich von so einem Wurm, wie Sie es sind, aufhalten lasse?«

Er lehnte sich wieder zurück und zog die Zeitung unter sich hervor. Diese warf er gegen die Tür des Wagens, wo sie zerfledderte und in den Fußraum hinter Mombergers Sitz fiel.

»In einem halben Jahr werden Sie auch noch Ihre Hundehütte verloren haben, das verspreche ich Ihnen. Ich hingegen werde auf dem Höhepunkt meines Schaffens angekommen sein. Geld ist dann das Letzte, worüber ich mir noch Sorgen machen muss.«

Momberger drehte sich zu seinem Kollegen auf dem Beifahrersitz. »Seltsam«, sagte er ruhig. »Seine Frau hat er nicht einmal erwähnt.«

26

Auch Björn von Greifen ließ sich abführen, ohne Probleme zu bereiten. Allerdings rief auch er vor der Festnahme noch seinen Anwalt an.

»Seit wann bin *ich* denn Ihr Verdächtiger?«, fragte er ruhig, als Momberger ihn zum Auto führte. »Und nicht Heiko?«

»Seit Sie Ihren Müll bei den Nachbarn entsorgen«, erklärte Zassenberg.

Von Greifen hatte offenbar nicht mitbekommen, dass man ihn dabei gesehen hatte, wie er die blutige Kleidung verschwinden lassen wollte, denn seine Gesichtszüge fielen von einem Moment auf den anderen in sich zusammen. Das arrogante Lächeln, das er fast immer aufgesetzt hatte, war nun blanker Panik gewichen.

»Ich muss noch mal meinen Anwalt anrufen!«, verlangte er, doch Momberger hörte nicht hin, sondern setzte ihn auf den Rücksitz neben Anton Wegener.

Die Verdächtigen sahen sich kurz an und starrten dann jeweils zu ihrer Seite des Wagens aus dem Fenster. Noch immer regnete es heftig.

Mit den beiden im Schlepptau machten sich Momberger und Zassenberg auf den Rückweg zum Revier. Doch auf direktem Weg wollte Zassenberg offenbar nicht nach Hause.

»Wissen Sie was, Momsen?«, fragte er fast beiläufig. »Nun, da ich bald von hier verschwinden werde, ärgert es mich fast, dass ich so wenig von der Stadt gesehen habe.«

»Zu Recht«, antwortete Momberger.

Das Kopfsteinpflaster der Oberstadt brachte die Stoßdämpfer an ihre Grenzen.

»Was würden Sie denn gerne noch sehen?«

»Diese … Wie hieß sie noch? Alte Aula?«

»Wir sind ganz in der Nähe.«

»Worauf warten wir dann noch?«

Weder Björn von Greifen noch Anton Wegener sagten ein Wort, doch im Rückspiegel war deutlich zu sehen, dass sie mit der Entscheidung der Polizisten nicht einverstanden waren.

Momberger, der weder Fan des einen noch des anderen war, gefiel Zassenbergs Einfall, die beiden noch ein wenig schmoren zu lassen, bis ihre Anwälte ihnen rieten, am besten den Mund zu halten. Nur zu gern nahm er deswegen den kleinen Umweg in Kauf, bog nach oben ab und hielt vor der Alten Universität, die ihrerseits die Alte Aula beherbergte.

Dort rief er Michel an, der sich zusammen mit Zaun sofort auf den Weg machte und die Verdächtigen abholte. Es dauerte nicht länger als zwei Zigaretten, und sie fuhren auf den mittelalterlichen Hof.

»Wieso bringen Sie die beiden nicht mit?«, fragte Zaun. »Gibt es noch etwas zu tun?«

»Allerdings, Michel«, sagte Zassenberg.

»Zaun!«, korrigierte ihn Momberger.

»Zaun, natürlich.«

Zassenberg schaute ihn sich genau an, schwenkte dann mit dem Blick zu Michel, nur um schließlich ein Gesicht aufzulegen, das ziemlich deutlich »Jacke wie Hose« sagte.

»Bringen Sie die beiden einfach aufs Revier. Wir kommen spätestens dazu, wenn die Anwälte aufschlagen.«

Weder Zaun noch Michel kommentierten das Verhalten ihres Vorgesetzten, sondern taten, wie ihnen geheißen. Sie luden von Greifen und Wegener aus dem Volvo und steckten sie ins Polizeifahrzeug. Schnell waren alle vier verschwunden.

Der Regen hatte in der Zwischenzeit deutlich nachgelassen. Nur noch feine, wehrlose Wassertropfen wurden vom Wind durch die kalte Luft getragen. Auf dem kleinen Hof, der sich vor dem mittelalterlichen Gebäude befand, drängten sich einige Studenten unter einem kurzen Vordach zusammen, um sich eine Zigarette zu gönnen.

Die Polizisten traten durch die Tür und schauten sich um.

Zwar hatte Momberger die Alte Universität schon oft von innen gesehen, doch ein genauer Blick lohnte sich immer wieder.

Er konnte sich noch gut an seine Zeugnisübergabe erinnern, die, wie in Marburg üblich, in diesem Gebäude stattgefunden hatte. Mit dem Abschluss in Germanistik und Philosophie konnte er heute zwar nur noch Löcher in der Wand abdecken, doch behielt er den wilden Abend gern in Erinnerung, der damals genau hier seinen Anfang genommen hatte.

Während man dem prächtigen Bau von außen nicht ansehen konnte, dass er mit der Universität verbandelt war, kam man im Innern nicht umhin, die vielen Plakate, Aufkleber, Flyer und hingekritzelten politischen Botschaften zu bemerken. Sie zeugten davon, dass Studenten hier tagein, tagaus ihr Unwesen trieben – nicht immer mit dem nötigen Respekt vor alten Gemäuern. Zu oft verwechselten sie den sakralen Bau, aus dem die Alte Universität hervorgegangen war, mit der Institution Kirche. Ein Fehler, den auch Momberger für lange Zeit mit sich herumgeschleppt hatte. Doch das Alter hatte ihm nebst Gelenkschmerzen und einem runden Bauch auch die Einsicht mitgegeben, dass man schöne Dinge manchmal einfach genießen durfte. Und dazu gehörte die Alte Universität zweifelsohne. Dutzende Pfeiler ragten zu allen Seiten empor wie gleichförmige Bäume in einem steinernen Wald. Die Decke verjüngte sich zu vielen Spitzbögen, die in ihrer Gänze die Decke trugen. Der Raum war nicht so hoch wie ein Kirchenschiff, doch immer noch so imposant, dass man sich unwillkürlich Fragen zu den Heizkosten im Winter stellte.

»Sonderlich beeindruckt bin ich übrigens noch nicht«, nörgelte Zassenberg. »Hier wirkt alles ein wenig, als hätte man Hogwarts mit einem Großraumbüro gekreuzt.«

»Sie übertreiben. Ein paar Informationstafeln machen noch kein Büro. Außerdem ist das nur der Flur. Das Prunkstück haben Sie noch gar nicht gesehen. Ich hoffe, die Türen sind offen.«

Momberger führte Zassenberg zu einem Torbogen von etwa drei Metern Höhe, der von zwei schweren Eichentüren verschlossen wurde. Vorsichtig tippte er mit dem Zeigefinger gegen eine der Türen und bemerkte zu seiner Überraschung, dass sie sich bewegen ließ.

»Hallo!«, tönte eine giftige Stimme aus dem Hintergrund. »Was machen Sie denn da?«

Weniger ertappt als enttäuscht drehte sich Momberger herum. Zassenberg tat es ihm nach. Sie sahen einen untersetzten Mann mit wildem Bartwuchs auf sich zustürmen.

»Die Tür ist verschlossen!«, rief er mit hoher Stimme.

»Eigentlich nicht«, erklärte Momberger und drückte ein wenig gegen das Holz.

»Da dürfen Sie nicht rein!«

»Und wenn es wichtig für die Ermittlung in einem Mordfall wäre?«, fragte Zassenberg und zückte seinen Ausweis. »Wir sind von der Kripo.«

»Yalda Wegener!«, brach es aus dem kleinen Mann heraus. »Meine Frau hat alles über den Fall in der Zeitung gelesen. Und Sie beide ermitteln jetzt hier? In meiner Aula?«

»*Ihrer* Aula?«

»Nun ja, ich bin der Hausmeister. Ich arbeite hier seit sechsunddreißig Jahren. Ein bisschen wie der Eigentümer fühle ich mich schon.«

»Und als … quasi Besitzer des Gebäudes: Würde es Ihnen etwas ausmachen, wenn wir kurz einen Blick hineinwerfen würden? Sie können Ihrer Frau auch gerne erzählen, wie sehr Sie unsere Ermittlungen unterstützen konnten.«

Zassenberg zwinkerte Momberger zu.

»Natürlich dürfen Sie das!« Plötzlich schien der Hausmeister ganz euphorisch. »Nur zu, nur zu! Ich achte darauf, dass Sie Ihre Ruhe haben.«

Mit erstaunlich kräftigen Händen drückte er die beiden Polizisten durch die Tür und schloss sie dann sofort wieder.

Momberger schaute noch einmal über seine Schulter. »Glauben Sie, der steht jetzt Wache? Und verprügelt jeden, der sich der Tür nähert?«

204

»Nicht auszuschließen.«

Hinter dem Torbogen erstrahlte das eigentliche Herzstück des gesamten Komplexes. Zwar bezog man oft das ganze Gebäude mit ein, wenn man von der »Alten Aula« sprach, doch diesen Namen trug eigentlich nur dieser eine Saal. Er hatte in etwa die Größe eines Tennisplatzes und schien damit eigentlich zu ausladend für den Bau zu sein. Von außen war nicht zu erahnen, dass dieser prächtige Saal im Inneren verborgen war.

Sogar Zassenberg sah sich beeindruckt um. »Damit habe ich nicht gerechnet«, gab er zu.

Rechts von ihnen waren wie in einer Kirche einzelne Holzsitze in die Wand eingelassen – für die höheren Herrschaften. Das waren in modernen Zeiten die obersten Ränge in der Universitäts-Hierarchie, denn der Saal wurde noch immer für Antrittsvorlesungen und besondere Auftritte intellektueller Prominenz genutzt. Auf der anderen Seite thronte ein prächtiges Rednerpult. Zwei gigantische Kronleuchter hingen von der vertäfelten Decke in den Raum hinein. Die Wände waren behangen mit überdimensionalen Gemälden, die Marburg in verschiedenen Epochen zeigten. Den größten Teil des Raums nahm die Bestuhlung für die Zuschauer oder in diesem Fall eher Zuhörer ein. Dreißig bis vierzig Reihen standen hintereinander und waren auf das Rednerpult ausgerichtet.

»Nicht übel«, flüsterte Zassenberg.

Er ging langsam mit hinter dem Rücken verschränkten Armen durch die Mittelreihe und sah sich währenddessen die wandfüllenden Gemälde zu seiner Linken an.

Momberger folgte ihm. Schon bei seinem ersten Besuch vor sehr langer Zeit hatten ihn die zwanzig Quadratmeter großen Bilder in ihren Bann gezogen.

Das erste zeigte eine junge Frau, fromm gekleidet, die am Krankenbett eines unglücklich Dahinsiechenden stand und ihn pflegte. Momberger wusste, dass es sich dabei um die in Marburg omnipräsente Elisabeth handelte. Zusammen mit

205

Landgraf Philipp, dem Gründer der Universität, prägte die später heiliggesprochene Frau das Stadtbild Marburgs. Straßen, Schulen, Cafés, Restaurants, Brücken – einfach alles trug ihren Namen.

Momberger musste an Yalda Wegener denken, die in ihrer eigenen, etwas anders gearteten Welt auch eine Heilige gewesen zu sein schien: intelligent, gebildet, liebevoll, engagiert und vielleicht sogar dabei, die Welt zu retten. Nur nicht mit der Kraft des Glaubens, sondern mit der Kraft der Wissenschaft.

Auf einem weiteren Bild umstand eine Menschentraube einen in Schwarz gekleideten Mann, den man leicht als Martin Luther identifizieren konnte.

»Wussten Sie, dass unsere Universität die älteste protestantische Uni der Welt ist?«, fragte Momberger. »1527 gegründet.«

»Passt nicht unbedingt zu einer Bildungseinrichtung, oder?«

»Wie meinen Sie das?«

»Nun, Luther ging es nicht darum, die Kirche zu reformieren. Er wollte sie wieder zurück zu alten Tugenden führen, sie wieder zu mehr Frömmigkeit anregen. Er brachte keinen Fortschritt, sondern Rückschritt. Nicht gerade das passende Motto für eine Universität, finden Sie nicht auch?«

Momberger war erstaunt über Zassenbergs Hintergrundwissen. Zugleich durchzuckte ihn ein Anflug von gekränkter Ehre, schließlich gehörte es in linken Kreisen zum guten Ton, sich ein wenig in den widersprüchlichen Untiefen der Kirchengeschichte auszukennen.

Doch das Gemälde lenkte schnell wieder seine Aufmerksamkeit auf sich und führte Mombergers Gedanken zu Soroush Pahlavi. Auch wenn der Iraner fundamentaler Christ war, würde er in Luther wohl keinen Glaubensbruder ausmachen. Protestanten und Fundamentalisten kamen selten zusammen. Dabei überschnitten sich Luther und Pahlavi wahrscheinlich in fast allen Belangen ihres Glaubens.

Ein weiteres Gemälde zeigte Mönche, die aus der Stadt zogen. Zassenberg blieb stehen.

»Hatten Sie mir nicht mal erzählt, dass die Alte Universität zunächst ein Kloster gewesen ist?«

Momberger nickte. »Unter anderem. Ist irgendwie auch ironisch, nicht wahr? Ausgerechnet die Glaubenstempel der katholischen Kirche waren mal die wichtigsten Hüter des Wissens in der westlichen Welt. Das ist, als würde Facebook einen Großteil seines Geldes in den Schutz von privaten Daten stecken.«

»Sie vergleichen die sozialen Medien mit der katholischen Kirche? Gar nicht unpassend. Zumindest, wenn man sich die frühere Relevanz der Kirche ansieht.«

»Und Hüter des Wissens ist Facebook auch. Allerdings nur von Wissen, das sich auch zu Geld machen lässt.«

»Da kennen wir doch auch jemanden.«

Zassenberg meinte natürlich Anton Wegener. Der Professor hatte die Bürde des Wissens offenbar nicht schultern können und musste sich deswegen mit dem Wissen und Talent anderer über Wasser halten.

Besonders aufmerksam wurde Zassenberg bei einem Gemälde, das Marburger Studenten zeigte, die im 17. oder 18. Jahrhundert jubelnd durch die Straßen zogen. Mit weit geöffneten Augen stand er davor und hatte den Kopf in den Nacken gelegt. »Sehr interessant«, murmelte er. »Wie bei der Mariboria.«

Auch Momberger verband das Bild sofort mit den Gemälden des Hambacher Fests, von denen er in der Behausung der Burschenschaft so viele gesehen hatte. Jubelnde Studenten, die einem höheren Ziel folgend eine Revolution anführten. Unwillkürlich musste er sich die Frage stellen, ob die Studenten von damals einen Möchtegernführer wie Björn von Greifen in ihren Reihen willkommen geheißen oder ihn mit Pauken und Trompeten hinausgeworfen hätten. Eine Antwort darauf blieb ihm verwehrt, doch der Gedanke war durchaus anregend. Abgesehen davon ließ ihn der Wunsch nicht los, den sowohl körperlich als auch menschlich klein geratenen von Greifen für eine Weile hinter Gittern zu wissen.

Als Zassenberg vor dem Rednerpult angekommen war, blieb er stehen, blickte nach oben und schien sich vorzustellen, welche großen Persönlichkeiten wohl schon dort gestanden und zu gefesselten Zuhörern gesprochen hatten.

»Na?«, fragte Momberger. »Bereit für Ihren großen Auftritt?«

»Bin ich immer. Und Sie?«

27

Es hatte endgültig aufgehört zu regnen. Das Kopfsteinpflaster in der Oberstadt war aber noch von einem wässrigen Glanz überzogen. Dass es durchaus gefährlich sein konnte, sich auf den glitschigen Steinen die steilen Hügel hinab zu wagen, bekamen die beiden Ermittler zwar nicht am eigenen Leib zu spüren, doch Zassenberg beobachtete mit einem gewissen Vergnügen einen jungen Mann, der es schaffte, im Abstand von nur wenigen Sekunden gleich zweimal auf dem Hosenboden zu landen. Fluchend wischte er sich den Dreck von der Jeans und wäre dabei um ein Haar wieder aus dem Gleichgewicht geraten.

Zu sagen, dass das Marburger Revier einen krassen Kontrast zur Alten Universität darstellte, wäre der Wirklichkeit nicht gerecht geworden. Wenige Minuten zuvor hatten die Ermittler noch in den historischen Hallen der Alten Aula gestanden und nun vor einem Gebäude, für das das Wort »Betonklotz« erfunden worden war. Graue Mauern verschmolzen quasi übergangslos mit dem grauen Asphalt des Parkplatzes. Die Stadtautobahn verlief genau nebenan und verursachte ein ständiges Rauschen, das, hätte man es beschreiben wollen, ebenso grau im Kopf dröhnte. Auf erstaunliche Weise schaffte es das Marburger Revier, diese Eintönigkeit auch im Interieur zu bewahren. Doch so weit waren die Ermittler noch gar nicht gekommen.

Sie erreichten das Revier als Letzte, allerdings nur wenige Augenblicke nach den anderen Verdächtigen, die Zassenberg hatte einbestellen lassen.

Bill, die vor ihrem blau-weißen Einsatzfahrzeug stand, hatte Ines Schmied im Schlepptau, die man schon von Weitem an ihrer auffälligen Narbe im Gesicht erkannte. Gleich neben ihr stand ihr Partner Lukas Arnim. Weder er noch seine Freundin trugen

Handschellen, sondern standen neben Bill, die sich interessiert auf dem Parkplatz umschaute.

Zwei uniformierte Beamte führten gerade Soroush Pahlavi Richtung Revier. Der Iraner hat den Kopf gesenkt und musste von den Polizisten beinahe getragen werden. Sie hatten ihm jeweils eine Hand auf die Schulter gelegt, um ihn an einer eher unwahrscheinlichen Flucht zu hindern.

Vor der Eingangstür warteten zwei weitere Beamte, die wie Wachhunde neben ihrer Chefin standen: Renate Fischer. Die Leiterin des Reviers verschränkte die Arme und hätte einen famosen Wasserspeier abgeben. Das dachte sich zumindest Zassenberg, der sich bei ihrem Anblick an die dämonischen Fratzen an mittelalterlichen Kirchengemäuern erinnert fühlte.

Anton Wegener und Björn von Greifen schienen schon auf dem Revier zu sein.

Zassenberg ging zu Bill. »Alles vorbereitet?«, fragte er.

Sie nickte und antwortete: »Alle wissen Bescheid. Aber ehrlich gesagt verstehe ich nicht ganz, warum alle auf einmal hier sein sollen. Wäre es nicht sinnvoller, sie nacheinander zu befragen?«

»Die Frage stellt sich mir auch«, fauchte Renate Fischer aus dem Hintergrund und kam im Stechschritt auf die kleine Traube von Menschen zugelaufen. »Was soll das Ganze hier? Diese Ansammlung von Leuten kann doch nur im Chaos enden! Und ich bin mir fast sicher, dass Sie es genau darauf abgesehen haben. Aber nicht mit mir! Ich werde Direktor Schröder empfehlen, Sie umgehend zu suspendieren.«

»Und er wird sich mit Sicherheit darüber freuen«, antwortete der Ermittler ungerührt. »Noch bin ich aber auf direkte Weisung des Innenministers unterwegs. Soll ich dem vielleicht sagen, dass Sie die Ermittlungen aufhalten?«

Wütend starrte Renate Fischer ihn an. »Das wird Folgen haben, für Sie alle!«

»Oh nein, oh nein!« Zassenberg trat einen Schritt nach vorn. »Die Damen und die Herren handeln ausdrücklich auf meinen

Befehl. Wenn sie dafür belangt werden, werde *ich* ein Wörtchen mit der Staatsanwältin reden!«

Am Hals der Direktorin traten dicke Adern hervor. Auch auf ihrer Stirn war eine einzige, dafür aber abnormal große, pochende Linie zu erkennen. Ihr Gesicht, sonst bleich wie das einer Leiche, lief blutrot an.

»Ganz wie Sie wollen«, zischte sie kaum hörbar. »Dann müssen Sie eben alles auf sich nehmen. Ich bin sehr gespannt, wie Sie das erklären wollen.«

Zassenberg ging ins Revier hinein. Momberger folgte ihm, genau wie Bill, die übrigen Verdächtigen und ganz hinten Renate Fischer.

Es dauerte eine Weile, bis sich alle orientiert und auf freien Sitzen Platz genommen hatten. Einige waren noch ein wenig durchnässt und tropften auf den abgewetzten PVC-Boden. Momberger zupfte Zassenberg am Ärmel. »Eine letzte Zigarette?«, fragte er.

Da konnte er nicht Nein sagen. Die beiden verschwanden unter den Blicken aller Anwesenden noch einmal nach draußen. Besonders Renate Fischer schien ihren Augen nicht zu trauen.

Zassenberg erahnte ihre Gedanken: Erst hat der Unruhestifter diesen Blödsinn hier organisiert, und jetzt macht er sich aus dem Staub.

Nun ja, dachte er sich. Die fünf Minuten muss sie sich einfach noch gedulden.

Draußen angekommen schaute ihn aber auch Momberger ein wenig unsicher an.

»Sie fragen sich, was das alles soll, nicht wahr, Momsen?«

»Ich glaube, das tun alle«, antwortete er.

Zassenberg entflammte sein Feuerzeug, starrte einen Moment lang in die Flammen und hielt dann seine Zigarette hinein.

»Wir wollen ein großes schmutziges Geheimnis lüften, Momsen. Nun haben es große schmutzige Geheimnisse aber meistens an sich, dass sie sehr viele kleinere Geheimnisse zutage fördern.

Und Sie wissen nur allzu gut, dass der Trupp da drinnen genug kleine Geheimnisse für eine ganze Kompanie mit sich herumschleppt. Das Problem für uns besteht darin, sich nicht von diesen kleinen Geheimnissen irritieren zu lassen. Ich bin sogar der Meinung, dass wir sie für uns nutzen sollten. Allerdings funktioniert das nur, wenn nicht nur *wir* von diesen Geheimnissen erfahren.«

»Sie wollen, dass die anderen mithören, wenn wir einen Verdächtigen befragen?«

»Nicht absichtlich natürlich. Aber was können wir dafür, wenn einer da drinnen laut wird und man ihn überall hören kann. Und wenn ein Zuhörer ... oder eine Zuhörerin ...« Zassenberg zog die Augenbrauen triumphierend nach oben, erntete von Momberger aber nur müde Blicke. »Wenn die jedenfalls etwas mitbekommen sollten, dann ist das ja nicht unsere Schuld.«

Gerade als sich seine Lungen mit Nikotin und guter Laune füllten, fuhren beinahe gleichzeitig zwei pechschwarze SUVs auf den Parkplatz des Reviers. Das konnte nur eines bedeuten: Anwälte.

Und tatsächlich stiegen zwei ihnen bereits bekannte Gesichter aus den teuren Nobelkarossen und begrüßten sich freundschaftlich.

»Die sind auch noch im Team da«, stöhnte Momberger.

»Macht keinen Unterschied. Die werden am Ausgang des Falls nichts ändern.«

»Werden sie nicht?«

»Nur wenn einer von den beiden den Mord gesteht. – Die Herren!« Zassenberg grüßte freundlich, als die Anwälte an ihm vorbeischritten und das Revier betraten. »Mir geht es gut. Vielen Dank der Nachfrage.«

Die Zigaretten zerfielen langsam zu Asche. Er und Momberger drückten die kümmerlichen Überreste im Aschenbecher aus und begaben sich ins Gefecht. Einer deutlich zuversichtlicher als der andere. Zassenberg war sich aber sicher, dass Momber-

212

gers Stimmung sich bald aufhellen würde. So erging es jedem Ermittler, der einen Täter in die Enge treiben konnte.

In den stickigen Räumen des Reviers sah Zassenberg die Reihen einmal hinauf und hinunter. Ängstliche Gesichter wechselten sich ab mit arroganten Blicken. Einige saßen nach hinten gelehnt und hatten die Beine übereinandergeschlagen, andere klammerten sich mit den Fingern in den eigenen Oberschenkel, ohne es selbst zu bemerken.

Zassenberg nahm all das wahr und fügte es innerlich dem großen Bild hinzu, das er seit seiner Ankunft in Marburg gezeichnet hatte.

»Das Problem für den Ermittler ist es«, flüsterte er Momberger zu, »sich von den kleinen Geheimnissen nicht irritieren zu lassen. Denn wer die nicht preisgeben will, ist nicht sofort der Täter, den wir suchen. Wir sind ein Sieb. Und wir werden all die kleinen Geheimnisse von dem einen großen trennen: dem Mord an Yalda Wegener.«

»Wann hat dieser Blödsinn hier endlich ein Ende?«, rief Anton Wegener, der dem Anschein nach kurz davor war, aufzustehen und das Revier zu verlassen. »Ihnen ist doch klar, dass ich es war, der den Innenminister angerufen hat?«

Zassenberg drehte sich zu ihm und wippte unaufgeregt mit dem Kopf vor und zurück. »Natürlich ist mir das klar. Ist Ihnen klar, dass man den Täter oft unter denjenigen findet, die eine Tat gemeldet haben?«

Wegener antwortete nicht, woraufhin Zassenberg hinzufügte: »Viele Menschen, die ein Verbrechen begehen, scheinen dem Trugschluss anheimzufallen, dass man sie nicht verdächtigt, wenn sie die Tat bei der Polizei melden. Wie kleine Kinder, die die Schokolade stehlen und ihre Geschwister anschwärzen, um selbst keinen Ärger zu bekommen.«

»Was erzählen Sie uns hier von Schokolade?«, rief Björn von Greifen. Er stand auf und hob die Arme zu einer empörten Geste, so als hätte man seiner Fußballmannschaft gerade einen klaren Elfmeter verwehrt.

»Oft sind es auch die besonders Lauten«, ergänzte Zassenberg, »die man sich etwas genauer ansehen sollte. Denn wer nur empört genug ist, muss natürlich recht haben. Ist das nicht seit jeher das Prinzip, dessen man sich in Ihren Kreisen bedient?«

»In meinen Kreisen?«, fragte von Greifen empört. Er stand auf seinen Zehenspitzen, um sich größer zu machen. »Was meinen Sie mit *meinen* Kreisen?«

»Rechte Dumpfbacken«, erklärte Zassenberg unverhohlen.

Im Hintergrund holte Renate Fischer bereits zu einem Einspruch aus, kam jedoch nicht dazu.

Björn von Greifen echauffierte sich schneller: »Wie können Sie es wagen?«

»Wie ich es wagen kann?« Zassenberg machte einige große, schnelle Schritte auf den Burschen zu, der erschrocken zurückwich, über seinen Stuhl stolperte und beinahe rückwärts umgekippt wäre. Es war der Ermittler, der ihn davor bewahrte, indem er ihn am Kragen seines Hemdes packte.

»Glauben Sie, ich falle nur eine Sekunde auf dieses Schauspiel herein? Hier herrscht große Empörung, wenn man Ihre Leute mit diesem und jenem vergleicht, und zu Hause holt ihr euch im stillen Kämmerlein einen darauf runter.«

»Herr Kommissar!«, rief einer der Anwälte aus dem Hintergrund. »Lassen Sie sofort meinen Mandanten los!«

Er tat, wie ihm geheißen, und zog Björn von Greifen an dessen Hemd wieder in die richtige Position.

»Das werden Sie bereuen«, versprach der Burschenführer.

»Genießen Sie Ihren letzten Auftritt als Polizist.«

»Wenn ich jedes Mal einen Euro dafür bekäme, wenn mir jemand mit dem Verlust meines Jobs droht, dann müsste ich gar nicht mehr arbeiten«, erklärte Zassenberg.

Er wischte sich die Hand, mit der er den Burschen am Kragen gepackt hatte, an seiner Hose ab.

»Schon erstaunlich«, sagte er ruhig. »Ich weiß noch, wie ich vor ein paar Tagen im Zug saß. Da war ich mir sicher, dass mir die linke Studentenschaft hier am meisten auf den Keks gehen

214

würde. Die haben es traditionell nicht so mit uns Ordnungshütern. Und wenn wir ehrlich sind: wir auch nicht mit ihnen.«

Er dachte an das Wandgemälde in der Alten Aula zurück, an die jubelnden Studenten, die euphorisch durch die Straßen zogen wie nach einer gewonnenen Meisterschaft.

»Ihnen, Herr von Greifen, ist es zu verdanken, dass ich diese realitätsfremden, fahrradfahrenden, barfußlaufenden, Zigaretten drehenden Hippies richtig lieb gewonnen habe.«

Er schaute zu Momberger. Auch ihn hatte er ins Herz geschlossen. Auch wenn er ahnte, dass der langhaarige Ermittler immer noch ein wenig im Dunkeln tappte, wenn es um die Frage ging, wer für den Mord an Yalda Wegener verantwortlich war. Vielleicht war er aber auch schon näher dran, als er selbst vermutete. Manchmal war es nur ein kleiner Schritt, eine flüchtige Idee, die einen auf die richtige Spur führte. Zassenberg selbst hatte einfach nur das Glück, dass ihm diese Ideen etwas schneller kamen als den meisten anderen. Deshalb spielte er in einer anderen Liga als Momberger. Menschlich allerdings war er dem langhaarigen Möchtegern-Weltverbesserer näher gekommen, als er zu Beginn des Falls noch gedacht hatte.

»Es freut mich, dass Sie hier neue Freunde gefunden haben«, sagte Björn von Greifen. »Aber was hat das mit mir zu tun?«

»Im Grunde nur sehr wenig. Mir war von Anfang an klar, dass Sie mit dem Mord an Frau Wegener nichts zu tun haben. Sie sind nicht so blöd, ausgerechnet die Person ermorden zu lassen, die Ihnen am meisten Ärger bereitet hat. Wie wir schon mehrfach festgestellt haben: Sie sind Burschen und nicht die Mafia.«

»Herr Kommissar!«, rief Renate Fischer aus dem Hintergrund. »Würden Sie das bitte unter vier Augen besprechen!«

Auch der Anwalt hatte noch Senf gefunden, den er gern dazugeben wollte: »Und unterlassen Sie diese unbegründeten Anfeindungen meinem Mandanten gegenüber!«

»Schon gut, schon gut!« Zassenberg hob entschuldigend die

Hände. »*Sie* ... als Zurschausteller historischer Weltanschauungen ... dürfen mir nun in den Verhörraum folgen.«

»Warum das?«, fragten der Anwalt und sein Mandant gleichzeitig. Es war jedoch der Jurist, der die Frage etwas konkreter formulierte: »Sie haben doch gerade selbst gesagt, dass mein Mandant mit dem Mord an Frau Wegener nicht in Verbindung gebracht werden kann. Für mich heißt das: Er kann gehen.«

»Da haben Sie mich falsch verstanden. Ihr Mandant hat zwar nichts mit dem Mord an Frau Wegener zu tun. Das heißt aber nicht, dass er unschuldig ist. Wir können das natürlich hier draußen diskutieren. Oder Sie beide folgen mir in den Verhörraum.«

Björn von Greifen schaute seinen Anwalt an. Der nickte einmal kurz und sagte: »Na gut. Wir werden ja sehen, was das zu bedeuten hat.«

Zassenberg führte die beiden in den Verhörraum, der in Ermangelung eines echten Verhörraums Mombergers Büro war. Momberger folgte dem Fingerzeig seines Kollegen ebenso wie Bill. Einer vielversprechenden Polizistin ein paar Tricks beizubringen, konnte nie schaden.

Zassenberg unterließ es, den Sichtschutz zu schließen. Er platzierte den Burschenführer stattdessen für alle sichtbar auf einem Stuhl, blieb aber selbst stehen und bewegte sich mit kleinen, langsamen Schritten um ihn herum wie eine Hyäne, die ihre verletzte Beute beschnupperte.

»Wie ich Ihnen bereits gesagt habe, hat die Burschenschaft Mariboria nichts mit dem Mord zu tun«, erklärte er nach einer langen Wartezeit. »Allerdings hat es in der Mordnacht dennoch ein Verbrechen gegeben, nicht wahr? Nämlich durch einen gewissen Maximilian Henkel. Das ist der junge Mann, der für die Platzwunde am Kopf Ihres Fußsoldaten Heiko Wessels verantwortlich war, der den Streit um die junge Dame indischer Herkunft angefangen hat.«

Er schaute Björn von Greifen an, der seinem Blick diesmal nicht standhalten konnte.

»Die ›Ehre‹ der Burschenschaft wurde verletzt«, erklärte Zassenberg. »Von Maximilian Henkel, einem linksversifften Studenten.«

Er ballte die Fäuste theatralisch zusammen und hob sie empor.

»Was für ein Verbrechen! Und dazu ein ungesühntes. Maximilian Henkel kam davon, ohne sich seiner gerechten Strafe stellen zu müssen. Doch das konnten Sie nicht so stehen lassen.« Er rückte wieder deutlich näher an von Greifen heran, sodass er Auge in Auge mit ihm war. »Die Mariboria lässt Dinge nicht einfach so stehen. Sie haben dem armen Maximilian aufgelauert und ihn derart heftig verdroschen, dass er nicht noch einmal auf die Idee kommt, sich mit Ihnen anzulegen. So heftig, dass Ihnen das Blut entgegenspritzte. Ist es nicht so?«

Vonseiten des Burschen kam keine Reaktion. Sein Blick wanderte über den Boden, die Wand entlang und verfing sich irgendwann in den starren Augen seines Anwalts. Doch der konnte ihm gerade nicht helfen.

»Sie können jetzt zugeben, dass es so gewesen ist, oder wir finden es auf eine andere Weise heraus.«

Zassenberg nahm sein Handy aus der Jackentasche, tippte kurz darauf herum und präsentierte das Display. Darauf standen der Name »Maximilian Henkel« und die dazugehörige Telefonnummer.

»Ich muss nur auf ›anrufen‹ drücken, dann erfahre ich ohnehin, was ich wissen will.«

»Ja, verdammt!«, gestand Björn von Greifen. »Das Arschloch hat einen meiner Burschen verletzt. Ich weiß ja nicht, wo Sie herkommen, aber bei uns lassen wir unsere Kameraden nicht im Stich. Wir mussten ihm eine Abreibung verpassen.«

Zunächst herrschte Stille. Man hörte nur die beschleunigte Atmung des Burschen, dessen Kopf rot angelaufen war. Er blickte sich ruckartig im Raum um und schien einen Verbündeten zu suchen, fand jedoch wieder nur seinen stummen Anwalt.

Der brauchte einen Moment, um sich der Situation bewusst

zu werden. Erst dann riet er seinem Mandanten: »Am besten lassen Sie mich ab jetzt sprechen.«

»Super Idee!«, sagte Zassenberg.

Er suchte noch einmal den Blick von Eduard Momberger und hob die Augenbrauen zum Zeichen des Erfolgs. Dann kreuzten seine Augen den Blick des Burschen.

»Ich bin gespannt, wie weit Ihre Kameradschaftlichkeit geht, wenn Sie hinter Gitter kommen, falls Sie uns nicht verraten, welche Burschen noch dabei waren.«

Doch Björn von Greifen hielt sich an den Rat seines juristischen Beraters und öffnete seinen Mund nicht mehr.

»War es das?«, fragte der Anwalt etwas zerknirscht.

Bill schaltete sich ein: »Noch nicht ganz. Wir werden die Aussage Ihres Mandanten noch zu Protokoll bringen müssen. Darum kümmern sich die Kollegen.« Sie öffnete die Tür und schnippte mit den Fingern. »Sascha, ich habe da jemanden für dich.«

Ein uniformierter Beamter trat näher heran. Bill schilderte ihm kurz, was zu tun war, und übergab von Greifen und seinen Anwalt unter den neugierigen Blicken der übrigen Anwesenden an ihren Kollegen. Zassenberg hörte noch, dass dem Burschen seine Rechte vorgetragen wurden. Dann schloss Bill die Tür wieder.

»Okay!«, freute sich Zassenberg und klatschte fröhlich in die Hände. »Einer ist raus, wer ist wohl der Nächste?«

28

Björn von Greifen saß für alle Anwesenden gut sichtbar an einem Schreibtisch mitten im Raum. Seine Schultern hingen schlaff nach unten. Die Blicke aller anderen bohrten sich in seinen Rücken. Leise brachte er seine Aussage zu Protokoll, während die Anwesenden versuchten, etwas davon mitzuhören. Nervös hoben sie ihre Köpfe, um etwas besser sehen zu können. Ganz sicher fragten sich einige, ob Björn von Greifen verantwortlich für den Mord an Yalda Wegener war und sie nun einfach nach Hause gehen konnten. Mindestens eine Person wusste es aber besser. Das wiederum wusste Philipp Zassenberg.

Er trat aus dem Büro und ging auf die Verdächtigen zu. Mit einer zeitlupenartigen Bewegung deutete er auf den Burschenführer ein paar Meter weiter. »Der ist nicht weiter wichtig. Konzentrieren Sie sich lieber auf mich, wir sind nämlich noch lange nicht fertig.«

Er stützte sich mit beiden Armen auf einen Schreibtisch und nahm die lauernde Haltung eines Raubtieres ein. Sein Körper bewegte sich nicht. Mit den Augen ging er durch die Reihen wie ein Wolf, der sich seine Beute heraussuchte. Nicht nur er wusste allerdings, dass unter den Anwesenden noch ein zweiter Wolf saß. Einer, der seine Beute bereits gerissen hatte.

Björn von Greifen hatte Yalda Wegener nicht umgebracht, so viel stand nun für alle im Raum fest. Zassenberg hatte den kleinen Möchtegern-Anführer und seinen Lakai Heiko Wessels zwar bereits bei ihrem ersten Abstecher zur Mariboria aus dem inneren Kreis der Verdächtigen ausgeschlossen. Ganz sicher war er allerdings erst gewesen, als die blutige Kleidung im Mülleimer aufgetaucht war. In den Tagen nach der Tat hätte Björn von Greifen mehr als genug Zeit gehabt, ein Beweismittel verschwinden zu lassen, schließlich waren die Ermittlungen erst nach einigen Tagen in Richtung Burschenschaften gegangen.

In dieser Zeit hätte er die Klamotten im Wald verbuddeln, ins Meer schmeißen oder bei eBay verkaufen können. Dass er sie so schnell und ungeschickt loswerden musste, konnte nur bedeuten, dass die Burschen die Tat gerade erst begangen hatten, und somit konnte es sich beim Blut auf der Kleidung nicht um das von Yalda Wegener handeln. Eine kurze kriminaltechnische Untersuchung würde das zeitnah bestätigen.

Die Vermutung, dass es das Blut von Maximilian Henkel gewesen sein musste, war eher ein Schuss ins Blaue gewesen, aber Zassenberg kannte sich selbst gut genug, um zu wissen, dass seine Schüsse häufig genug ins Schwarze trafen.

Trotz seiner ohnehin vorherrschenden Zuversicht hatte ihn ein euphorischer Schub durchlaufen, als es ihm gelungen war, den unerträglichen Burschenführer einer Straftat zu überführen. Momberger mochte vermuten, dass die Burschenschaften nur der linken Studentenschaft ein Dorn im Auge waren, allerdings hatte auch Zassenberg mehr als genug Probleme mit den reaktionären Verbindungen. Im Gegensatz zu seinem Kollegen hielt er nicht jeden Burschen für einen demokratiefeindlichen Rechtsradikalen, besonders extreme Ausprägungen wie Björn von Greifen hatten ihre Chance allerdings vertan.

Zudem stärkte die effekthascherische Festnahme seine Position vor den anderen Verdächtigen, denn diese wussten nun, dass hier nicht nur Mord auf der Karte stand, sondern auch Dinge auf den Tisch kamen, die nur bedingt damit zu tun hatten.

Björn von Greifen hatte damit seinen Zweck erfüllt. Das, da war sich Zassenberg relativ sicher, dürfte damit das erste und letzte Mal gewesen sein, dass er überhaupt zu etwas gut gewesen war.

Zassenberg spürte, wie sich die Mägen seiner Beute zusammenzogen, während sich in seinen eigenen Eingeweiden ein seltenes, aber aufregendes Kribbeln breitmachte, das sogar die ansonsten ständig vorhandene Lust auf seine liebsten Suchtmittel verdrängen konnte: Alkohol und Nikotin.

Noch einmal schaute er durch die Reihen. Er wusste, wer Yalda Wegener umgebracht hatte. Auch so wäre ihm spätestens jetzt, beim Blick in die Gesichter der Verdächtigen, alles klar geworden. Trotzdem galt es, noch ein Geständnis zu bekommen. Und das würde nicht einfach werden. Doch Zassenberg wusste, dass sich der Täter schlauer fühlte als alle anderen. Der Schlauste im Raum war er jedoch selbst – und das war sein Trumpf.

»Vor einigen Jahren hatte ich einen seltsamen Fall«, erzählte er und schaute auf den Schreibtisch hinunter, als würde er eine Rede ablesen. »Ein Vater hatte seinen Sohn erschossen. Tragische Geschichte. Der Sohn, ein talentierter Sänger, war vom rechten Weg abgekommen. Alkohol, Drogen, Frauen.«

Nachdenklich starrte er an die Decke und tat so, als würde er in die Zeit dieses Falls zurückkehren.

»Der Vater war streng gläubig und versuchte stets, seinen Sohn von weltlichen Versuchungen fernzuhalten. Das schien auch zu gelingen, denn der verlorene Sohn kehrte irgendwann ins Elternhaus zurück, um dort in Ruhe zu leben. Er schenkte seinem Vater sogar eine Pistole zu Weihnachten.«

Einige Anwesende runzelten die Stirn ob der Geschichte, die Zassenberg erzählte. Noch immer eingeschüchtert von dem, was zuvor mit Björn von Greifen geschehen war, traute sich allerdings niemand, etwas zu sagen.

Auch Renate Fischer verharrte regungslos im Hintergrund. Sie wurde nun nicht mehr von zwei Uniformierten flankiert und hatte so einen Großteil ihrer Wirkung eingebüßt.

»Jedenfalls blieb es nicht bei der weihnachtlichen Harmonie«, erklärte Zassenberg, dessen bassige Stimme sich gut zum Erzählen von Geschichten eignete.

Nur Momberger sah ihn interessiert an, hatte die Arme vor der Brust verschränkt und schien der weiteren Geschehnisse zu harren.

»Der Sohn kam nicht von den Drogen los, was den Vater natürlich erboste. An einem Abend gerieten die beiden über eine Kleinigkeit in Streit. Und in einem Anfall infernalischer

221

Wut zückte der Vater die Pistole und drückte ab. Sein Sohn war sofort tot.«

Der Ermittler schaute weiter durch Wolfsaugen auf seine Beute. Sie alle zeigten unterschiedliche Reaktionen.

Anton Wegener sah ihn verständnislos an und war schon wieder kurz davor, seinen Anwalt einzuschalten, das konnte Zassenberg ihm im Gesicht ablesen.

Ines Schmied und Lukas Arnim schauten sich gegenseitig auf die Schnürsenkel, um bloß keinen Augenkontakt mit irgendjemandem oder gar dem jeweils anderen haben zu müssen.

Nur Soroush Pahlavi starrte beinahe eingefroren geradeaus und schien in seinen Gedanken verloren zu sein.

»Sie fragen sich nun alle zu Recht, was das mit dem Fall von Yalda Wegener zu tun hat«, sagte Zassenberg. »Und ich kann Ihnen versichern: Es hat sehr viel damit zu tun. Womit es weniger zu tun hat, ist meine Vergangenheit. Ich habe niemals einen solchen Fall untersucht. Das ist die tragische Geschichte von …«

»Marvin Gaye!«, vollendete Momberger seinen Satz. »So ist Marvin Gaye ums Leben gekommen.«

»Der Kandidat erhält eine Million Euro. Das ist das traurige Ende eines großen Soul-Sängers. Ich erzähle Ihnen das, weil der Fall Marvin Gaye nach einer halben Stunde abgeschlossen war. Sein Vater selbst hatte Rettungswagen und Polizei angerufen und sich gestellt. Er hat seinen Sohn nicht noch nackt ausgezogen, ihn in einen Teppich oder sonst was gehüllt, ins Auto geladen und in den nächsten Fluss geworfen. Natürlich nicht! Er hatte sein Verhalten schon bereut, bevor die Kugel den Lauf seiner Waffe verlassen hat. So wie jeder liebende Vater es bereuen würde, seinem eigen Fleisch und Blut etwas anzutun – der eigenen Familie.«

Zassenberg ließ die Worte kurz wirken.

»Ist es nicht so, Herr Pahlavi?«

Zum ersten Mal seit einer ganzen Weile rührte sich der Mann mit dem leeren Blick. Er sah hinauf zu Zassenberg, und der schaute zurück.

»Sie haben Ihre Schwester nicht getötet«, sagte er. »Jemand, der seine Schwester liebt, würde ihr nicht das antun, was Yalda angetan wurde. Nein, Sie waren das nicht. Aber wissen Sie, was Sie auch nicht waren?« Er ließ die Frage für einen Moment im Raum stehen. »Sie waren Ihrer Schwester kein guter Bruder. Ihre Schwester war ein Genie; cleverer, talentierter, besser als wir alle hier. Aber Sie haben nur gesehen, dass sie vom vermeintlich rechten Weg abgekommen war. Dass sie eine Affäre mit einer Frau hatte.«

Ines Schmied zuckte zusammen. Zassenberg sah zu ihr hinüber, kehrte im Geist aber noch einmal in die Alte Aula zurück. Das Bild der heiligen Elisabeth am Krankenbett schoss ihm durch den Kopf. So jung, so aufopfernd und so früh aus dem Leben gerissen. Die hellsten Kerzen mochten am schnellsten verglühen, doch Yalda Wegeners Licht war ständig von starken Winden am Brennen gehindert worden.

»Große Geister werden von uns Kleingeistern oft verkannt«, flüsterte der Ermittler Soroush Pahlavi zu, den er am Hemdkragen gepackt und ein Stück zu sich hingezogen hatte. Der hörte kaum hin, sondern starrte weiterhin geradeaus.

»Wussten Sie überhaupt, was für ein Geist in Ihrer Schwester wohnte? Haben Sie sich irgendwann einmal wirklich mit ihr beschäftigt? Haben Sie sich auch nur einmal in Ihrem Leben gefragt, wie Sie Ihre Schwester unterstützen könnten? Haben Sie das, Herr Pahlavi? Ihre Schwester war kein kleines Mädchen, das vor den Einflüssen der großen, bösen Welt geschützt werden musste. Und Sie sind kein strahlender Kreuzritter, der Heim und Hof verlässt, um im Namen Gottes die Tugendhaftigkeit zu verteidigen.«

Er ließ den für ihn schon lange nicht mehr Verdächtigen los und beobachtete ihn dabei, wie er noch weiter in sich zusammensackte. Seine Tränen fielen glitzernd durch Luft.

»Aber es ist noch nicht zu spät für Sie, Herr Pahlavi«, erkläre Zassenberg. »Ein guter Mensch definiert sich nicht durch das, was er ist, sondern durch das, was er sein möchte.«

223

Der Ermittler zückte seinen Geldbeutel und kramte eine Visitenkarte hervor, die er Soroush Pahlavi überreichte.

»›Open Arms‹. Die Stiftung Ihrer Schwester. Dort kümmert man sich um Flüchtlingskinder, die ihre Eltern verloren haben. Ich bin mir sicher, die können jemanden gebrauchen, der so etwas Schreckliches selbst durchgemacht hat.«

Zum ersten Mal starrten die blutunterlaufenen Augen von Yalda Wegeners Bruder nicht ins Leere, sondern suchten den Blickkontakt mit Philipp Zassenberg. Sie sahen sich eine ganze Weile schweigend an, bis der Ermittler endlich langsam nickte und die Stille durchbrach. »Sie können nach Hause gehen. Vergeuden Sie Ihr Leben nicht weiter!«

Langsam erhob sich der Angesprochene, während er auf die kleine Karte in seiner Hand starrte. Seine gebeugte Haltung ließ ihn wie einen alten Mann wirken, dem das Leben davonlief. Zassenberg war sich nicht sicher, ob sich das noch einmal ändern würde, und er konnte auch nicht sagen, ob ihn das restliche Leben des Soroush Pahlavi wirklich interessierte.

Denn viel wichtiger als der Abgang des einstigen Verdächtigen waren die Reaktionen derer, die noch immer unter Verdacht standen. Zassenberg war sich bewusst, dass der Täter ein schwieriges Gleichgewicht zwischen Überraschung und Gelassenheit aufrechterhalten musste. Also beobachtete er die Übriggebliebenen genau. Wer war auf der einen Seite – wenn man die Umstände bedachte – einigermaßen gelassen in dem Wissen, Yalda Wegener nicht getötet zu haben, und auf der anderen Seite doch so überrascht, immer noch unter den Verdächtigen zu sitzen? Ines Schmied? Lukas Arnim? Oder Anton Wegener?

»Frau Schmied!«, rief Zassenberg.

»Ja?«, fragte sie mit fragiler Stimme.

»Würden Sie mir bitte zur Vernehmung folgen?«

»Ich?«

Ines Schmied stand zögerlich auf und folgte Zassenberg in das Büro von Momberger, der den beiden hinterherlief. Bill betrat als Letzte den Raum und schloss die Tür.

224

Ines Schmied stand zunächst ein wenig verloren im Raum und schaute auf den Stuhl vor Mombergers Schreibtisch, als stünde ihre Exekution kurz bevor.

Bill berührte sie leicht an der Schulter und sagte: »Sie können sich setzen, Frau Schmied.«

Während die junge Frau Platz nahm, schlich Zassenberg noch einmal zur Tür und öffnete sie einen Spaltbreit. Es war wichtig, dass Anton Wegener und Lukas Arnim zumindest eine Ahnung davon bekamen, was bei der Vernehmung vor sich ging.

Anschließend kehrte er zurück zum Schreibtisch und setzte sich auf die Kante. Seine Arme waren locker vor der Brust verschränkt, sein Blick ruhte auf der eingeschüchterten Frau mit der auffälligen Narbe im Gesicht.

»Würden Sie uns noch einmal schildern, was Sie am Abend des Mordes getan haben?«, bat er sie.

»Was ich getan habe?«, wiederholte sie die Frage. Ihre Stimme war unsicher. »Das habe ich Ihnen doch schon erzählt.«

»Haben Sie«, stimmte Zassenberg kopfnickend zu. »Dann sollten Sie sich ja noch gut daran erinnern können. Also bitte!«

Etwas verloren sah sich Ines Schmied im Raum um. Ihr einstiger Verbündeter Lukas Arnim saß außer Reichweite. Sie konnte ihn durch das Bürofenster sehen, seinen Blick aber nicht einfangen. Ohnehin hätte er ihr nicht helfen können – und es wahrscheinlich auch gar nicht gewollt, dachte sich Zassenberg.

Sie begann mit zittriger Stimme: »Also, wie ich schon erzählt habe, waren Yalda und ich für den Abend verabredet. Wir wollten ins Kino gehen.«

»Das haben Sie Ihrem Freund gesagt.« Zassenberg deutete durch die Scheibe auf Lukas Arnim. »Aber was hatten Sie wirklich vor? Wir sind alle erwachsen, Frau Schmied. Bitte keine Scheu!«

Die Körpersprache von Ines Schmied wurde unruhiger, hastiger. »Yalda wollte zu mir kommen. Ich wusste, dass Lukas an dem Abend mit seinen Freunden unterwegs sein würde, das dauert normalerweise ein paar Stunden.«

»Und Sie hatten vor, miteinander zu schlafen?«

»Ja, das wollten wir.«

»Bei Ihnen zu Hause?«

»Zuerst ja. Aber dann haben Lukas' Freunde abgesagt. Irgendetwas war dazwischengekommen. Also habe ich Yalda geschrieben, dass wir uns bei ihr treffen müssen.«

»Haben Sie das?«

»Ja, natürlich!« Die Unsicherheit war aus ihrer Stimme verschwunden. »Warum sollte ich lügen?«

»Ist ja seltsam«, murmelte der Ermittler und griff noch einmal in seine Jackentasche. Er fummelte ein Mobiltelefon heraus, diesmal jedoch nicht das eigene. »Kennen Sie das?«

Wieder nickte Ines Schmied. »Das ist mein Handy.«

»Allerdings ist es das. Unsere Techniker haben keine Kosten und Mühen gescheut, um es wieder zum Laufen zu bekommen. Und jetzt raten Sie mal, was wir darauf gefunden haben?«

Sie riss die Augen auf. »Sie haben etwas gefunden?«

Anstatt ihr eine Antwort zu geben, tippte er kurz auf dem Bildschirm herum und sagte dann: »Müssen uns bei dir treffen. Okay? In 45 Min?« War das Ihre letzte Nachricht an Yalda Wegener?«

»Ja, ich glaube schon. Wir hatten ja keine andere Möglichkeit, als uns bei ihr zu treffen.«

»Warum haben Sie die Nachricht dann gelöscht?«, fragte Zassenberg.

Er erntete die Antwort, die er erwartet hatte: Schweigen.

226

29

Eduard Momberger hatte selbst schon so viele Vernehmungen durchgeführt, dass er sich an die allermeisten davon nicht mehr erinnern konnte. Er war sich ziemlich sicher, dass er seine Sache in den meisten Fällen gut, manchmal sogar hervorragend gemacht hatte. Hin und wieder war ihm ein kleiner Fauxpas unterlaufen, was gerade am Anfang einer Laufbahn nicht ungewöhnlich war. Auch bei der Polizei lernte man es aus Fehlern. Denn nicht für jede Situation gab es ein Protokoll, und nicht alle Vernommenen verhielten sich so, wie man es von ihnen erwartete. Zusammengenommen hielt sich Momberger allerdings für eine Instanz in Sachen Kundengespräch, wie er es zu nennen pflegte. Seine Erfahrung war durch nichts zu ersetzen, und seine Erfolge sprachen ohnehin für sich.

Trotzdem war es für ihn etwas aufregend Neues, seinen Kollegen Philipp Zassenberg bei der Arbeit zu beobachten. Er hatte eine andere Herangehensweise an Vernehmungen als Momberger. Zassenberg war direkter, unmittelbarer, hatte noch weniger Scheu, indiskret zu sein oder über das Ziel hinauszuschießen. Und dennoch war er bis zu diesem Zeitpunkt sehr erfolgreich gewesen.

Andere hätten das Verhalten seines Kollegen wohl als unprofessionell beschrieben – und das nicht ganz zu Unrecht. So viele Zeugen auf einem Haufen zu versammeln und einen von ihnen in Person von Herrn Pahlavi vor allen anderen zu vernehmen, würde ihm keine Lorbeeren einbringen, sondern vielmehr einen Besuch im Chefbüro.

Als Zassenberg zuerst die Marvin-Gaye-Geschichte erzählt hatte, nur um den Bruder des Opfers dann einfach ziehen zu lassen, wären Renate Fischer fast die Hörner von der Stirn gefallen. Momberger hatte sie ganz genau beobachtet und dabei den einen oder anderen inneren Freudensprung gemacht. Dass sie nicht eingeschritten war, konnte im Grunde nur bedeuten, dass sie keine Lust hatte, ein längeres Gespräch mit dem Innenminister zu führen. Mit an Sicherheit grenzender Wahrscheinlichkeit bereitete die Direktorin sich gedanklich aber schon auf die Abrechnung mit Zassenberg vor.

Im Gegensatz zu seiner Chefin hielt Momberger den massigen Südhessen jedoch für einen Meister seines Fachs. Trotz des unkonventionellen Verhaltens hatte Momberger die ganze Zeit das Gefühl, dass Zassenberg Herr der Lage war. Und der Täter wusste das sicher auch – oder die Täterin.

»Ich habe keine Ahnung, was Sie meinen«, sagte nun Ines Schmied und holte Momberger damit wieder aus seinen Gedanken zurück. »Ich habe keine Nachricht auf meinem Handy gelöscht.«

Er schaute sich die junge Frau genauer an. Als er darüber nachdachte, wie die Narbe in ihrem Gesicht entstanden war, konnte er die verätzte Haut beinahe riechen. Säure auf dem blanken Gesicht – was für ein Alptraum!

Zassenberg, der seit Beginn ihrer Zusammenkunft stets ein schmales Lächeln auf den Lippen trug, zog die Augenbrauen nach oben und starrte noch einmal auf den Bildschirm des Handys, das er in der Hand hielt. »Das wundert mich doch sehr, Frau Schmied«, sagte er. »Es war für uns kein großes Problem, die gelöschte Nachricht wiederherzustellen.«

»Ich habe die Nachricht nicht gelöscht. Wieso denn auch?«

»Genau das ist die Frage, die ich mir auch gestellt habe.«

Momberger wusste immer noch nicht, worauf Zassenberg hinauswollte. Sein Kollege – das musste er leider zugeben – war ihm ermittlungstechnisch immer einen kleinen, aber entscheidenden Schritt voraus und darüber hinaus unwillens, seine Gedanken mit anderen zu teilen. Eine Eigenschaft, die aus ihm eigentlich alles machte, nur keinen guten Polizisten.

Trotzdem konnte Momberger erkennen, mit welchen Mitteln Zassenberg versuchte, Dinge aus den Verdächtigen herauszukitzeln, sie zu locken, zu provozieren und zu reizen. All das gehörte auch zu seinen eigenen Repertoire, doch war er im Umgang damit nicht ganz so geschickt wie sein Kollege. Es war, als wäre er ein Top-einhundert-Spieler, doch auf der anderen Seite des Netzes stünde Roger Federer. Seine Erfahrung und das Talent erschienen weniger durchschlagend, wenn das Gegenüber einfach immer ein kleines bisschen besser war.

»Mein Handy ist ins Wasser gefallen!«, warf die Verdächtige hilflos ein. »Dabei ist die Nachricht wahrscheinlich gelöscht worden.« »Sie nickte, wie um sich selbst zuzustimmen. »Lukas! Mein Freund, na ja, mein Ex-Freund, wenn man es genau nimmt. Er hat es fallen lassen. Der kann ihnen das alles bestätigen. Fragen Sie ihn!«

Sie deutete auf ihren, wie sich nun herausgestellt hatte, verflossenen Freund, der draußen saß und wie alle anderen neugierig in ihre Richtung blickte.

Als er jedoch merkte, dass er in den Mittelpunkt des Geschehens gerückt werden sollte, schaute er bewusst in eine andere Richtung.

»Ah ja, der berühmt-berüchtigte Sturz ins Wasserglas«, sagte Zassenberg. »Wie oft haben Sie den wohl geübt, bis er funktioniert hat? Nur damit es ganz zufällig klappt, wenn man mal eine Ausrede braucht?«

Ines Schmied stand plötzlich auf ihren Zehenspitzen und bäumte sich auf. Ihr Kinn reichte Zassenberg allerdings gerade bis zur Brust – und das, obwohl er noch immer locker auf dem Schreibtisch saß.

»Was wollen Sie damit sagen?«, fauchte sie. »Dass ich Yalda umgebracht habe?« »Die Unsicherheit in ihrer Stimme war nun blanker Wut gewichen. Ihr Gesicht war rot angelaufen; nur die Narbe blieb bleich.

Genau das hat Zassenberg provozieren wollen, dachte Momberger und nickte. Er war überrascht, wie gut die Taktik funktioniert hatte. Und nicht nur das: Auch außerhalb des Büros war der kleine Ausbruch angekommen. Lukas Arnin und Anton Wegener hatten ihre Blicke wieder in Richtung des

Büros ausgerichtet. Durch den kleinen Spalt in der Tür hatten sie mitbekommen, was geschehen war.

Zassenberg strahlte die Ruhe eines Zen-Meisters aus. Die kleine Ines Schmied atmete ihm zwar heftig von unten ins Gesicht, doch ein Raucher war Schlimmeres gewohnt. Er klang wie frisch aus dem Urlaub. »Bisher haben nur Sie selbst davon gesprochen, Frau Dr. Wegener umgebracht zu haben.«

»Einen Scheiß habe ich!«

»Sieh an!«, lachte Zassenberg. »Gar nicht mehr die unsichere Frau.«

»Leck mich!«

Sie versuchte, ihn mit beiden Händen nach hinten zu stoßen. Erfolg hatte sie damit bei dem Zwei-Zentner-Mann allerdings nicht.

Der starrte auf sie hinunter und legte einen Gesichtsausdruck auf, der eindeutig sagte, dass sie es ruhig noch einmal versuchen dürfte. Sie hielt sich allerdings zurück und schien nun etwas entsetzt von ihrem eigenen Verhalten zu sein.

Ganz plötzlich scherte sie zur Seite aus und rannte Richtung Tür. Zwar schaffte sie es noch, diese zu öffnen, doch weiter kam sie nicht. Bill hatte sie am Gürtel gepackt und hätte ihr dabei fast die Hose heruntergerissen. Dass es allerdings nicht ihre Absicht war zu fliehen, stellte sich einen Moment später heraus.

»Lukas! Sag es ihnen doch! Sag ihnen, dass du das Handy kaputt gemacht hast. Ich habe doch gar nichts hiermit zu tun. Ich habe sie geliebt, ich habe Yalda geliebt!«

»Du hast *sie* geliebt?«, rief der Angesprochene verblüfft. »Und mich nicht?«

»Oh Gott, immer deine Eifersucht!«

»Was soll ich jetzt sagen? Ich habe die blöde Nachricht doch nicht geschrieben.«

»Aber du hast das Handy fallen lassen. Sag ihm einfach, dass das ein Versehen war.«

»War es doch auch! Das weiß er doch schon längst!«

Anton Wegener stand plötzlich auf und brüllte: »Stopp! Wir

werden jetzt alle gehen. Und dieser ganze Affenzirkus wird Sie alle noch teuer zu stehen kommen. Michael!« Sein Blick ging Richtung Anwalt, der bisher relativ ungerührt auf einem Stuhl in der Ecke gesessen und die Beine übereinandergeschlagen hatte.

Und das für fünfhundert Euro die Stunde, dachte sich Momberger.

»Sie wollen uns verlassen?«, rief Zassenberg.

Anton Wegener war wie ein zweiter Wolf, und nun mussten er und Zassenberg ihr Revier mit Gebrüll verteidigen. Ines Schmied machte einen großen Schritt zurück, um sich in Sicherheit zu bringen.

Der Ermittler hatte den Professor fest im Blick, welcher wiederum versuchte, den starrenden, wie magnetischen Augen Zassenbergs zu widerstehen.

»Warum sollten Sie wohl gehen, Herr Professor?«, fragte es, womit er nicht Anton Wegener persönlich ansprach, sondern eine Frage für alle in den Raum stellte. »Haben Sie noch etwas Bestimmtes vor?«

»Natürlich!«, schnauzte er. »Ich habe zu arbeiten.«

»Und wie genau sieht Ihre Arbeit aus, Herr Wegener?«

»Das übersteigt Ihren Horizont bei Weitem.«

»Wahre Worte, Herr Professor«, sagte Zassenberg. »Wahre Worte. Ich habe tatsächlich keine Ahnung von Ihrem Gebiet. Es ist aber auch nichts für jeden, nicht wahr?«

Anton Wegener antwortete ihm nicht, sondern starrte ihn nur kalt an.

»Ich bin mir sogar sicher«, fuhr Zassenberg fort, »dass es hier im Raum nicht einen Menschen gibt, der genau versteht, wie Ihr Bioreaktor funktioniert. Herr Armin! Sie arbeiten doch auf einem ähnlichen Gebiet.«

»Eigentlich nicht. Ich habe nur mit Herzmedikamenten zu tun. Die Abteilung liegt zufällig im selben Gebäude. Aber diese Bioreaktoren sind was komplett anderes. Dementsprechend verstehe ich davon eher wenig.«

»Verstehen Sie mehr davon?«, fragte Zassenberg Ines Schmied. »Nein? Die anderen hier muss ich wohl gar nicht erst fragen. Niemand hat irgendeine Ahnung davon, was Sie da machen. Und wissen Sie, was ich glaube? Niemand in diesem Raum hat eine Ahnung von dem Reaktor. Sie eingeschlossen!«

Wegener schnaufte, um seine Verachtung auszudrücken, doch wirklich überzeugen konnte er damit nicht. »Niemand weiß mehr darüber als ich«, erklärte er arrogant. »Es ist mein Projekt.«

»Und genau das ist es eben nicht. Es ist … nein! Es *war* das Projekt Ihrer Frau. Sie selbst haben es nicht auf die Reihe bekommen. Sie haben es versucht und sind gescheitert. Vielleicht weil Ihnen das nötige Talent fehlte. Vielleicht weil Sie intellektuell nicht dazu in der Lage waren. Oder vielleicht weil Sie einfach nur ein wenig Pech hatten. Wer vermag das im Nachhinein zu sagen?«

»Das mag für Sie vielleicht so wirken. Von außen lässt sich das natürlich ausgesprochen schlecht einschätzen. Aber ich versichere Ihnen, dass ich den Reaktor auch ohne Yalda fertigstellen könnte.«

»Sie können mir viel versichern, aber das macht es nicht wahr. Ich habe mich ein wenig informiert.«

»So, haben Sie das?«

»Oh ja! Laut einiger Ihrer Kollegen haben Sie vorher schon versucht, einen Bioreaktor zu entwickeln, sind damit aber gescheitert.«

Wegener wischte sich mit der flachen Hand über den Nacken. »So ist das nun mal, wenn man etwas Revolutionäres entwickelt. Scheitern gehört da zum Entwicklungsprozess.«

»Ist Ihre Frau auch gescheitert?«

Keine Antwort. Nur das Knirschen von Zähnen war zu hören. »Ist sie nicht, oder? Ihre Frau hat das Rätsel gelöst, an dem Sie während Ihrer gesamten Karriere gescheitert waren.«

»So ein Quatsch! Ich hätte das auch alleine hinbekommen, ganz ohne meine Frau!«

»Ihre *Frau!*« Zassenberg betonte das Wort so seltsam, dass es seine Bedeutung zu verlieren schien. »Wo wir gerade dabei sind ... Vielleicht sollten wir darauf auch einmal eingehen: Ihre Ehe.«

Momberger horchte auf. Vor einiger Zeit hatte Zassenberg schon einmal angedeutet, dass sich etwas mit der Ehe der Wegeners nicht so verhielt, wie es schien.

Eine Scheinehe vielleicht?, fragte er sich. Es wäre nicht das erste Mal und beim Migrationshintergrund von Yalda Wegener nicht unwahrscheinlich. Auch der eher technische Tonfall, in dem Anton Wegener immer wieder über seine Frau sprach, gab Anlass, die Ehe der Wegeners zu hinterfragen. Und nicht zuletzt sprach die Affäre von Yalda mit Ines Schmied die wohl deutlichste Sprache.

Eine Scheinehe oder vielleicht auch nur eine gescheiterte Beziehung waren also nur der logische Schluss. Aber warum hätte Anton Wegener seine Frau umbringen sollen, wenn er sie ohnehin nicht mehr liebte – und nie geliebt hatte?

»Sie können das natürlich nicht wissen«, erklärte Zassenberg, und Momberger lauschte ganz genau, »aber mein Vater war ein eher, sagen wir: zwielichtiger Geselle. Und zwielichtige Gesellen ziehen oft Menschen an, die anderswo keinen Unterschlupf finden. Häufig – ohne das bewerten zu wollen – kommen die nicht aus Deutschland, wollen aber gerne hierbleiben. Lange Rede, kurzer Sinn: Mein Vater hatte einen guten Draht zur Meldebehörde, und den habe ich von ihm geerbt. Dort habe ich natürlich zuerst angerufen, als ich hörte, dass es sich bei Yalda Wegener um einen iranischen Flüchtling handelte. Und nun raten Sie mal, was mein heißer Draht mir erzählt hat!«

Für einen Moment warteten tatsächlich alle Anwesenden darauf, dass Anton Wegener eine Schätzung abgab, doch dann schaltete sich Zassenberg wieder ein. »Tut mir leid! Sie können ja schlecht raten, wenn Sie schon wissen, was ich dort erfahren habe. Wollen Sie es den anderen vielleicht offenbaren, oder überlassen Sie mir die Ehre?« Zassenberg wartete einen

233

Moment. »Ich deute Ihr Schweigen mal als Zustimmung. Nun denn: Wie ich hörte, sollten Yalda und Soroush Pahlavi abgeschoben werden, weil man vom kleinen Soroush vermutet hat, dass er ein potenzieller Gefährder, also in anderen Worten ein Selbstmordattentäter sein könnte. Und das, obwohl er damals schon Ende zwanzig war und seit zehn Jahren friedlich hier gelebt hatte. Da konnte er noch so oft erzählen, dass er eigentlich Christ und nicht Islamist sei. Und wie man die deutsche Gründlichkeit kennt, sollte nicht nur er, sondern auch gleich seine kleine Schwester aus dem Land geworfen werden.«

Während Zassenberg erzählte, sanken die Schultern Wegeners in sich zusammen.

»Nun war Ihr alter Freund, der Innenminister, zu dieser Zeit im Ministerium noch für die Asylpolitik zuständig«, fuhr Zassenberg fort. »Und Sie als Yaldas damaliger Doktorvater haben natürlich alle Räder in Bewegung gesetzt, um dieser Ungerechtigkeit ein Ende zu setzen. Stimmt das so weit?«

»Ich habe ein paar Beziehungen spielen lassen«, antwortete Wegener. »Die Situation damals war einfach nicht fair.«

»Natürlich!«, rief Zassenberg. »Weil Sie ja nach Jesus und Gandhi gleich auf Platz drei der größten Altruisten folgen. Oder es war doch etwas anderes. Ihre Frau hat ihre Doktorarbeit bei Ihnen über Bioreaktoren geschrieben. Da haben Sie Lunte gerochen. Sie ahnten plötzlich: Ihre Studentin könnte genau den Durchbruch schaffen, an dem Sie selbst immer wieder gescheitert waren. Aber warum hätte Yalda das tun sollen, wenn sie mit dem Reaktor doch bei den größten Pharmaunternehmen der Welt mit Kusshand und Privatinsel aufgenommen worden wäre? Und warum hätte überhaupt jemand Soroush Pahlavi und seine Schwester des Landes verweisen sollen? Zwei junge Christen, die nie auffällig geworden waren?«

Er schob eine kleine Kunstpause ein und führte dann weiter aus: »Könnte es da einen Zusammenhang geben?«

Erst jetzt wurde Momberger klar, was es mit der Ehe zwischen Anton und Yalda Wegener auf sich gehabt hatte. Er kam

234

sich vor wie jemand, der die ganze Zeit mit Scheuklappen durch den Fall gelaufen war.

Was ihm gerade aufgegangen war, erklärte Zassenberg nun noch einmal für die restlichen Anwesenden in aller Deutlichkeit: »Sie haben Ihren alten Kumpel, unseren Innenminister, kontaktiert. Der hat ein paar Strippen gezogen, und plötzlich standen zwei unauffällige Iraner ganz oben auf der Abschussliste des Landes Hessen.«

»Sind Sie wahnsinnig geworden?«, rief Anton Wegener.

»Wieso hätte ich so etwas tun sollen?«

»Warum Sie das hätten tun sollen? Um den Helden spielen zu können. Und um Yalda Wegener einen Ausweg zu präsentieren: die Ehe mit einem angesehenen deutschen Akademiker. Aber nicht einfach so, versteht sich. Quid pro quo gilt auch in der Wissenschaft. Sie stellten Yalda Pahlavi das Bleiberecht in Aussicht, wenn sie dafür den Bioreaktor für Sie entwickelt.«

Momberger schüttelte den Kopf. Wie hatte er all das nicht sehen können, obwohl es so offensichtlich war? Und hatte Zassenberg es von Anfang an geahnt? War er so gut, obwohl er stets mit Restalkohol durch die Ermittlung geschlittert war? Wie auch immer es sein mochte: Er war tief beeindruckt.

Das war auch Anton Wegener.

Weniger beeindruckt und vor allem weniger sprachlos war hingegen sein Anwalt, der sich nun endlich dazu berufen fühlte, seinen teuren Anzug zu rechtfertigen. »Eine sehr phantasievolle Geschichte, Herr Kommissar. Leider entspricht nicht ein Wort der Wahrheit. Beweisen können Sie ohnehin nichts davon. Und erlauben Sie mir die Frage: Was soll das überhaupt mit dem Mord an Yalda Wegener zu tun haben?«

»Sie haben recht, Herr Anwalt«, bestätigte ihn Philipp Zassenberg und verzog das Gesicht, als müsse er eine Niederlage eingestehen. »Das ist alles schon lange her. Es waren andere Zeiten. Damals war der Herr Professor zudem noch ziemlich flüssig, wie man hört.«

Noch einmal folgte eine Kunstpause.

»Das ist heute ganz anders, oder nicht?«

»Was soll das jetzt bedeuten?«, fragte der Anwalt.

»Es bedeutet, dass Ihr Mandant pleite ist, und zwar nicht zu knapp. Unsere beiden Topermittler da hinten …« Er zeigte auf Michel und Zaun, die sich verwirrt im Raum umsahen, weil sie sich offenbar nicht angesprochen fühlten. »… haben herausgefunden, dass Herr Wegener in den letzten Monaten mit beinahe allen Konkurrenten der Behringhöfe in Kontakt gestanden hat. Und das ausgerechnet zu dem Zeitpunkt, als es auf seinem Konto bergab und mit der Arbeit bergauf ging. Ein erstaunlicher Zufall, finden Sie nicht? Vielleicht sollten Sie mit Ihrem Mandanten erst einmal klären, ob er Ihnen weiter die Maßanzüge finanzieren kann, wenn er den Reaktor nicht unter der Hand verkauft.«

»Ich weiß nicht, worauf Sie hinauswollen«, presste Anton Wegener zwischen geschlossen Zahnreihen hervor.

»Nun«, erklärte Zassenberg. »Ich habe mich gefragt, was wohl geschehen wäre, wenn jemand … sagen wir mal: Ihre Frau, davon Wind bekommen hätte, dass ihr Lebenswerk an den Höchstbietenden verschachert wird, damit Sie, Herr Professor, sich weiter den Urlaub auf den Malediven leisten können. Was, wenn sie damit drohte, Sie zu verraten? Hätten da nicht dem einen oder anderen hoch dotierten Marburger Pharmazeuten die Sicherungen durchbrennen können? Wäre es nicht möglich gewesen, dass ein Lebenswerk für manch einen mehr wert ist als ein Menschenleben – als das Leben von Yalda?«

»Das ist doch lächerlich!«, lachte Wegener mit versteinerter Miene. »Und Sie können nichts davon beweisen.«

»Ach, wissen Sie, ich kann mehr beweisen, als Sie vielleicht glauben.«

»Sie irren sich!«, beharrte Wegener, der gar nicht zugehört hatte. »Ich habe meine Frau nicht umgebracht.«

»Oh, das weiß ich! Sie werden nicht wegen Mordes angeklagt, sondern wegen Vertragsbruch und Wirtschaftsspionage. Ihr Assistent Dr. Belz hat uns einen kleinen Einblick in die

236

Verträge bei den Behringhöfen gegeben. Nicht auszudenken, was passieren könnte, wenn man versucht, die zukünftige Goldgrube Ihres Arbeitgebers an die Konkurrenz zu verkaufen. Die Rechtsabteilung der Behringhöfe ist bereits informiert. Wer weiß, was die noch alles ausgraben werden.«

Momberger konnte kaum fassen, was er da hörte. Noch vor wenigen Sekunden hatte er seine Vermutung bestätigt gesehen, dass Professor Anton Wegener der Mörder seiner Frau war. Doch jetzt stellte sich das ganze Bild des Falls auf den Kopf.

Ungewollt sprach er laut aus, was alle dachten: »Aber wer hat dann Yalda Wegener umgebracht?«

Zassenberg schaute ihn kurz mit erhobenen Augenbrauen an.

»Würden Sie uns bitte ins Vernehmungszimmer folgen«, sagte der Ermittler dann und deutete auf den verblüfften Lukas Arnim.

30

»Ich?«, platzte es aus Lukas Arnim heraus. »Ich soll Yalda getötet haben?«

Er war bereits aufgesprungen und hatte drei große, schnelle Schritte auf Zassenberg zu gemacht. Der starrte auf den nicht allzu groß geratenen Wüterich hinunter.

»Allerdings!«, bestätigte er seine Anschuldigung. »Und meinetwegen müssen Sie nicht so ein Theater veranstalten. Wir zwei sind schließlich die Einzigen, die wissen, was in der Tatnacht passiert ist. Naja, wir und Yalda. Aber die können wir nicht mehr fragen.«

»Was zur Hölle …?«

Lukas Arnim hastete mit seinen Blicken durch den Raum. War er auf der Suche nach einem Ausweg oder einem Verbündeten? Für Zassenberg war es nicht wirklich zu erkennen. Man konnte ihm jedoch deutlich ansehen, dass ihm das Adrenalin beinahe aus den Ohren herausschoss.

»Der Fairness halber«, sagte Zassenberg, »dürfen Sie uns noch einmal erzählen, was in der Nacht geschehen ist. Allerdings nicht hier. Wenn Sie uns bitte folgen würden! Schließlich sollen sich auch meine Kollegen ein Bild davon machen können, was wirklich passiert ist.«

Er deutete auf Bill und Momberger, die an seiner Seite standen und beide so taten, als würden sie nicht vor Neugier platzen. Zumindest Bill gelang das ganz ordentlich.

Lukas Arnims Blick huschte noch immer suchend durch den Raum. Sein Kopf drehte sich in alle Richtungen, als wäre er eine Eule. Doch einen Verbündeten würde er auf dem Revier ganz sicher nicht finden. Die Beziehung mit Ines Schmied war offenbar Vergangenheit und damit auch die gegenseitige Unterstützung. Zassenberg konnte es der zierlichen Frau in den Augen ablesen: Sie war überzeugt von der Schuld ihres Ex-Freundes.

Eine plötzliche Erkenntnis, dachte er sich, doch nicht wirklich überraschend. Welche Untiefen jemand zu verbergen hatte, kam meistens erst nach der Trennung ans Licht. Niemand wusste das besser als er selbst, der seine eigenen Untiefen leider auch immer wieder präsentiert hatte. Frau Schmied konnte nur von Glück reden, dass sie den mühseligen und kraftraubenden Akt der Scheidung nicht hinter sich bringen musste.

Er wiederholte: »Kommen Sie jetzt mit, oder wollen Sie das hier vor allen Anwesenden ausdiskutieren?«

Lukas Arnim gab nach und ging voraus in Mombergers Büro. Dort setzte er sich nicht, sondern blieb demonstrativ mitten im Raum stehen. Als wollte er sagen: »Ich kann gleich ohnehin wieder gehen.«

Zassenberg nahm in dem merklich abgenutzten Bürostuhl seines Kollegen Platz, lehnte sich nach hinten und führte die Fingerspitzen beider Hände aufeinander.

Momberger und Bill traten ebenfalls in den Raum. Besonders Ersterer machte einen angeschlagenen Eindruck auf Zassenberg. Er war, so dachte sich der Ermittler, wahrscheinlich noch verärgert darüber, dass er sich bei den Ermittlungen zu sehr von seinen liebsten Feindbildern hatte ablenken lassen: dem Burschen und dem Reichen. Zassenberg selbst konnte sich problemlos von solchen Gefühlen freimachen. Eine gute Eigenschaft für einen Polizisten, wie er selbst fand – Neutralität als oberstes Gebot.

Nachdem Zassenberg den Moment eine Weile ausgekostet hatte, klatschte er in die Hände, um die letzte Klappe des Tages zu schlagen. Hier und jetzt würde das Finale stattfinden. Er begann sachlich. Als würden sie sich schon seit zwanzig Minuten im Dialog mit dem Verdächtigen befinden. »Sie wollten mit Ihren Freunden ausgehen, und dann?«

»Ich habe Ihnen doch schon alles gesagt«, erklärte Lukas Arnim. »Was wollen Sie noch hören?«

»Fangen Sie einfach noch einmal von vorne an! Für die anderen.«

»Ich wollte mit zwei ehemaligen Kommilitonen in eine Kneipe gehen«, erklärte er. Seine Atmung ging schwer, die Stirn begann zu glänzen. »Wir machen das etwa einmal im Monat. Aber einer der beiden musste am nächsten Tag kurzfristig für einen Kollegen einspringen. Also haben wir beschlossen, das Ganze zu verschieben.«

»Auf wann?«, fragte Zassenberg.

»Auf heute!«

»Das wird wohl nichts. Sie müssen es erneut verschieben. Fragen Sie Ihre Freunde doch, ob sie um das Jahr 2040 Zeit haben. Aber fahren Sie fort!«

Der Angesprochene machte einige Schritte rückwärts und wäre fast gegen Momberger gelaufen. Erschrocken zuckte er zusammen.

»Ich war gerade bei Ines«, sagte er.

Sein Blick huschte für einen Moment durch das Fenster, wo seine Ex-Freundin saß und ihn finster anstarrte. Alles Zierliche war von ihr abgefallen. Jegliche Zerbrechlichkeit hatte sich in standhaften Hass verwandelt.

»Sie wollte sich mit Yalda treffen.«

»Wo genau?«, fragte Zassenberg.

»Bei Ines. Dann wollten sie zusammen ins Kino gehen.«

»Aber Sie wussten, dass sie etwas ganz anderes vorhatten. Sie wussten, dass die beiden eine Affäre hatten.«

»Nein, davon hatte ich zu diesem Zeitpunkt noch keine Ahnung!«

»Pah!«, lachte Zassenberg. »Machen Sie sich nicht lächerlich! Jeder Betrogene ahnt irgendwann irgendetwas. Und Sie sind doch ein cleverer Kerl, oder nicht? Ich bin mir sicher, dass Sie von Anfang an einen Verdacht hatten.«

»Wenn Sie meinen«, sagte Lukas Arnim und zuckte mit den Schultern. »Versuchen Sie das mal zu beweisen.«

»Darauf komme ich noch, keine Sorge. Wir sollten das Pferd nicht vom Schwanz aufzäumen. Weil Sie Frau Dr. Wegener umgebracht haben, müssen Sie von der Affäre gewusst haben.

Außer natürlich, Sie sind ein Psychopath und haben sie einfach aus Spaß getötet. Haben Sie das?«

»Ich habe Yalda überhaupt nicht getötet!«, fauchte der Verdächtige.

»Ich dachte, darüber wären wir bereits hinaus, Herr Arnim. Wie gesagt: Wir beide wissen doch ganz genau, dass Sie die Tat begangen haben. Aber von mir aus. Erzählen Sie ruhig weiter.«

Lukas Arnim wirkte verunsichert, wenn auch nicht geschlagen. Seine Augen huschten immer noch durch den Raum auf der Suche nach jemandem oder etwas, das ihm Beistand leisten konnte. Ein Anwalt vielleicht, doch Arnim hatte sich wohl für zu intelligent gehalten, um sich auf die Hilfe eines Fremden zu verlassen. Er war von seiner Überlegenheit überzeugt gewesen.

Der Ermittler hatte genau diesen Eindruck bei ihm hervorrufen wollen. Der Spalt in der Tür, die geöffneten Sichtblenden, die ständigen Provokationen. All das hatte vor allem dazu gedient, Lukas Arnim in der trügerischen Sicherheit zu wiegen, die Ermittler hinters Licht geführt zu haben. Zassenberg wusste, dass seine Taktik aufgegangen war.

Arnims Blick blieb an Zassenberg hängen, und er fuhr mit der Beschreibung der Ereignisse fort. »Ines machte sich gerade für den Abend fertig. Sie stand im Bad vor dem Spiegel, da vibrierte ihr Handy. Es lag an der Kante des Tischs. Ich wollte es aufheben, aber es ist mir aus der Hand geglitten und genau in einem Glas Wasser gelandet.«

Hier brach er ab und wartete auf eine Reaktion.

»Und weiter?«, fragte Zassenberg.

»Es gab einen Streit wegen des Handys«, erklärte Arnim, der raus zu seiner Ex-Freundin sah auf der Suche nach einer Bestätigung.

Ines Schmied sah Philipp Zassenberg an und nickte vielsagend.

»Frau Weigand?« Zassenberg sah zu Bill. »Wären Sie so freundlich und würden Frau Schmied herholen?«

Bill nickte und lief aus dem Zimmer.

241

Währenddessen tauschte Zassenberg mit seinem Kollegen Eduard Momberger vielsagende Blicke aus. Dem schoss eine Augenbraue nach oben, als hätte sie sich schon den ganzen Tag darauf gewartet.

Hatte der alte Akademiker nun vielleicht auch durchschaut, was an dem Abend von Yalda Wegeners Tod vor sich gegangen war?

Bill kam mit Ines Schmied zurück, die so angespannt war, dass ihre Unterarme im rechten Winkel nach vorn standen. Die Fäuste waren geballt, weiße Flecken traten an den Knöcheln hervor wie eine Vorwarnung, dass die Haut bald aufplatzen würde.

War ihr vorher nie der Gedanke gekommen, dass ihr Freund hinter dem Tod von Yalda stecken könnte?, fragte sich Zassenberg. Doch die Plötzlichkeit und vor allem die Stärke ihres Gefühlsbebens ließen kaum eine andere Vermutung zu.

»Frau Schmied«, begann er freundlich. »Noch einmal zu der Sache mit dem Handy. Wir kamen gerade darauf zu sprechen. Und es ist wichtig, dass Sie mir noch einmal genau erzählen, wie Sie das erlebt haben. Als das Telefon – durch die ungeschickten Finger von Herrn Arnim – ins Wasserglas fiel, hatten Sie da bereits die Nachricht geschrieben, von der wir nun schon das eine oder andere Mal gehört haben? Die Nachricht, in der Sie Yalda Wegener schrieben, dass Sie sich in fünfundvierzig Minuten im Hause Wegener treffen wollten?«

Sie nickte mit dem ganzen Körper. »Lukas ging ja nun doch nicht aus, und ich konnte ihn leider schlecht nach Hause schicken. Das wäre doch irgendwie zu auffällig gewesen.« Ihre Anspannung löste sich ein wenig. »Ich sagte Lukas, dass wir uns doch vor dem Kino treffen würden. Aber in Wirklichkeit wollten wir zu Yalda.«

»Obwohl ihr Mann zu Hause war?«, fragte Zassenberg mit gespielter Verblüffung.

»Sie hatten schon recht. Die Ehe der beiden war nur Blendwerk. Yalda war lesbisch und konnte mit Männern nichts anfangen. Anton wusste das.«

242

Sie drehte sich herum und sah den Professor an, der draußen saß und eher abwesend das Geschehen im Büro beobachtete. Offenbar war er zu sehr damit beschäftigt, einen Plan auszuhecken, um sich aus seiner eigenen misslichen Lage herauszuwinden, als dass er noch Konzentration für den Mord an seiner verstorbenen Frau erübrigen konnte.

Zassenberg stand auf und ging zum Fenster. Mit einem Ruck zog er den vergilbten Sichtschutz davor.

Ines Schmied starrte auf diesen, als könnte sie hindurchsehen. Erst nach ein paar Sekunden fing sie sich wieder. »Yalda und Anton hatten zwei verschiedene Schlafzimmer«, erklärte sie. »Solange wir ihn nicht beim Spielen mit seinen Steinen gestört haben ...«

»Sie fuhren also zu den Wegeners, nicht wahr?«, fragte Zassenberg.

»Ja! Aber niemand hat mir die Tür geöffnet. Yalda war nicht da. Sie schien meine Nachricht nicht bekommen zu haben. Und Anton war im Keller bei seinen *Mineralien.*« Sie betonte das Wort wie ein Kind, das sich über jemanden lustig machte. »Ich habe noch ein paarmal geklingelt und bin dann wieder nach Hause gefahren.«

»Wie lange waren Sie insgesamt unterwegs?«

»Etwa eine Stunde, würde ich sagen.«

»Warum so lange?«

»Ich fahre wenn möglich mit dem Fahrrad.«

»Ach ja, ich vergaß. Eine Stadt von Weltverbesserern.« Der Ermittler verzog das Gesicht. »War Yalda auch immer mit dem Fahrrad unterwegs?«

»Manchmal«, erklärte Ines Schmied. »Aber meistens ist sie mit dem Bus gefahren.«

»Als Frau eines Millionärs?«

»Sie war mehr Weltverbesserin als wir alle«, sagte Ines Schmied, woraufhin Lukas Arnim neben ihr aus sich herausbrach.

»Was soll dieser Schwachsinn?«, fluchte er. »Sie behaupten,

ich hätte Yalda umgebracht, und erzählen dann etwas vom Weltverbessern. Das mache ich nicht länger mit!«

Er drehte sich auf der Stelle um und war im Begriff zu gehen, doch Momberger stand mit flinken Schritten vor ihm. »Nicht so schnell! Wir haben das Ende der Geschichte ja noch gar nicht gehört.«

Der Ermittler führte ihn wieder zurück und setzte ihn nun auf den Stuhl, den er bisher vermieden hatte.

»Lassen Sie mich los!«, forderte Arnim von Momberger, der noch immer eine Hand auf der Schulter des Verdächtigen hatte.

»Wenn Ihnen das schon unangenehm ist, werden Sie im Gefängnis keine schöne Zeit haben«, erklärte der Ermittler. »Ich habe Ihnen, die Jungs sind deutlich intimer, als ich es überhaupt sein könnte. Wollen Sie uns nicht erst einmal erzählen, was passiert ist, nachdem Ihre Freundin die Wohnung verlassen hatte? Der Vollständigkeit halber?«

»Was soll schon passiert sein?«, fragte Arnim. »Ich bin in meine eigene Wohnung gegangen. Ich wohne ja nur ein paar Straßen weiter.«

Zassenberg hob die rechte Hand und an der wiederum den Zeigefinger. »Da würde ich gerne noch einmal dazwischengehen. Für einen Großstädter wie mich klingt ›ein paar Straßen weiter‹ so, als müsste man sich tatsächlich in die Öffentlichkeit begeben. Aber hier, im Märchenstädtchen Marburg, in der engen Oberstadt, da bedeutet ›ein paar Straßen weiter‹ doch eher, dass man sich durch winzige Gassen drücken kann, ohne den neugierigen Blicken der Nachbarn ausgesetzt zu sein. Ist es nicht so?«

Lukas Arnim zog die Augen zu winzigen Schlitzen zusammen. Mombergers Hand ruhte noch immer auf seiner Schulter.

»Ist es nicht so?«, wiederholte Zassenberg, sah diesmal allerdings Ines Schmied an.

Diese nickte und antwortete leise: »Von mir zu Lukas führt ein kleiner Schleichweg.«

»Soso. Ein Schleichweg. Sie können also ungesehen hin- und

244

herwandern zwischen der Wohnung von Frau Schmied und Ihrer eigenen.«

»Ja, kann ich«, bestätigte Arnim. »Und?«

»Und … was haben Sie da gemacht? Ich meine: abgesehen vom Mord an Yalda Wegener?«

»Ich habe Yalda nicht ermordet!«, schrie Lukas Arnim, und seine Stimme hallte wie ein schwächer werdendes Pochen durch das gesamte Revier.

Momberger drückte ihn in seinen Stuhl zurück, als er erneut versuchte aufzustehen.

»Letzte Frage«, sagte Zassenberg. »Wie lange hatten Sie schon geplant, Yalda Wegener umzubringen?«

Er wartete auf einen weiteren Ausbruch des Angesprochenen, doch der blieb stumm. In seinem Gesicht schien sich stattdessen jeder Muskel bis zum Zerreißen anzuspannen. Der Kopf wurde knallrot, und Adern traten am Hals hervor. Lukas Arnim musste wohl all seinen Willen aufbringen, um nicht auf den Ermittler loszugehen.

Momberger schloss den Griff noch ein wenig fester um seine Schulter, beugte sich zu ihm hinunter und flüsterte: »Versuchen Sie es gar nicht erst!«

»Schon gut, Momsen«, erklärte Zassenberg. Er gesellte sich zu seinen Kollegen, der noch immer knapp hinter Lukas Arnim stand.

»Sie halten sich für ziemlich clever«, sagte er. »Hervorragender Schulabschluss, nur die besten Noten auf der Uni – und das sogar in verschiedensten Fächern. Jura haben Sie doch auch studiert, nicht wahr? Das könnte bald hilfreich sein. Und jetzt auch noch die vielversprechende Laufbahn bei einem angesehenen Pharmakonzern. Kein Grund, sich nicht für eine etwas hellere Glühbirne als die anderen zu halten.«

Er begann, im Raum auf und ab zu schreiten. Langsam ging er bis zum Fenster, schaute einmal kurz auf den Parkplatz hinaus und machte wieder kehrt. »Wahrscheinlich hat Ihr Umfeld Sie immer darin bestärkt. Jede Mutter hält ihr Kind natürlich für die dickste Kartoffel auf dem Acker, aber bei Ihnen schien es ausnahmsweise sogar der Wahrheit zu entsprechen. Ein Leben ohne jeden Widerstand. Und dann kam Yalda Wegener.«

Zassenberg blieb genau hinter Lukas Arnim stehen.

»Eine Frau, die Ihnen in jeder Hinsicht überlegen war. Gesellschaftlich, menschlich, akademisch und natürlich auch fachlich. Sie erzählten uns neulich davon, dass Sie und Frau Wegener auf der Uni immer wieder zusammen gelernt und Probleme gelöst hätten. Ich habe darüber eine ganze Weile mit Oliver Belz geredet. Der hat damals ein Seminar geleitet, in dem Sie und Yalda saßen. Er sagte mir, dass Sie gerne die Lorbeeren für das eingeheimst haben, was eindeutig von Yalda stammte. Frau Wegener war weniger Ihre Kommilitonin als vielmehr Ihre Nachhilfelehrerin. Das muss doch schrecklich für Sie gewesen sein. Sie, der König des Dschungels, werden plötzlich in die Ecke gedrängt von einem Flüchtling aus dem Ausland ohne vernünftige Schulbildung. Das hat an Ihrem Ego gekratzt, oder nicht?«

»Völliger Schwachsinn!«, widersprach Lukas Arnim. »Yalda und ich haben uns auf der Uni immer gegenseitig unterstützt. Ich habe keine Ahnung, an was Oliver sich da zu erinnern glaubt.«

»Er erinnert sich zum Beispiel auch daran, dass Sie sich ursprünglich für den gleichen Job in Professor Wegeners Team beworben haben. Allerdings war diese Stelle schnell weg, und natürlich ging sie an die viel besser dafür geeignete Yalda Pahlavi.«

Lukas Arnims rechtes Augenlid begann unwillkürlich zu zucken und sein Widerstand zu bröckeln.

»Aber dann plötzlich die Nachricht des Jahres«, fuhr Zassenberg fort. »Professor Wegener heiratet Yalda Pahlavi. Na, da war die Sache doch klar: alles Gemauschel. Eigentlich hätte der große Lukas Arnim die Stelle bekommen sollen. Nur konnten und wollten Sie sich nicht für die Stelle prostituieren, weil Sie ja im Gegensatz zu Yalda Wegener ein anständiger Mensch sind und dazu auch noch viel talentierter.«

»Ich habe keine Ahnung, wovon Sie da reden.«

»Ach, komm schon!«, schaltete sich Ines Schmied ein. Sie hatte bisher still neben Bill gestanden und versucht, ihrem Ex-Freund mit Blicken Schmerzen zuzufügen. »Du hast Anton doch angebettelt, dir die Stelle zu geben, obwohl du wusstest, dass Yalda dafür viel besser qualifiziert war.«

Wenig erstaunt blickte Zassenberg auf Ines Schmied. Er nahm ihre Unterstützung gern auf und verwendete sie prompt gegen den Verdächtigen. »Ich denke, wir brauchen nicht weiter zu diskutieren, Herr Arnim.«

»Ach, denken Sie das?«

»Ist damals schon dieser Hass in Ihnen aufgestiegen? Oder kam der erst, als Yalda Wegener immer öfter mit Ihrer Freundin unterwegs war? Hatten Sie von Anfang an den Verdacht, dass Yalda Ihnen schon wieder alles wegnehmen würde, oder reifte der Gedanke erst mit der Zeit?«

Zassenberg wartete auf eine Reaktion. Diese blieb jedoch aus.

»Ich denke, Sie verdächtigten die beiden schon in dem Moment, als Yalda zum ersten Mal in Ihrem Privatleben auftauchte. Diese Diebin, diese Beischläferin, diese Parasitin«, brachte er sich selbst mit geballten Fäusten in Rage, »sie konnte doch nur etwas Schlechtes im Schilde führen. Und irgendwann wurde aus dem Verdacht Gewissheit. Da ist Ihnen die Sicherung durchgebrannt.«

Lukas Arnim schwieg lange. Als er das Wort endlich ergriff, wirkte er ruhig und gefasst. »Selbst wenn Sie damit recht haben sollten, was Sie natürlich nicht haben: Beweisen können Sie nichts.«

Auch Zassenberg ließ sich mit seiner Antwort Zeit, schüttelte dann aber den Kopf. »Da irren Sie sich. Denn hier ist noch jemand cleverer als Sie.«

»Ich darf Ihre Version der Ereignisse noch einmal zusammenfassen?«, fragte Zassenberg bei Lukas Arnim nach, ohne wirklich eine Antwort zu erwarten. Sein Blick ging nachdenklich in Richtung Raumdecke, so als müsste er sich noch einmal den ganzen Fall genau ins Gedächtnis rufen. Lukas Arnims Version hatte zwar kaum Schwächen, allerdings war sie nicht fehlerfrei.

»Sie waren bei Ihrer Freundin Ines.«

Er hob den Zeigefinger und ging die Ereignisse durch.

»Ihre Freunde sagten Ihnen ab.«

Ein zweiter Finger kam hinzu.

Als er den dritten hob, sagte er: »Dann wollten Sie das Handy von Frau Schmied ›in Sicherheit bringen‹, was Ihnen in geradezu slapstickhafter Manier misslang. Frau Schmied teilte Ihnen mit, dass sie sich mit Frau Wegener doch vor dem Kino treffen wolle.«

Finger Nummer vier.

»Und dann sind Sie einfach nach Hause gegangen und haben sich alleine einen netten Abend gemacht.«

Damit war die Hand voll und die Kette der Ereignisse aus der Sicht von Lukas Arnim auserzählt. »Kommt das so hin?«

Lukas Arnim nickte und zwang sich zu einem »Ja«.

Zassenberg nahm nun die fünf Finger, ballte die Faust und schlug in seine andere Hand.

»Ich habe so meine Probleme mit Ihrer Version des Abends«, sagte er. »Und wissen Sie, warum?«

»Nein. Welches Problem haben Sie denn?«

»*Probleme*«, korrigierte ihn Zassenberg. »Plural. Das erste Problem ist natürlich die Geschichte mit dem Handy. Kann passieren, keine Frage. Aber am Abend eines Mordes? Und die letzte Nachricht auf dem Handy ging ausgerechnet an das Opfer? Ausgesprochen unwahrscheinlich. Zunächst hatte ich natürlich den Verdacht, dass Frau Schmied etwas zu verbergen hätte und dass Sie als Retter in der Not so taten, als hätten Sie das Telefon ins Wasser fallen lassen. Doch im Laufe der Zeit kamen mir Zweifel an dieser Version der Geschichte. Und die haben wiederum mit einem anderen Problem zu tun.« Zassenberg kramte sein eigenes Mobiltelefon aus der Jackentasche und wischte darauf herum. »Das hier ist ein Bild, das ich von der Zeitung im Wagen meines Kollegen gemacht habe. Gott sei's gedankt, dass der seinen Innenraum nie aufräumt.« Er drehte den Bildschirm in Richtung von Lukas Arnim und hielt ihm die Aufnahme vor die Nase. »Ich muss Ihnen sicher nicht vorlesen, um was es in dem Artikel geht, oder doch? Na ja, schaden kann es nicht.«

Er zitierte: »Corasonal, eigentlich nur ein harmloses Mittel gegen Herzrhythmusstörungen, verstärkte bei einigen Patienten die Symptome drastisch, weshalb es gerade weltweit vom Markt genommen wird. Außerdem sichert der Konzern den Leidtragenden umfassende Entschädigungen zu. ›Wir haben in der Entwicklung von Corasonal schlimme Fehler begangen‹, erklärt Lukas Arnim, der sich in Deutschland für den Rückruf des Medikaments auszeichnet. ›In der Wiedergutmachung und Aufarbeitung wollen wir deswegen umso richtiger handeln.‹

Nach einer kurzen Pause steckte Zassenberg das Handy wieder ein. »Wie viele Menschen sind an Corasonal gestorben, Herr Arnim?«

»Drei«, murmelte er. »Aber ich habe das Zeug doch nicht entwickelt. Ich sorge stattdessen sogar dafür, dass nicht noch mehr Menschen darunter leiden müssen.«

»Ja, Sie sind ein richtiger Engel. Die Aktion Sorgenkind sieht gegen Sie aus wie die Manson Family. Aber ...«, Zassenberg hob noch einmal den Zeigefinger, diesmal zur belehrenden Geste, »... hier liegt auch mein zweites Problem. Corasonal löst bei manchen Menschen genau das aus, was es eigentlich verhindern soll: Herzrhythmusstörungen. Und das bei richtiger Dosierung. Nicht auszudenken, was geschähe, wenn man die Dosierung deutlich erhöht. Was wäre wohl das Ergebnis, Herr Arnim?«

Der Angesprochene antwortete nicht. Doch Zassenberg hatte auch nicht damit gerechnet. Er war vorbereitet.

»Glücklicherweise habe ich Herrn Dr. Belz heute Morgen genau die gleiche Frage gestellt. Und der war ein wenig aussagefreudiger als Sie. Dr. Belz sagte mir, ab einer gewissen Dosis sei Corasonal sicherlich lebensgefährlich für jeden Menschen mit Herzproblemen. Vielleicht sogar für solche, die gar keine haben. Zu diesem Zeitpunkt fing es plötzlich an, in den Untiefen meines Verstandes zu rumoren. Gleich darauf habe ich in der Rechtsmedizin durchgeklingelt. Ich wollte wissen, ob man so etwas in einer toxikologischen Untersuchung herausfinden würde. Man sagte mir, wahrscheinlich würde es bei einer oberflächlichen Untersuchung nicht sonderlich auffallen, da es ja dieselben Spezifikationen wie ein normales Herz-Medikament hat. So eine oberflächliche Untersuchung würde man zum Beispiel anordnen, wenn man davon ausgeht, dass das Opfer durch eine riesige Stichwunde in der Brust gestorben ist. Blieb noch eine letzte Frage. Und die kann mir Frau Schmied ganz sicher beantworten: Sie wissen nicht zufällig, ob Yalda Wegener Probleme mit dem Herzen hatte?«

Die Antwort ließ nicht lange auf sich warten. Ines Schmied stürzte sich auf ihren Ex-Freund, der kaum reagieren konnte. Obwohl sie klein und drahtig war, hatte sie keine Probleme damit, Lukas Arnim inklusive seines Stuhls umzuwerfen.

»Du Schwein, du verdammtes Schwein!«

Sie hämmerte mit den Fäusten auf den am Boden Liegenden ein. Tränen landeten auf dem Gesicht des Mörders. Der versuchte, sich gegen ihre wütenden Schläge zur Wehr zu setzen, konnte deren schierer Anzahl aber nichts entgegensetzen.

Bill und Momberger rissen die Angreiferin schließlich von ihrem Opfer herunter. »Das genügt jetzt, Frau Schmied!«

Bill hielt sie auf Abstand, denn sie wäre wohl am liebsten noch einmal auf den Mörder ihrer Affäre losgegangen.

Zassenberg hingegen blieb ganz ruhig und half dem Verprügelten wieder auf die Beine. »Sehen Sie, Herr Arnim? So schnell wird aus einem Problem, *das ich* hatte, ein Problem, das *Sie* haben.«

Arnim musste sich kurz schütteln und klopfte den Dreck von seiner Jeans. Schnell hatte er sich wieder im Griff – scheinbar zumindest.

»Was für ein Problem? Nur weil ich den Rückruf von Corasonal leite, bin ich doch nicht gleich ein Giftmischer. Und was hat das eigentlich mit dem Mord zu tun? Yalda wurde doch erstochen.«

»Oh ja«, sagte Zassenberg. »Sie wurde ja erstochen. Tut mir leid, Herr Arnim. Ich hatte die gewaltige Stichwunde vergessen, die Frau Wegeners Leiche in der Brust hatte. Kann schon mal vorkommen. Sie können gehen.«

Zassenberg drehte sich einmal um einhundertachtzig Grad und kehrte Lukas Arnim den Rücken zu. Für einen Moment verharrte der Ermittler genau so und wartete darauf, dass der Verdächtige sich erhob und aus dem Raum verschwand. Doch natürlich geschah nichts dergleichen.

Zassenberg drehte sich wieder in Richtung Arnim. Sein Gesicht strahlte gespielte Verwunderung aus.

»Was ist denn los? Ich sagte doch, Sie können gehen.«

Er führte die Hand ans Kinn und kratzte sich mit den Fingernägeln deutlich hörbar über die harten Barststoppeln.

»Könnte es vielleicht sein, dass Sie dem Degen, der die Stichwunde verursacht hat, ebenso wenig Beachtung schenken, wie ich es tue?«

»Ich verstehe nicht«, antwortete Lukas Arnim. »Wieso sollte man der Tatwaffe keine Beachtung schenken? Wieso sollte ich ihr keine Beachtung schenken?«

»Der Degen war Ihr großer Fehler, Herr Arnim. Dabei dachten Sie sicherlich, es wäre Ihr größter Trumpf. Wenn es Ihnen nichts ausmacht, dann werde ich die Ereignisse des Abends noch einmal aus meiner Sichtweise erzählen.«

Zassenberg ging um den Schreibtisch herum und setzte sich in aller Seelenruhe auf den klapprigen Bürostuhl. Natürlich wusste er um die dramatische Wirkung seiner kleinen Pausen. So etwas lag ihm im Blut. Er konnte spüren, wie sich die Spannung im Raum vervielfacht hatte. Die Luft war zum Zerreißen gespannt. Alle Blicke hafteten auf seinen Lippen. Fast alle.

Nur ein einziges Paar Augen war nicht auf ihn gerichtet, und dieses gehörte zu Lukas Arnim.

Unaufgeregt und mit einem Anflug von Genuss in der Stimme begann Zassenberg zu erzählen. »Wie ich es sehe, Herr Arnim, sind Sie wirklich ein cleveres Kerlchen. Nicht so clever, wie Sie selbst glauben, aber doch aufgeweckter als die meisten anderen. Das dürfte Ihnen am Ende zum Verhängnis geworden sein.« Er sah den Angesprochenen mit einem Anflug von Mitleid an. »Weil Sie nicht auf den Kopf gefallen sind, haben Sie natürlich früh geahnt, dass Ihre Freundin eine Affäre mit Yalda Wegener hatte. Anfangs phantasiert man da als Mann doch sicher über die Möglichkeiten, die sich einem bieten. Doch irgendwann wird einem klar, dass man bald Geschichte sein könnte.«

Zassenberg dachte für einen Moment an seine zweite Frau zurück, mit der er am Anfang der Beziehung einen Dreier gehabt hatte. Gegen Ende der Ehe konnte sie ihn nicht einmal mehr nackt aus der Dusche kommen sehen, ohne das Gesicht zu verziehen. Dabei hatte er damals statt Bierbauch noch muskulöse Oberarme mit sich herumgetragen.

Schnell schwenkten seine Gedanken wieder auf die Mordnacht. »Sie waren sicher, dass zwischen den beiden etwas lief, waren aber zu feige, Frau Schmied zur Rede zu stellen. Oder waren Sie so verliebt, dass Sie die Tatsachen lieber verdrängten, statt Ihre Beziehung aufs Spiel zu setzen?«

Lukas Arnim starrte auf den Boden.

»Doch Verdrängen ist gar nicht so einfach, nicht wahr? Irgendwann hat man keinen Platz mehr für die ganze Wut, den Frust und die Enttäuschung. Das Pulverfass ist voll. Dann genügt ein winziger Funke und bringt alles zur Explosion. Ich glaube, dass dieser Funke die Nachricht auf dem Handy von Frau Schmied war. Das Telefon lag auf dem Tisch, und als der Bildschirm aufleuchtete, haben Sie einen Blick riskiert und gesehen, was die beiden an diesem Abend wirklich vorhatten. Da sind Ihnen ...«, ›Zassenberg schnippte mit den Fingern, »... die Sicherungen durchgebrannt.«

Das Geräusch verhallte im Raum, während die Gesichter der Anwesenden langsam vom Erzähler hinter dem Schreibtisch zu Lukas Arnim auf dem Stuhl davor wanderten.

»Aber Sie sind ja clever«, fuhr Zassenberg fort. »Sie zerlegen nicht gleich die Wohnung, wenn Sie austicken. Nein, nein, Sie schmieden Pläne. Und einen Plan hatten Sie schon eine Weile in der Hinterhand. Der ist Ihnen eher aus Versehen gekommen, nehme ich an. Als Sie von Frau Wegeners Herzschwäche erfahren haben. Wie aus dem Nichts hatten Sie den scheinbar perfekten Mord ersonnen. Vielleicht wollten Sie gar nicht darüber nachdenken, aber da der Gedanke nun einmal in der Welt war, ging er auch nicht wieder weg. Er schlummerte in Ihnen, bis Sie diese Nachricht auf dem Handy lasen. Und dann schlugen Sie zu! Zunächst haben Sie die Nachricht von Frau Schmied gelöscht, in der stand, dass die beiden sich nun doch im Haus der Wegeners treffen mussten, denn Sie wussten: Wenn Yalda die Nachricht nie erhalten würde, dann würde sie sich auf den Weg zu Ihnen machen, während Frau Schmied sich in die entgegengesetzte Richtung bewegte. Und Frau Wegener hat die Nachricht nie gelesen. Sie wusste also nicht, dass sie einfach nur zu Hause auf Frau Schmied warten musste. Um ihr Leben zu retten, hätte sie nichts weiter tun müssen, als zu Hause zu bleiben. Doch sie hat die Nachricht nie erhalten, weil Sie, Herr Arnim, sie gelöscht haben.«

Wieder einmal zückte Zassenberg das Handy von Ines Schmied.

»Das können wir ganz einfach nachvollziehen. Die Wunder der Technik und der Überwachung zeigen heutzutage einfach an, ob die eigene Nachricht angesehen wurde oder nicht. Ein kleiner blauer Haken, kennen Sie doch sicher. Zur Sicherheit ließen Sie das Handy ins Wasser fallen, um Ihre Spuren zu verwischen. Ganz einfach. In jeder normalen Beziehung hätte das einen Streit ausgelöst. Mein Gott, was habe ich mich mit meinen Ex-Frauen gestritten, wenn irgendwas von ihrem Nippes zu Bruch gegangen ist. Aber Sie wussten ja, dass Sie keinen Streit zu erwarten hatten, weil Frau Schmied schnell aus dem Haus musste, schnell aus dem Haus wollte.«

Zassenberg hatte sich in Rage geredet und war immer lauter geworden. Durch die geschlossene Tür drang bereits Gemurmel von außen herein. Er versuchte, sich noch einmal zu beruhigen, schließlich wusste er nur zu gut, dass manchmal die Pferde mit ihm durchgingen.

»Sie wollte nicht bei Ihnen sein, sondern bei Yalda. Das wäre ein wirklicher Grund für einen Streit gewesen, aber dafür hatten Sie nicht die Eier. Sie haben sich dazu entschieden, die Affäre Ihrer Freundin einfach mit einem Medikament zu beenden. Ihre Freundin verschwand daraufhin aus dem Haus. Sie flitzten schnell in Ihre eigene Wohnung, die sich nur einen Schleichweg weiter befindet, und holten ein Döschen Corasonal. Ganz sicher haben Sie immer etwas irgendwo rumstehen. Wieder in der Wohnung von Frau Schmied rührten Sie etwas davon in … ich würde sagen: ein Glas Wein. Stimmt das?«

Er schaute neugierig auf seinen Verdächtigen hinunter, doch dieser war zu einer Salzsäule erstarrt.

»Ich fasse das als Zustimmung auf«, sagte Zassenberg trocken und fuhr fort. »Als Ihr Opfer vor der Tür stand, war es natürlich kurz überrascht, dass nicht Frau Schmied öffnete, sondern ihr nerviger Freund. ›Ines ist noch im Bad‹«, imitierte Zassenberg die Stimme Arnims. »›Setz dich doch schon mal und trink einen Schluck Wein‹. Yalda nahm das Angebot an und unterschrieb damit ihr Todesurteil. Ein paar Minuten später ging ihr wahrscheinlich bereits auf, dass Frau Schmied gar nicht in der Wohnung war, doch da war es schon zu spät. Ihr Puls ging immer schneller, und alles fing an, sich zu drehen.

Der Schwindel hinderte sie daran, klar zu denken. Hat sie bereits geahnt, dass Sie ihr etwas ins Glas gemischt hatten? Hat sie sich gewehrt, als Sie sie in Ihre Wohnung gebracht haben? Oder dachte sie da noch, Sie würden ihr helfen? Es machte keinen Unterschied mehr. Sie stützten Frau Wegener auf den wenigen Metern zu Ihrer Wohnung – in den dunklen Gassen der Oberstadt umgesehen von allen Nachbarn – und schlichen mit ihr hinein. Dort klappte Yalda zusammen und starb einen einsamen Tod in der Anwesenheit ihres Mörders. Doch dann …«

Zassenberg hielt sich mit beiden Händen den Kopf, als hätte er eine schreckliche Entdeckung gemacht. »… durchfuhr Sie plötzlich die Erkenntnis: Wenn Yalda einfach irgendwo gefunden würde, gäbe es ganz sicher eine genauere Untersuchung. Dabei könnte vielleicht doch herauskommen, dass sie mit Corasonal umgebracht worden war. Die Ermittlungen wären über kurz oder lang bei Ihnen gelandet. Aber, und das kann ich gar nicht oft genug betonen: Sie sind ja ein cleverer Kerl. Sie wussten, dass Yalda mehr als genug Feinde hatte. Und eine Gruppe hatte die arme Frau dabei ganz besonders auf dem Kieker: die freundliche Gemeinschaft der Marburger Burschenschaften. Niemand würde daran zweifeln, dass ein rechter Bekloppter Yalda im Suff umgebracht hätte. Sie müssten es nur so aussehen lassen, als wäre es nur ein Bursche gewesen, dann wären Sie aus dem Schneider. Wie gut trifft es sich da, dass Sie früher, in einer Zeit, in der Sie anscheinend sympathischer waren als heute, zum Spaß bei den Burschenschaften die Zimmer leer geräumt haben? War da auch ein Degen dabei? Ich kann mir nicht vorstellen, dass Sie der Versuchung widerstehen konnten. Sie holten also die Burschenwaffe aus dem Keller und stachen damit auf Yalda ein.«

Zassenberg ahmte den Stich selbst nach und blickte traurig auf die imaginäre Leiche, die er gerade durchbohrt hatte. »Doch Ihr Opfer war schon so gut wie tot, und die Wunde blutete kaum. Um den Tod durch den Degen glaubhaft zu machen, musste Yalda viel Blut aus der Brust verlieren. Also setzten

Sie sich auf die fast tote Frau und gaben ihr eine Herzdruck-massage. Was unsere Pathologen als Versuch interpretiert haben, Frau Wegener das Leben zu retten, war in Wirklichkeit nur ein billiges Ablenkungsmanöver. Sie zogen die Leiche aus, ließen die blutigen Klamotten irgendwo verschwinden und die Nacht hereinbrechen. Als die Lichter in der Straße alle ausgegangen waren, holten Sie Ihren Wagen und fuhren die Leiche zum Fluss. Nackt, als letzte Demütigung, ließen Sie sie ins kalte Wasser gleiten. Das war das traurige Ende von Yalda Wegener.«

32

Warum schweigt der Mensch?

Darüber hatte sich Momberger in seinem Leben schon einige Male Gedanken gemacht. Für seine Arbeit als Ermittler war der Grund des Schweigens oft ein hilfreiches Indiz. Schwieg jemand im Verhör, weil er peinlich berührt war oder weil er etwas zu verbergen hatte? Nicht wenige Verdächtige hatten sich mit Schweigen im falschen Moment verraten. Dabei konnte es bei jedem Menschen etwas anderes ausdrücken. Bei Introvertierten war Schweigen meist ein Schutzreflex, ein Rückzug in sich selbst, während Profilneurotiker ein längeres Schweigen kaum aushalten konnten. Der eine schwieg aus Wut, der andere aus Antriebslosigkeit, und wieder andere schwiegen aus Boshaftigkeit.

Lukas Arnim schwieg, und das konnte er nicht verstecken, weil er nach einem Ausweg suchte. Seine Lippen standen weit geöffnet, doch es kam kein einziger Ton heraus. Stattdessen hatte Momberger das Gefühl, die Zahnräder im Kopf des Beschuldigten rattern zu hören.

Es war schließlich Bill, die das Schweigen brach. »Herr Arnim?«, erkundigte sie sich. »Was haben Sie zu den Anschuldigungen zu sagen?«

»Ich?« Plötzlich durchfuhr den Verdächtigen eine Welle, und alle Anspannung fiel von ihm ab. Er lehnte sich in seinem Stuhl zurück, schlug ein Bein über das andere und blickte über seine Schulter der jungen Ermittlerin in die Augen. »Was soll ich dazu zu sagen haben?«

Er wirkte, als hätte er gar nicht mitbekommen, dass sich in der letzten halben Stunde alles um ihn gedreht hatte.

»Das war eine nette Geschichte«, sagte er, »aber deswegen ist sie ja noch lange nicht wahr.«

Momberger trat einige Schritte nach vorn, bis er neben Lukas

Arnim stand. »Sie widersprechen also der Version von Kommissar Zassenberg?«, fragte er.

»Und wie ich das tue!«

»Kann denn jemand bezeugen, dass Sie Yalda Wegener an diesem Abend nicht getroffen haben?«

»Sie haben doch gehört, was ich eben erzählt habe. Oder etwa nicht? Meine Freunde haben abgesagt. Deswegen habe ich den Abend alleine verbracht.«

»Es gibt also niemanden, der Sie gesehen hat?«

»Nein!«, antwortete Arnim. »Aber es ist nicht meine Aufgabe, meine Unschuld zu beweisen, sondern Ihre, meine Schuld zu beweisen. Und so, wie ich das sehe, gibt es nicht den kleinsten Fitzel eines Beweises dafür, dass diese Märchengeschichte der Wahrheit entspricht.«

Er stand auf und starrte Momberger an, ohne mit der Wimper zu zucken. Auch Zassenberg warf er einen Blick zu, allerdings konnte er den stechenden Augen des Ermittlers nur kurz standhalten.

»Ich nehme an, dass dieser Zirkus nun ein Ende hat«, sagte Arnim und setzte sich in Bewegung. Mit festen Schritten und starrem Blick ging er an Momberger vorbei und hatte bereits die Türklinke in der Hand.

Erst als er den Hebel langsam nach unten drückte, meldete sich Philipp Zassenberg doch zu Wort. »Sie sind doch Chemiker, oder nicht?«

Lukas Arnim drehte sich herum und nickte. »Ja, das bin ich. Soll das etwa ein Beweis für meine Schuld sein?«

»Nein«, erklärte Zassenberg. »Aber so können Sie meine Ausführungen sicher besser verstehen.« Er nahm sich einen Stuhl und stellte ihn wie eine stille Aufforderung vor Lukas Arnim.

Der jedoch blieb, wo er war. Zwar versuchte er weiterhin, ganz entspannt auszusehen, doch wenn man genau hinsah, konnte man erkennen, dass er mit seinen hochgezogenen Schultern eine Schutzhaltung einnahm.

258

Die Stimme kann schweigen, dachte Momberger, die Körpersprache kann es nicht.

»Und was genau soll ich als Chemiker besser verstehen können?«, rief Arnim. »Klären Sie mich auf!«

»Das ist eigentlich ganz einfach«, erklärte Zassenberg. Er drückte den Stuhl noch ein Stück nach vorn.

»Grundwissen Anorganische Chemie.«

Noch ein Stück weiter.

Zassenberg sah, obwohl er den sperrigen Stuhl vor sich herschob, ausgesprochen entspannt aus – ganz im Gegensatz zu seinem Gesprächspartner.

»Der PH-Wert«, fügte er seiner kryptischen Erklärung hinzu. Der Stuhl berührte schon fast die Beine von Lukas Arnim, der noch immer mit der Hand am Türknauf auf eine Auflösung wartete. Sein Blick huschte mehrere Male nach draußen, wahrscheinlich, um die Lage zu sondieren. Er hatte begriffen, dass Philipp Zassenberg der Wolf im Raum war und er selbst das wehrlose Schaf. Und genau wie ein solches war er jeden Moment dazu bereit, loszurennen.

Nützen würde es ihm nichts. Momberger hatte die Situation erkannt genauso wie Bill. Beide gingen langsam auf den Verdächtigen zu.

»Wissen Sie, Herr Arnim, ich war keine große Leuchte in Chemie«, gab Zassenberg zu. »Oder in Physik oder in Mathe. Naturwissenschaften waren einfach nicht meine Stärke. Eine Sache habe ich mir aber merken können: Der PH-Wert gibt an, ob etwas sauer oder basisch ist.«

So weit konnte sogar Eduard Momberger noch folgen, obwohl er Chemie in der zehnten Klasse mit einer Vier minus abgewählt hatte. Es war kein Zufall, dass er vor seiner Laufbahn bei der Polizei Germanistik studiert hatte.

In gemächlichem Tempo kamen die drei Polizisten Lukas Arnim näher. Der starrte auf den Stuhl, den Zassenberg weiter vor sich hertrug.

»Sie haben genug Krimis gesehen, um zu wissen, dass man

seine Fingerabdrücke von einer Tatwaffe wischt, bevor man sie entsorgt«, sagte Zassenberg. »Deswegen hatten Sie auch keine Bedenken, den Degen wieder zurück zur Mariboria zu bringen, als Sie die Waffe einmal gründlich poliert hatten. Das war kein schlechter Schachzug. Sie hätten die Waffe auch einfach verschwinden lassen können, irgendwo im Wald verbuddeln oder in den Fluss werfen. Aber Sie wollten ja, dass sie gefunden wird. Sie wollten, dass man die Mariboria mit dem Mord in Verbindung bringt. Deswegen mussten Sie den Degen irgendwie zurückschaffen. Aber hier ist das Problem: Die Fingerabdrücke aus der Mordnacht sind natürlich weg. Damals jedoch, als Sie die Waffe gestohlen hatten, hinterließen Sie auch Abdrücke darauf. Einwandfrei zu erkennende Abdrücke auf blank poliertem Stahl.«

»Na und?«, fragte der Verdächtige schulterzuckend. »Die habe ich ...« Er stolperte über seine eigenen Worte. Doch noch war es nicht so weit. Noch hatte er nicht aufgegeben. »Ich meine: Die hätte der Mörder doch auch weggewischt. Egal, wie lange sie auf der Waffe waren.«

Ein kleiner Versprecher. Doch Momberger wusste: Der Mörder hatte sich gerade offenbart. Nun fehlte nur noch der Beweis für die Tat, den Zassenberg ihnen immer noch nicht präsentiert hatte.

»Sie haben recht, Herr Arnim. Alles, was sich auf dem Stahl befunden hat, wurde entfernt. Aber nicht das, was im Stahl selbst hinterlassen wurde.«

Nun konnte Momberger nicht mehr folgen. Und auch Lukas Arnim, der nur noch einige Schritte von ihnen entfernt stand, machte ein verwirrtes Gesicht.

»Im Stahl?«, fragte er.

»Sie sind doch der Chemiker«, meinte Zassenberg und stellte den Stuhl nun zwischen sich und Lukas Arnim. »Welchen PH-Wert hat Schweiß?«

Plötzlich weiteten sich die Augen Arnims so sehr, dass man die Panik fast aus ihnen herausspringen sah.

»Ganz recht«, sagte Zassenberg und nickte zufrieden. »Schweiß ist sauer, und damit sind es Fingerabdrücke auch. Das macht normalerweise nicht viel aus, aber wenn man einen Fingerabdruck nur lange genug auf einem Stück Metall lässt, dann frisst sich die Säure aus dem Schweiß in die Oberfläche hinein. Das kann man mit bloßem Auge nicht erkennen, aber mit den geeigneten Mitteln lässt sich der Fingerabdruck wiederherstellen. Stimmt das soweit, Herr Chemiker?«

Arnim rannte ohne jede Vorwarnung los.

Schnell hatte er die Tür geöffnet, eilte hindurch und stürmte dann durch das Revier. Momberger und Bill rannten ihm hinterher, mussten sich aber nicht beeilen. Lukas Arnim lag bereits auf dem Boden – aufgehalten durch die massigen Oberarme von Fritz Zaun, der sich auf ihn setzte und damit bewegungsunfähig machte. Die einzige Sorge, die Momberger noch hatte, war das gewaltige Gewicht, das nun auf den mageren Rippen von Lukas Arnim lastete.

Auf dem Revier war es laut geworden. Viele Kolleginnen und Kollegen waren aufgestanden und hatten sich gestreckt, um zu sehen, welcher arme Tropf dort am Boden unter Fritz Zaun lag. Einige tuschelten miteinander. Nur Björn von Greifen und Anton Wegener schauten demonstrativ in eine andere Richtung. Bill, Zassenberg und Momberger fanden Lukas Arnim mit hochrotem Kopf und panischen Augen vor.

»Steh auf, Fritz«, sagte Momberger grinsend. »Sonst wird uns noch Folter vorgeworfen.«

Der Angesprochene mühte sich auf und hatte schnell einen ähnlich rot angelaufenen Schädel wie der fast erdrückte Lukas Arnim. Im Gegensatz zu diesem waren die Qualen für Fritz Zaun nun aber vorbei.

Plötzlich öffnete sich die Tür, und Soroush Pahlavi trat herein. Er hatte die Szene, die sich vor ihm abspielte, sofort richtig interpretiert. Momberger sah in seinem Gesicht, dass er den Mörder seiner Schwester vor sich wusste. Diesmal war niemand schnell genug, schon gar nicht Fritz Zaun.

»Du verdammtes Schwein! Du Mörder!«

Soroush Pahlavi stürzte sich auf Arnim, als wollte er ihn durch den Boden direkt in die Hölle rammen. Der Verdächtige hatte keine Zeit zu reagieren und schlug heftig mit dem Kopf auf. Blut rann ihm aus dem Hinterkopf und tropfte auf den Boden.

Bevor Momberger und Bill den wütend umherschlagenden Iraner unter Kontrolle bringen konnten, hatte er Lukas Arnim bereits die Nase gebrochen. Auch aus dieser tropfte jetzt Blut.

Der Verprügelte wischte sich mit der Hand durchs Gesicht und schaute wie in Trance auf seine dunkelroten Finger.

Soroush Pahlavi wehrte sich noch einen Moment gegen das Eingreifen Mombergers, sank dann aber in sich zusammen. »Du Schwein!«, schluchzte er und spuckte auf Arnim. »Du sollst in der Hölle schmoren!«

»Da haben wir nicht die Zuständigkeit«, erklärte Zassenberg, der mit beiden Händen in den Hosentaschen auf ihn zugeschritten kam. »Wir sind für den irdischen Teil verantwortlich. Aber den wollten Sie wohl nicht abwarten. Wie ich es mir gedacht habe.«

»Wussten Sie etwa, dass er hier warten würde?«, fragte Momberger.

»Hätten Sie das nicht getan?«, fragte Zassenberg zurück. »Gehen Sie jetzt nach Hause, Herr Pahlavi. Ich kann mich nur wiederholen: Machen Sie etwas aus Ihrem Leben. Ihre Schwester hätte es ganz sicher so gewollt.«

Zaun und Michel nahmen Lukas Arnim vorläufig fest. Sein Gesicht begann bereits ein wenig anzuschwellen und war mehr rot als hautfarben.

Er beschwerte sich nicht, während die stämmigen Beamten ihn jeweils an einer Schulter packten und in eine Zelle führten. Momberger sah ihnen nachdenklich hinterher und zog den Tabak aus seiner Jackentasche. Er und Zassenberg gingen nach draußen in den Innenhof und zündeten sich beide eine Zigarette an. Wohlig warm und befriedigend durchzog der Rauch

262

die verrußten Lungen, die schon lange nach dem sanften Gift verlangt hatten.

Sie beobachteten Anton Wegener dabei, wie er mit seinem Anwalt das Revier verließ. Er vermied es, den beiden Ermittlern in die Augen zu sehen. Doch noch bevor er in seinen teuren SUV stieg, führte er ein Gespräch mit seinem Anwalt, bei dem er wieder und wieder den Kopf schüttelte.

Nachdem Wegener das Gelände verlassen hatte, führte der Anwalt noch ein Gespräch am Handy. Weder Momberger noch Zassenberg konnten verstehen, worum es dabei ging. Und zumindest Momberger war es auch reichlich egal. Er war froh, dass sie den Professor überhaupt drangekommen hatten, ahnte jedoch, dass seine Strafe milde ausfallen würde.

So war das mit den Reichen, dachte er. Sie schenkten die Suppe gern ein, aber auslöffeln durfte sie stets ein anderer. Zassenberg zog ein uns andere Mal an seiner Zigarette und schaute dabei mit glänzenden Augen in den Himmel. Die Regenwolken waren blauem Himmel gewichen, doch es lag noch ein kühler Dunst über der Stadt. Man konnte riechen, dass der Regen den staubigen Dreck aus der Luft gewaschen hatte. Es roch nach Herbst.

»Hätte er die Waffe einfach mit der Leiche in die Lahn geworfen, wäre er vielleicht niemals überführt worden«, murmelte Momberger.

»Vielleicht«, erwiderte Zassenberg. »Vielleicht hätten wir auch noch etwas anderes gefunden. Jemand, der aus Rachsucht tötet, begeht immer mehr als einen Fehler.«

Momberger zog noch einmal fest an seinem Glimmstängel und beobachtete, wie die Glut sich langsam durch Tabak und Papier fraß, um sich ihm unaufhaltsam zu nähern. »Wann wussten Sie, dass Arnim der Täter war?«

»Ich habe es geahnt, als er bei unserem ersten Besuch auf den Behringhöfen plötzlich im Büro von Oliver Belz stand. Das war kein neugieriger Besucher, der da durch die Tür kam. Das war jemand, der die Lage sondieren wollte.«

»Aber es waren drei oder vier Leute, die während unseres Besuchs aufgetaucht sind. Wie kamen Sie darauf, dass Arnim mehr wollte als die anderen?«

»Das war wohl Intuition. Apropos!« Er warf seine Zigarette auf den Boden und trat sie aus. »Ihre hat Sie einmal mehr im Stich gelassen. Es waren weder der Bursche noch der Ehemann.«

Enttäuscht musste Momberger zugeben, dass sein Kollege in dieser Hinsicht vollkommen recht hatte. Seine Verdächtigen hatten mit dem Mord nichts zu tun. Er schnalzte mit der Zunge und überlegte, was er sagen sollte.

Zassenberg kam ihm jedoch zuvor. »Seien Sie nicht enttäuscht. Sie haben trotzdem gute Arbeit geleistet.«

Er drehte Momberger den Rücken zu und lief Richtung Straße.

»Wo wollen Sie hin?«

»Ich habe noch was vor.«

Zassenberg drehte sich nicht herum, sondern hob nur einmal kurz den rechten Arm zum Abschied.

Momberger ahnte schon, wohin es seinen Kollegen zog, und diesmal sollte ihn seine Intuition nicht im Stich lassen.

33

»Ich kann immer noch nicht fassen, dass er sich nicht einmal von uns verabschiedet hat«, motzte Momberger und setzte sich an den ersten freien Tisch, den er sah.

»Von mir schon«, sagte Bill, die sich am gleichen Tisch niederließ. »Sehr ausführlich sogar.«

»Was heißt ›ausführlich‹?«, hakte Momberger neugierig nach.

»Ihr habt doch nicht etwa …?«

»Was? Nein!«, empörte sich Bill. »Wie zur Hölle kommst du auf so was?«

»Na ja, wegen …« Momberger machte eine Kopfbewegung in Richtung Theke, hinter der Anastasia stand und mit Bierzapfen beschäftigt war. »Ich dachte, er hätte eine Wirkung auf Frauen, die ich nicht verstehe.«

Bill schnaufte durch, was auch in der gut besuchten »Tränke« noch ziemlich deutlich zu vernehmen war. »Wenn es etwas gibt, das du nicht verstehst, dann gehst du gleich davon aus, dass es etwas mit Sex zu tun hat?«

»Nein! Um Gottes willen!« Momberger hob beschwichtigend die Hände. »Wir sind da in eine falsche Richtung abgebogen. Ich wollte doch nur …«

»Bleib locker, Chef!« Bill grinste plötzlich von einem Ohr zum anderen. »Ich nehme dich nur auf den Arm.« Sie lachte laut.

»Aber mal ehrlich: Du solltest deine verschwurbelten Gedanken mal ordnen. Vielleicht hast du deswegen nie eine Freundin.«

Momberger fragte sich unwillkürlich, ob Bill wohl doch kein Interesse an ihm hatte, wenn sie ihn verkuppeln wollte. Oder wollte sie sich so einfach nur selbst ins Spiel bringen? Je länger er darüber nachdachte, desto weniger Durchblick hatte er. Ein weiteres Argument dafür, dass Bill recht hatte.

»Aber jetzt mal im Ernst«, fing er von vorn an. »Was hat er dir gesagt?«

Mit einem freundlichen Winken machte Bill Anastasia auf sich aufmerksam. Dann konzentrierte sie sich wieder auf Momberger.

»Er meinte, dass ich meine Arbeit ziemlich gut mache. Und dass ich jederzeit in Frankfurt eine Stelle bekommen würde, wenn ich nur ganz lieb bei ihm nachfragen würde.«

Bill betonte die letzten Worte so übertrieben langsam, dass selbst Momberger bemerkte, dass sie es nicht ernst meinte.

»Er will dich also protegieren?«, fragte er.

»Sieht so aus. Er meinte, ich könne schnell aufsteigen, wenn ich am Ball bleibe.«

»Und willst du das?«

Momberger fragte nicht ohne Hintergedanken. Ihm missfiel nicht nur die Vorstellung, in Zukunft ohne seine beste Mitarbeiterin zurechtkommen zu müssen, sondern auch die Aussicht, dass Bill nicht mehr in seiner Nähe wäre.

Doch die junge Polizistin beruhigte ihn schnell wieder. »Nein, mach dir mal nicht ins Hemd, Momsen.«

Wann war sie eigentlich so frech geworden?, fragte sich Momberger. Ob das auch mit Zassenberg zu tun hatte?

»Ich bin doch ein Mädchen vom Dorf«, erklärte sie. »Ich bekomme Schweißausbrüche, wenn ich länger als zwei Wochen keine mittelhessische Luft geatmet habe.«

»Na, dann ist ja gut.« Er versuchte, so lässig wie möglich zu klingen, obwohl ihm ein Stein vom Herzen gefallen war.

»Hey, Bill«, unterbrach Anastasia seinen Gedankengang. Sie stellte zwei große Bier auf den Tisch und blieb noch einen Moment stehen. »Hast du dich endlich getraut, den alten Miesepeter auf ein Date einzuladen?«

Momberger prustete den Schluck Bier heraus, den er gerade getrunken hatte.

Bill war zur Salzsäule erstarrt. Nur langsam lösten sich ihre Gesichtszüge wieder, und sie versuchte, die Situation zu retten. »Wirklich witzig, Nasti!«, lachte sie. »Aber am Ende glaubt dir Momsen noch.«

266

»Ach, der glaubt doch auch noch an den Osterhasen«, sagte Anastasia und klopfte Momberger auf den Rücken. Der war noch dabei, sein Gesicht vom Bierschaum zu befreien.

»Lasst es euch schmecken. Und seht zu, dass ihr nicht noch mehr Polizisten herkommen. Was soll die Antifa von uns denken?«

Mit einem Augenzwinkern machte sie kehrt und nahm am nächsten Tisch Bestellungen auf. Bill und Momberger mussten sich hingegen erst einmal wieder fangen.

»Glaubst du, er hat sich auch von ihr verabschieder?«, fragte Bill irgendwann.

»Von Nasti? Auf jeden Fall!« Momberger nahm erneut einen großen Schluck von seinem Bier und schaffte es diesmal, diesen in seinem Magen unterzubringen, statt das Bier auf den Tisch und seinem Gesicht zu verteilen. »Er ist direkt nach seinem großen Auftritt los. Hat gesagt, er habe noch was zu tun.«

»Apropos großer Auftritt«, sagte Bill. »Die Forensik hat mir eine Mail geschrieben. Sie haben keine Abdrücke auf dem Degen gefunden.«

»Das dachte ich mir schon. Ich wette, Zaster hat sich das mit dem PH-Wert von alten Abdrücken nur ausgedacht.«

»Die Jungs im Labor meinten, dass so ein Fingerabdruck sich schon mal irgendwo reinfressen könnte. Aber nicht in den rostfreien Edelstahl, aus dem der Degen gemacht ist.«

»Zum Glück haben wir Arnims Geständnis«, freute sich Momberger und nahm noch einen großen Schluck.

»Und die Videoaufnahmen der Mariboria«, fügte Bill hinzu.

»Die Techniker in Wiesbaden konnten das Material zwar kaum verbessern, aber die Größe der Person im Video anhand von Vergleichen ermitteln. Außerdem haben wir genau die Klamotten in Arnims Mülltonne gefunden, die er auf dem Video getragen hat.« Auch Bill nahm nun einen Schluck aus ihrem Glas. »Und dann natürlich die toxikologische Untersuchung. Corasonal in Hülle und Fülle. In dieser Hinsicht hatte Zassenberg absolut recht.«

»Ob er wirklich von Anfang an geahnt hat, dass es Lukas Arnim war? Er hat nichts zu mir gesagt.«

»Ich denke nicht«, mutmaßte Bill. »Ich glaube zwar, dass er ziemlich gut ist, aber nicht so gut. Wahrscheinlich weiß er sich einfach gut zu präsentieren. Im Nachhinein ist es immer leicht zu sagen, dass man es von Anfang an gewusst hat. Aber hätte er von Sekunde eins alle seine Gedanken mit dir geteilt, dann hättest du sicher gemerkt, dass er öfter danebenliegt, als er zugeben will.«

»Er blufft also nur professionell?«

»Kann doch sein, oder nicht? Ruf doch mal an und frag ihn.«

»Quatsch! Als würde er dann die Wahrheit sagen.«

»Dann spiel doch die beleidigte Leberwurst und motz herum, dass du gerne deine persönliche Verabschiedung haben möchtest.«

Sie ist wirklich verdammt frech geworden, dachte Momberger. Ihm kam der Begriff »berufliche Pubertät« in den Sinn. Anstatt auf ihren Vorgesetzten zu hören, stand sie jetzt auf den Bad Boy aus Frankfurt. Es fehlte nur noch, dass sie in engen Lederklamotten auf dem Rücksitz seines Motorrads Platz nähme.

Der Ermittler schüttelte den Kopf, um das Bild von Bill in enger Lederkluft wieder aus dem Hirn zu bekommen, und hoffte, dass sein Gegenüber ihn nicht durchschaute.

»Erst wollte ich ihn ja anrufen«, erklärte er, als er seine Gedanken wieder halbwegs geordnet hatte. »Aber dann habe ich es gelassen, und jetzt ist er schon fast zwei Wochen weg. Käme sicher komisch rüber.«

»Wenn du meinst.« Bill trank noch einen Schluck und zuckte dann plötzlich zusammen. »Oh, mein Handy.« Sie schaute auf den Bildschirm. »Es ist Michel. Ich gehe mal kurz raus, da ist der Empfang besser.«

Momberger nickte, und Bill verschwand nach draußen. Der Beamte kramte in seiner Jackentasche nach dem Tabak und musste enttäuscht feststellen, dass er neuen brauchte. Also stand er auf und ging hinüber zur Theke.

»Hast du vielleicht eine Kippe für mich, Nasti?«, fragte er etwas unterwürfig, denn er hatte diese Frage schon ein paarmal zu häufig gestellt.

Die Angesprochene lachte kurz und drehte sich um. »Gut, dass du fragst.«

»Gut, warum?«

»Hier, die hat Philipp für dich dagelassen.« Sie überreichte ihm eine Schachtel Gauloises und ein hübsches Klapp-Feuerzeug.

Verblüfft nahm Momberger beides entgegen. Sein Gesichtsausdruck schwankte zwischen Überraschung und Begeisterung.

»Hat Zaster was dazu gesagt?«, fragte er.

»Zaster?«

»Ich meine Philipp, also Zassenberg, na, du weißt schon.«

»Nein, er meinte nur, dass ich es dir geben solle, wenn es so weit ist.«

»Wenn es so weit ist?« Er war verwirrt. »Was soll das heißen?«

»Keine Ahnung, Momsen. Ich habe den Kerl auch nicht immer verstanden. Aber er war ein verdammt guter …«

»Schon gut, schon gut!« Momberger winkte ab. »Mehr will ich gar nicht wissen.«

Mit Gauloises und Feuerzeug ging er zurück an seinen Tisch, fummelte die Plastikfolie von den Zigaretten und nahm eine heraus. Als er sie mit dem neuen Feuerzeug anstecken wollte, bemerkte er, dass es graviert war. Auf einer Seite stand elegant in Kursiv: »Gern geschehen!«

Verblüfft und doch kein Stück schlauer nahm Momberger die Zigarette aus seinem Mund, ohne sie angesteckt zu haben. »Gern geschehen?«

Für die Packung Zigaretten? Oder den Fall? War es möglich, dass Philipp Zassenberg immer ein Dutzend »Gern geschehen!«-Feuerzeuge im Schrank liegen hatte und jedem eins überreichte, dem er unter die Arme gegriffen hatte?

Noch einmal steckte Momberger sich die Zigarette in den

Mund und entflammte das Feuerzeug. Er inhalierte den Rauch tief in die Lunge, spürte, wie sich sein inneres Verlangen nach Nikotin langsam verflüchtigte, und lehnte sich in seinem Stuhl zurück.

»Gern geschehen?«, überlegte er noch einmal laut und schüttelte den Kopf. »Keine Ahnung.«

Einen Moment später kam Bill wieder zurück.

»Du glaubst nicht, was …«, riefen sie unisono und starrten sich dann überrascht an.

»Ich zuerst!«, verlangte Bill. »Glaub mir, meine Geschichte ist besser.«

»Da bin ich mir nicht so sicher«, widersprach Momberger. »Aber nur zu!«

»Alles klar!« Sie setzte sich und bemerkte die Zigaretten auf dem Tisch. »Hey, bist du zu den Normalos gewechselt?«

»Das gehört zu meiner Geschichte. Erzähle ich dir später. Also, was hat Michel gesagt?«

»Er war ganz aufgeregt«, begann Bill, die auch nicht gerade die Ruhe in Person war. Sie wirkte für ihre Verhältnisse beinahe euphorisch. »Erst habe ich gedacht, dass Burger King eine Filiale in seiner Straße aufmachen würde.«

»Nicht schlecht!«, lachte Momberger und erhob sein Glas anerkennend, um mit Bill anzustoßen.

»Anscheinend hat die böse Hexe des Westens gerade das ganze Revier zusammengerufen.«

»Zum Glück haben wir Urlaub«, kommentierte Momberger und hob sein Glas erneut. »Auf den Urlaub! Was ist dann passiert?«

»Fischer hat gesagt, dass man sie ganz überraschend befördert habe. Irgendwer in Wiesbaden hat wohl ein gutes Wort für sie eingelegt, und deswegen sei sie ab sofort für die Kommunikation der mittelhessischen Polizeireviere verantwortlich.«

»Ach du Kacke!«, stöhnte Momberger. »Wie konnte das denn passieren?«

Er nahm zwei tiefe Züge und pustete den Rauch durch die

Nasenlöcher wieder heraus. Plötzlich hatte er Bilder vor Augen, wie Renate Fischer ihn mit der Peitsche von einem miesen Fall zum nächsten scheuchte.

»Womit habe ich das nur verdient?«

»Was meinst du damit?«, fragte Bill, die seltsam gut gelaunt war.

»Jetzt hat die blöde Kuh noch mehr Befugnisse«, antwortete Momberger entsetzt. »Und macht uns das Leben zur Hölle.«

Bill musste grinsen. Ihre Mundwinkel zogen sich leicht nach oben, was sie beinahe unwiderstehlich machte. »Das hast du falsch verstanden, Momsen. Fischer ist zwar befördert worden, aber ihre neue Stelle ist in Gießen. Sie wird dort im Büro versauern und uns nie wieder zu Gesicht bekommen.«

Ungläubig drückte Eduard Momberger seine Zigarette im Aschenbecher aus und zog direkt die nächste aus der Packung.

»Findest du nicht, dass du ein bisschen weniger rauchen solltest?«, fragte Bill.

Aber Momberger hörte ihr gar nicht richtig zu. Er starrte auf das Feuerzeug, mit dem er sich gerade seine zweite Zigarette anzünden wollte.

Dann lachte auch er.

Danksagungen

Niemandem will und kann ich mehr danken als der Liebe meines Lebens: Anne. Du bist mir Inspiration und Antrieb, jeden Tag, in jedem Wort, das hier steht. Du bist meine Muse, meine Kritikerin und mein größter Fan. Ohne dich gäbe es keinen Roman. Ich danke dir dafür, dass es dich gibt und dass du bei mir bist.

Außerdem möchte ich meiner lieben Mutter dafür danken, dass sie das Buch gegengelesen und kommentiert hat. Dasselbe gilt für Wolfgang und Margret, die mich bei der Schlussfassung des Krimis tatkräftig unterstützt haben. Ein Dank geht auch an Gunthard, der mir abseits des Textes große Hilfe geleistet hat.

Und zuletzt will ich auch meiner Lektorin Christiane Geldmacher für die große Hilfe danken, das Buch zu einem befriedigenden Abschluss zu bringen. Mein Lernprozess läuft noch …